图书在版编目（CIP）数据

空中出海：发展新质生产力的花湖实践 / 戴劲松著. —
武汉：湖北人民出版社, 2024.5（2025.2重印）
ISBN 978-7-216-10746-4

Ⅰ. ①空… Ⅱ. ①戴… Ⅲ. ①报告文学—中国—当代
Ⅳ. ①I25

中国国家版本馆CIP数据核字（2023）第231032号

责任编辑：于光明
封面设计：水玉银文化
版式设计：刘舒扬　王　芳
责任校对：范承勇
责任印制：肖迎军

出版发行：湖北人民出版社　　**地址**：武汉市雄楚大道268号
印刷：湖北新华印务有限公司　　**邮编**：430070
开本：787毫米×1092毫米　1/16　　**印张**：15.75
字数：262千字　　**插页**：11
版次：2024年5月第1版　　**印次**：2025年2月第2次印刷
书号：ISBN 978-7-216-10746-4　　**定价**：68.00元

本社网址：http://www.hbpp.com.cn
本社旗舰店：http://hbrmcbs.tmall.com
读者服务部电话：027-87679656
投诉举报电话：027-87679757

鄂州花湖机场全景

2022年7月，无人机高空俯拍鄂州花湖机场轮廓（汪洋　摄）

2022年7月11日，无人机航拍鄂州花湖机场夜景图（汪洋　摄）

2023 年 8 月 18 日清晨，一架阿提哈德航空的波音 777–200 全货机（左上）准备降落花湖机场（薛婷　摄）

2023年9月21日凌晨，从塔台视角俯视转运中心及机坪（薛婷 摄）

2023 年 10 月 21 日凌晨 4 时许，花湖机场停机坪，40 余架货机依次排开，运输货物的拖车有序穿梭（薛婷 摄）

未来机场转运中心"王"字形概念设计图（出自刘武君:《鄂州航空货运枢纽规划与开发》）

2023年9月21日凌晨，从塔台视角俯视转运中心及机坪（薛婷 摄）

2023年10月21日凌晨4时许，花湖机场停机坪，40余架货机依次排开，运输货物的拖车有序穿梭（薛婷 摄）

夜间群降，清晨群起，花湖机场正式进入“不夜城”模式（薛婷 摄）

机场建设

2017年8月6日，鄂州花湖机场项目开工前的花马湖俯瞰（何景星 摄）

2021年6月，鄂州花湖机场施工全景（薛婷 摄）

2022年6月，初机场全景扫描（牛畅 摄）

2019 年机场工地上保留走马村记忆的走马石。左上方为正在建设中的空管塔台，右侧为正在建设中的转运中心（何景星 摄）

空管塔台（吴晓龙 摄）

2021 年 4 月 9 日上午 9 时 38 分，西跑道南端民航建工项目部开始浇筑第一仓道面混凝土（何景星 摄）

2021 年 10 月 26 日，鄂州花湖机场碍航山体净空降高工地，1300 多台大型施工机械穿梭往来（薛婷 摄）

2021 年 12 月 29 日，奖状 C560 校验飞机成功降落停靠在鄂州花湖机场西跑道 124 机位（叶雁翅 摄）

2022 年 3 月 19 日 11 时 32 分，一架波音 757-200 全货机降落在鄂州花湖机场，真机验证飞行程序即试飞开始（薛婷 摄）

2022 年 7 月 17 日 9 时 7 分，从深圳宝安机场起飞的顺丰航空波音 767–300 全货机平稳降落在鄂州花湖机场（薛婷 摄）

2022 年 7 月 17 日 9 时 50 分，从北京大兴机场起飞的南方航空 CZ5679 次航班顺利在机场西跑道着陆，鄂州花湖机场以民航界最高礼遇“过水门”仪式迎接飞机（薛婷 摄）

2023年4月1日，鄂州花湖机场国际航线首航（柯皓 摄）

2024 年 4 月 29 日，国家验收工作组负责人现场宣布，鄂州花湖机场航空口岸通过验收，正式对外开放（周鹏 摄）

| 鄂州花湖机场全貌（薛婷 摄）

未来机场转运中心“王”字形概念设计图（出自刘武君:《鄂州航空货运枢纽规划与开发》）

自序

2024年3月初，全国两会期间，“以花湖机场为依托打造国际自由贸易航空港建设”位列湖北代表团向大会提交的5件全团建议、提案之首。

从起初谋局规划，到后来成为湖北省“头号工程”，再到如今连通五洲、货达四海，鄂州花湖机场，这座亚洲第一、世界第四的专业货运枢纽机场，在探索与实践中走过了不平凡的十年。

一

我们已很难溯源全球第一个航空货运或航空邮件航班，但商业性空运从20世纪早期起步已有共识。

迈入21世纪，伴随社会经济全面提速发展，中国民用航空仅用短短20多年就走完了西方发达国家近100年走过的路。

正是这个时间节点，“一带一路”合作倡议横空出世。这一倡议旨在为未来经济增长创造更多机会，同时也唤醒了全体中华儿女的繁荣记忆，激发起东方巨龙的光荣梦想。

中华人民共和国70余年建设成就举世瞩目。特别自改革开放以来，中国经历了翻天覆地的经济和社会转型，中国道路丰富了世界发展模式的多样性。就经济而言，中国从一个贫穷落后的经济体跃升为世界第二大经济体，从几乎封闭的状态，转型成为规模雄冠世界的贸易大国。

这是一个在中华五千年文明史和近代百年屈辱史上足以告慰祖先的奇迹。无论就中国历史还是就世界历史而言，我们置身其中无疑是幸运的。时代巨轮永不停歇，中国对外开放的地理景观也随之越来越壮阔，广袤苍穹为新一轮经济全球化浪潮提供了筑梦空间。

相对航空客运业，我国航空货运业仍处于初级阶段。最新统计显示，我国航空货运总量七成以上通过腹仓运输完成，且装载率普遍偏低。根据业内预测，未来 20 年，中国全货机规模将从不足 260 架增至近 700 架，届时在全球市场占比超 20%。

民航强国，构建强大的航空货运业正是目标之一。从战略意义上讲，花湖机场将充当“急先锋”和“领航者”的重要角色。

二

新一轮经济全球化大潮中，航空运输已成为区域经济快速连接全球市场的最佳通道，更是推动区域经济发展的强劲动力。

目前，我国航空货运总周转量已连续 17 年位列世界第二，其中国内周转量占世界的五分之一左右，年均增幅高于世界平均水平，我国已成为全球供应链中非常重要的环节。

应时而生，勇占先机。专业货运枢纽机场选址湖北、落户鄂州。这里是中国经济地理版图中心。

从花湖出发，一条条国际、国内货运航线，承担着构筑中国货运航空枢纽的重要使命；以花湖为轴，因地制宜培育壮大基于空运及关联产业为支撑的高端产业集群，也将有力推动和支撑高质量发展。作为中国首座航空货运枢纽，花湖机场不仅是一项具有里程碑意义的重大项目，而且是新质生产力在中国式现代化实践中逐步形成的有力实证。

“上下武昌城，古今两鄂州。”大武汉和毗邻的鄂州，从来难分你我。借力中国之“中”的区位优势，鄂州花湖机场与武汉天河机场一起构建国内超大城市群中独一无二的航空客货运“双枢纽”格局，代表国家参与全球物流资源重新配置竞争。

围绕这一“双枢纽”，以科技创新为引领，以临空经济为基础，光电子信息、新能源与智能网联汽车、生命健康、高端装备及北斗等新兴产业和未来产业加速布局中……

三

“寻路”，是为了交流，汇集，拓新。而探路者总是顶着压力、冒着风险的。鄂州花湖机场是中国航空货运的“开端之作”，每走一步都在创造奇迹，“每扇动一次翅膀”都备受关注！

建设进程中，花湖机场创造了工程建设效率之最、空管保障能力提升速度之最、科技应用之最、邮件处理能力之最，是中国民航局批准的首批示范“智慧机场”，尚未投入运行便在行业内赢得了“鄂科技”的美誉。

这座目前中国唯一的货运枢纽机场既诞生于国际贸易秩序蝶变、物流行业快速发展的时代洪流中，也是由技术革命性突破、生产要素创新性配置、产业深度转型升级而催生的新质生产力样本，新动能、新政策、新商业模式随之竞相涌现，产业链与供应链同步迈上高位推动的轨道。

目前，中国临空经济对 GDP 的贡献值大约为 1%，低于全球 4% 左右的平均水平。为发掘潜力、弥补差距，中国大力推进建设天津、郑州、合肥、鄂州 4 个国际航空货运枢纽。相比其他三地“客货综合且客运优先”的运营模式，鄂州花湖机场作为专业货运枢纽机场拥有更加突出的优势。

辟天路以翔翥，融全球作比邻。当空管塔台、转运中心等新的地标景观在花湖机场的开阔地域形成时，中国内陆货运的“空中出海口”已打开大门！站在新的起点，如何加快释放货运枢纽机场的超级运力？如何尽快从“综合货运枢纽”迈向“全球供应链枢纽”？如何以供应链体系建设为抓手构建现代化产业体系？……面对这一系列新的问题与挑战，花湖机场承担国家使命的新征程才刚刚开始。

大国枢纽，通达天下。

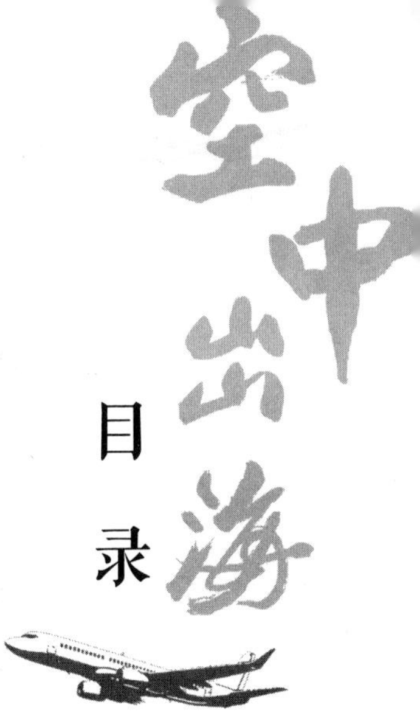

目录

上篇

新风口——天选之城

2013年7月，习近平总书记视察湖北，长江经济带迈入新一轮开放开发。

2013年9—10月，“一带一路”倡议面世，中国向世界展示了“一种新型的经济全球化方向”。

这一年，中国进出口总额突破4万亿美元，超越美国成为第一货物贸易大国。作为全球第二大经济体，随着与世界经济的融合互动日益加深，中国急需重构航空物流格局的新支点，抢占航空货运枢纽主导权。于是，对大型专业货运机场的需求“箭在弦上”。

如何在国际竞争中保持优势，探索新产业、新模式、新动能，离不开智慧与勇气的碰撞。以全球视野科学谋划，焦点落到了中国中部。

鄂州，这座位于长江中游南岸的千年古城，迎来了千载难逢的腾飞机遇。

第一章
圆梦，自 2013 年起步

只有将时间的标尺拉得足够长，2013 年的里程碑意义才愈发凸显。

就在此前一年的 11 月 29 日，中共中央总书记、国家主席、中央军委主席习近平在国家博物馆参观《复兴之路》展览时首次提出并阐述“中国梦”，强调实现中华民族伟大复兴，就是中华民族近代以来最伟大的梦想。

我们很难准确预测未来，却往往可以在泛黄的纹样中找到历史的分水岭。如今回过头来看，2013 年无疑是“中国梦”的元年。

7 月 21 日至 23 日，中共中央总书记、国家主席、中央军委主席习近平在湖北调研全面深化改革问题和当前经济运行情况。他来到武汉、鄂州等地，深入港口、企业、乡村、社区，实地了解经济运行情况，听取对全面深化改革的意见和建议。他深情寄语湖北：努力把湖北建设成为中部地区崛起的重要战略支点，争取在转变经济发展方式上走在全国前列。

深入贯彻落实总书记视察湖北时的重要讲话精神，中共湖北省委提出以“建成支点、走在前列”统领全省发展战略和各项工作，着力推进经济发展方式转变和产业结构调整，一系列重大战略规划的蓝图随之渐显雏形。

而就在一个月之前，一场高层管理人员出席的闭门会在顺丰速运（集团）有限公司（以下简称“顺丰集团”）深圳总部会议室开了整整一天。从早上开始，除了中午简短的餐歇，一直持续到傍晚。

等到与会人员陆续离开，集团总裁王卫缓缓起身，转头将深邃的目光投向窗外广袤的天空。天色灰蒙，细雨淅沥，他的内心却如雨后的天空一般晴朗。这一刻，他刚刚和自己的核心团队燃起了一个高远的梦想：在中国中部地区建设货运门户枢纽机场。

这一年，顺丰集团刚满 20 周岁。1993 年，23 岁的王卫得到父亲 10 万港元资助，和 5 位伙伴从香港旺角砵兰街一间十几平方米的小门店起步，到了 2013 年时已拥有 32 万名员工，直营网点超过 1 万个，营运车辆 1.5 万余辆，货运航线 400 余条，年营业收入达 300 多亿元，业务覆盖全国所有省市，并扩展到韩国、新加坡等国家和中国香港、中国台湾等地区，超越众多国有企业，跻身“中国物流 50 强”。

业界原先有过一个说法，当今中国只有两种民营快递公司，一种是顺丰，另一种为不是顺丰的“三通一达”（指圆通、申通、中通和韵达四家快递公司，都是来自浙江并落户上海）。这未免有失偏颇，但顺丰集团多年来一直牢牢占据国内民营快递行业龙头地位，并率先实现快递各环节最快发运和远程异地隔夜送达。

也是在 2013 年，中国超越美国成为货物贸易第一大国，进出口总额首次突破 4 万亿美元，比美国高出 2500 亿美元。而仅仅在 3 年前的 2010 年，中国货物进出口总额还落后美国 2700 多亿美元。数据显示，2008 年至 2013 年，世界民航货邮周转量年均增长 3.5%，我国民航机场货邮吞吐量年均增长 7.3%。

商贸巨流滚滚而来，一个尴尬的事实却摆在眼前：2013 年的中国，虽然产品出口已覆盖 120 多个国家和地区，但货物的全球投送能力与发达国家相比仍存在较大差距。当时，全国全货机加起来百架左右，不及美国一家企业——联邦快递（FedEx）的六分之一，其中仅 20 架飞往国外，以至于经常发生“一个单子转来转去”的现象，效率极低。

那段时间，全球航空货运经历了一段“阵痛期”，中国民航货运一度出现负增长。3 年内，国航、东航、南航三大航空公司国际货运业务亏损总额达 50 亿元。在此背景下，国务院制定出台《关于促进民航业发展的若干意见》，针对航空货运补短板是其中要义。

民营航空货运是中国民航货运的重要组成部分，引领者正是王卫掌舵的顺丰集团。如何完善航空运输网络布局，进而提升在全球快递运输业的竞争力？作为行业“龙头”，顺丰集团必须第一时间交出答卷。

不进则退。根据快递行业发展新趋势，顺丰集团高层很快碰撞出一个宏伟的构想：深入内地，在中部地区修建一座专业的货运枢纽机场。

这个构想很快有了初步方案：建设航空基地、仓储基地、分拣转运体系和配套产业带，总规划面积 40 平方公里，一期建设用地 8 平方公里，其中 4 平方公里将与地方政府合作共建枢纽门户机场，预计可吸纳 10 万人就业，产值过千亿元。

世界潮流浩浩汤汤，如果不融入潮流，就会被浪潮所淹没。如果不以全球的资本和市场为自身的发展注入新动能，就会被时代所抛弃。物流是一个国家 GDP 的“搬运工”，是遍布一国经济的“主动脉”和“毛细血管”。不经意间，一个民营企业的发展目标与一个国家的复兴战略在同一轨道上融合交汇。

顺丰集团自 2003 年起涉足航空货运。这一年遭遇“非典”疫情，人们的出行需求减少，但快递业务出现爆发式增长。顺丰果断向扬子江快运租用 5 架波音 737 全货机，并由此宣布将采用全货运专机保障快递运输。2008 年，全球金融危机爆发，航旅市场下行让部分航空公司着手退租、处置老旧飞机，这给顺丰集团组建货运航空公司带来了机遇。2009 年 2 月 9 日，民航局批准顺丰航空有限公司筹建。2009 年 12 月 31 日，顺丰航空正式运营，这在中国民营快递行业是首创。

在货运枢纽机场选址工作启动前，顺丰航空自有全货机数量达 19 架，加上租赁的共计 38 架，其中多为波音 737、757、767 机型。当时，中国国内共拥有全货机 101 架，顺丰航空以“自有 + 租赁”模式占了三分之一以上，是国内最大的货运机队，年航空快递量 100 多万吨，约占全国民航货运量的 20%。

然而，随着全货机队伍规模增长，分散的点对点运输逐步显现出弊端：中国幅员辽阔，区域经济发展水平不一，南北东西往返货物流量不对称，比如南北货运航线经常满载飞过去，飞回来却经常装不满。如何解决这一问题？从经济学视角分析，如果选址建核心物流枢纽，所有飞机先抵枢纽中转，统一调配后，再各自飞向目的地，将大大提升飞机的使用率和时效率。

放眼全球，最成功的案例就是美国孟菲斯市和联邦快递（FedEx）公司的政企合作彼此成就。前者从美国田纳西州一个不知名的小城成长为世界规模第一的航空货运枢纽中心，后者则从行业内的一家小公司逐步站到了全球快递行业前列。

参照这一模式，顺丰集团高层自然有了进一步仰望天空的渴望：修建一座“自带流量”的专业货运枢纽机场，构建航空运输网络的关键节点，进而形成完整的陆海空全物流网络体系。

此时，彼地。王卫无论如何想不到，千里之外的一座小城，有一位智者的目光将在中国中部之上的天空和他的视线发生交集，并结下一生不解之缘。

这个人就是刚过知天命之年的时任鄂州市委书记李兵。3 个月前，他从湖北省环保厅厅长调任鄂州市委书记。在他履新前后，武汉有了建设第二机场的设想，一时引发各界热议。对此，紧靠武汉的鄂州反应迅速，主动和有关部门沟通，但当时受内外因所限，未能达成实际合作意向。

事实上，想建一座机场，对于鄂州这片土地并非首次。这座自古以凤凰为图腾，辖区面积 1596 平方公里、人口百余万的地市级小城，从 1983 年 8 月获国务院批准建市前后起便燃起了“机场梦”。

20 世纪 70 年代末，武汉南湖机场计划搬迁，当时还属鄂城县辖管的段店正是新机场两个备选场址之一。因行政隶属关系问题，1985 年 7 月 1 日，武汉机场场址最终落户之前刚刚划入武汉市辖管的黄陂区天河镇。7 月 13 日，鄂城机场指挥部（筹）撤销。

鄂州设立地级市的时间虽然不长，却素有“湖北之根”“武昌之源”的美誉，历史悠久，文脉丰厚，俊彦辈出。《史记·殷本纪》有“以西伯昌、九侯、鄂侯为三公”的记载，表明公元前 16 世纪至前 11 世纪的殷商时期就有“鄂”这个封国。春秋战国时期，楚君熊渠分封其子熊红到鄂州为鄂王，修筑鄂王城，这是湖北简称“鄂”的由来。三国时期，吴王孙权为图霸业从湖北公安县迁都鄂县，取“以武而昌”之意，改名“武昌”，在此称帝。

自古迄今，鄂州一直是系天下兴亡的战略要地之一，饱受刀兵水火的洗礼。

曾有对联赞道："与魏蜀争衡，金戈铁舰赢来虎踞龙盘，威武三分形胜地；惹曹刘妒羡，舞榭歌台引得鸾翔凤集，风沐百代帝王都。"

2013 年对于鄂州，有一件大事不得不提。7 月 21 日至 23 日，习近平总书记在湖北调研全面深化改革问题和当前经济运行情况，其间到访鄂州杜山镇东港村水稻育种基地、长港镇峒山村，了解城乡一体化建设情况。在鄂州历史上，党和国家最高领导人在此留下足迹还要上推至 55 年前的 1958 年 9 月 15 日，毛泽东调研武钢大冶铁矿途经鄂城县临江公社，即今鄂州市华容区临江乡临江村，视察棉花生产。

正是从习近平总书记的这一次调研起，鄂州开始制定绿色发展战略，调结构，转动能。李兵曾在一次会议上讲，鄂州因钢而兴，实现第一次腾飞，从一座小县城变成了中等城市，但后来也失去了一个机遇，那就是 21 世纪初，正逢国内汽车工业迅猛发展，东风汽车公司拟搬迁十堰总部，曾到鄂州新庙选址，"现在汽车产业发展势头已放缓，通用航空产业蓄势待发，这个机遇我们不能再错过！"

这一大胆谋划和北京汽车集团有限公司（以下简称"北汽集团"）旗下北京通用航空（集团）公司（以下简称"北京通航"）党委副书记、纪委书记涂运涛有关。涂运涛有一位同学在湖北省政府工作，为鄂州牵了线。

北汽集团是世界 500 强企业，原先从事汽车制造，后来转型飞机制造，开始与北京航空航天大学合作，组建北京通航，主要方向是培育通用航空产品的高端制造能力，建立通用航空完整的产业链。李兵的讲话让参会的时任鄂州市发改委主任江国新、鄂州市招商局局长方勇利激动不已，他们致力于寻找通用航空的"鄂州机遇"已有多年，三位中年男人的想法不谋而合。

2013 年恰逢改革开放 35 周年，中国经济实力已逐渐走强，将发展通用航空的蓝图对标世界第一经济强国——美国。此时美国通用航空产业发展水平相当发达，每天有 5 万余架飞机从境内起飞。而在中国，潜在购买人群虽然相当庞大，小飞机年产值总量可达 80 亿元，但市场上还没有相应的表现。面对悬殊差异，江国新和方勇利都在苦苦思索，鄂州产业结构偏向传统重工业，是否可借建设通用航空机场和发展小型飞机制造等相关产业找到城市发展提档升级的突破口呢？

也是在这一年的9月7日、10月3日，习近平总书记分别在哈萨克斯坦纳扎尔巴耶夫大学、印度尼西亚国会发表演讲，先后提出共同建设“丝绸之路经济带”与“21世纪海上丝绸之路”，即“一带一路”倡议。这是总揽世界大势的重大国际合作倡议，昭示了“一种新型的经济全球化方向”，着眼构建中国全方位对外开放新格局，推动构建人类命运共同体。

中国人一般用两个字来描述必然的因果：“命”和“运”。“命”是已在那里的预设，“运”则是渐渐展开的过程。如果说，种子是“命”，而将种子播撒到地里发芽生长，就是“运”。在全球化让世界连接更紧密的背景下，在事关中部崛起、城市转型、企业发展的重要时刻，先觉者们的梦想在不知不觉中逐渐重合。

“中国梦”的核心目标可概括为“两个一百年”的目标，到2021年中国共产党成立100周年和2049年中华人民共和国成立100周年时，逐步并最终顺利实现中华民族伟大复兴的中国梦——国家富强、民族振兴、人民幸福。

2013年，圆梦大幕徐徐拉开。

第二章
武汉及周边进入顺丰视野

先觉者往往是孤勇者。

鄂州要发展通用航空产业的提议，明里暗中质疑的声音并不少。王卫谋划建设航空货运枢纽，同样经历了力排众议的过程。

关于王卫的出身，至今公开的仍是一些历程碎片，而且他也很少在公开场合露面，更别提接受媒体采访了。只有在一次内部讲话中，王卫提到，我父母之前在内地是大学教授。再具体一些的信息来自网络，父亲曾是一名空军的俄语翻译，母亲则是江西一所大学的教师。

王卫 7 岁时随父母移居香港。1987 年，他在东华三院张明添中学读到中五，就没再往上读了，进了叔叔的印染厂打工，当年刚满 17 岁。后来，印染厂北上迁至顺德，王卫也跟随来到这里工作。

由于家在香港，工作在顺德，王卫经常要来往两地。那时候交通和物流不便，经常会有人委托王卫帮忙捎带一点东西，例如一些急用的配件、合同、报关材料等。次数渐渐多了，王卫发现了生意的门道。

1993 年 3 月 26 日，王卫在香港九龙和顺德容奇分别注册了顺丰速运公司，专门承接香港与内地之间的急件托运。这就是王卫和顺丰集团传奇故事的开端。

当时的中国正进一步扩大改革开放，东亚地区“雁型发展模式”也迈入新阶段：日本经济往技术和资本密集型升级以后，劳动密集型产业先是转移到亚洲“四小龙”，而在“四小龙”发展一二十年以后，又接着往中国内地和东南亚扩散。仅香港地区，就有8万多家工厂转移到内地，其中有5万多家落户珠三角。

仅用20年，顺丰集团从最初的“一穷二白”成长为民营快递物流龙头企业，除了王卫选准了方向和团队不懈的奋斗，当然也离不开时与势的推波助澜。

20年后，顺丰集团又到了命运抉择的十字路口。站在时代风口，2013年8月19日，王卫带领团队迈出了破天荒的一步，对外宣告将其旗下不超过25%的股份出让给贴着“国字号”标签的苏州禾元控股、招商局集团和中信资本。这一融资80亿元的消息一公布，当即引得业内外众声喧哗，毕竟他曾多次表示“顺丰不融资、不上市”。一如既往，王卫依然没有露面，也婉拒了媒体采访，继续埋头苦干。从创业那天起，他就致力于将顺丰经营成一家具有民族自豪感的中国企业，而从这时起，为了不断接近心中的梦想，他将接二连三地违背当初“不融资，不上市”的“誓言”。

在王卫安排下，顺丰高层首先拜访了中国民航工程咨询有限公司（以下简称“民咨公司”）。这家公司的职能之一就是负责“与民航建设项目有关的工程咨询、技术咨询和技术服务”，时任公司董事长、总经理冯晓平很快就被一家民营快递公司谋建货运枢纽机场的想法吸引了，这在中国乃至亚洲均属首例。

有着强烈事业心的人往往对“开天辟地”情有独钟，冯晓平爽快答应了顺丰集团邀请，牵头担任专家组组长。海选阶段，顺丰专家组着重考察已有机场场址规划的地方，“是扩建，或合建，还是新建？”此时尚未确定。

一开始，顺丰专家组先后走访了河南郑州、信阳，湖南岳阳和江西九江等地，这些地方的空域均在中国人民解放军广州军区空军司令部（以下简称“广空”）管辖范围。时任广空作战部部长燕来坤是湖北仙桃人，他得知顺丰集团这一尚在构想阶段的战略布局，极力想把这一重大项目带回家乡，为父老乡亲争取难得的“发展福利”。

货运枢纽机场选址，在国际航空业界有11条“军规”，选址条件要考虑包括空域条件、军民航影响、多式联运、飞行距离、绕飞频率、社会发展、城市群发展、产业配套、人才储备、气候气象和地质构造等多方面条件。

对此，顺丰集团副总裁、顺丰航空总经理李胜结合集团发展需要提炼了四项更为具体、更为精准的“要求”：

一是在功能上避开航空客运，因此会错开省会城市和人口密集城市；

二是设在中国中部，这样两小时航程能覆盖全国 80%GDP 的来源地；

三是在功能上能与铁路、公路等交通运输方式良好对接；

四是机场建成后要具备完整的口岸功能。

“顺丰集团还会考虑一个条件，就是当地要有相关的配套环境，包括教育资源等。”李胜说。基于上述条件的反复权衡，武汉及其周边地区逐渐进入王卫的视野，这时已到了 2014 年 6 月。

刚一接触，湖北方面就表现出相当高的热情。20 世纪的后 50 年间，这里以其特有的地理风貌、区位优势和经济基础，布局和建设了三大引以自豪的世界级重点工程：武钢一米七轧机、第二汽车制造厂、代号“三三〇工程”的万里长江第一坝——葛洲坝水利枢纽。由于数字的巧合，它们被湖北人称为“一二三”工程。到了 90 年代末期，武钢年产 1000 万吨钢改扩建工程、东风汽车集团（其前身是“二汽”）年产 100 万辆汽车工程、世界上装机容量最大的水利枢纽——长江三峡工程又被称为新的“一二三”工程。

从全国水平的老“一二三”跃上世界水平的新“一二三”，并不是孤立的三项老工程的完结和三项新工程的上马，而是我国综合国力极大增强的集中反映。进入 21 世纪，何时才能开建一项能与新老“一二三”工程相媲美的重点项目，备受湖北各界期待。

每一座丰碑都是一个时代的缩影。回眸湖北新老“一二三”工程的成长轨迹不难发现，以克难创新、自力更生、深化改革、扩大开放为主轴线而营造的经济发展气场，为它们铺设了腾飞的跑道。党的十八大召开以后，中华民族伟大复兴的号角已经吹响，作为中部内陆省份的湖北渴望抓住高质量发展契机，建成支点并登上全球竞争的舞台。

显然，顺丰集团将一个千载难逢的机遇“送”到了眼前。伴随社会经济全面提速发展，中国民用航空仅用短短 20 多年就走完了西方发达国家近 100 年走过的路。基于欧美经验，自20世纪八九十年代起，航空货运重心从普货（重货）转向快递，普货（重货）占比基本稳定甚至开始下降，这与中国现状比较接近。根据国际航空运输协会（IATA）2020年报告，航空货运总量仅占全球贸易总量的1%，但其所运输的货值高达6万亿美元，是全球贸易总价值的35%。由此可见，现代物流体系要追求高附加值，就应以航空物流为主导。湖北如能在这一划时代的转向中敢为人先，无疑将迎来凤凰涅槃般的腾飞时刻！

在湖北省发展和改革委员会（以下简称“省发改委”）官员陪同下，顺丰专家组马不停蹄，相继考察了武汉的蔡甸、江夏，黄冈的蕲春、团风以及荆州、仙桃、孝感等地，但对相关备选场址并不十分满意。

如“药圣”李时珍故里——蕲春，“十二五”（2011—2015年）期间已有现成的支线机场规划，但专家组赶过去一看，却怎么都提不起劲来：这里距离武汉160余公里，车程两个多小时，而且公路、铁路的密集度和水运的往返频率均不理想。

再看重点推荐的省直辖县级市——仙桃，这里被誉为“江汉平原的一颗璀璨明珠”，县域经济在全省长期处于领跑位置，虽然与武汉之间有高速公路相连，距离不到90公里，但专家组发现这里还未通高铁，水运也欠发达，配套交通基础设施并非最优组合，这对于一个货运枢纽机场来说，就意味着转运成本倍增。

连看了几地，都不是很满意，像被浇了一盆冷水，顺丰集团积极合作的热情有些消减。对此，湖北方面显然更着急。好在顺丰集团留了“台阶”：希望省政府重新提供可选场址。恰在此时，燕来坤找到一位省政府领导从中牵线，促成顺丰集团总裁王卫到访湖北。

2014年10月29日，时任湖北省委书记李鸿忠、省长王国生会见了王卫，并表达合作意愿。李鸿忠说，湖北是中国的经济地理中心，交通物流便利，科教资源丰富，产业实力雄厚。特别是近年来，交通基础设施建设发展迅猛，综合交通运输枢纽作用日益突出，正向“祖国立交桥”迈进。当前，湖北省发展还面临“建成支点、走在前列”、长江经济带新一轮开放开发、长江中游城市群建设等一系列重大战略机遇，在湖北投资兴业前景广阔、正逢其时。

王卫表示，湖北地处“九省通衢”，铁路、公路、水运、管道和航空等综合交通运输体系发达，具有发展物流产业的优越条件。谋划中的顺丰速运国际物流核心枢纽项目在发展国际物流、促进产业升级、提供后勤保障方面，不仅对湖北意义重大，而且具有国家层面的战略价值。

高层次互动，决定了双方参与建设核心枢纽项目的高标准定位——“中国版孟菲斯”，建成后将是“世界第四座、亚洲首座”专业货运机场。

会面结束，省政府和顺丰集团达成共识，承诺项目落户后将享受相关省级优惠政策，并成立“顺丰速运全国核心枢纽项目服务推进工作领导小组”。很快，顺丰集团重启货运枢纽机场选址工作，并在以武汉为中轴的方圆 100 公里内“画了一个圈”，自然而然，与武汉紧邻的鄂州就在不知情的情况下被“划”了进来。

将近一年多时间，顺丰和鄂州为圆“机场梦”，都在各自的轨道上奔忙。当鄂州被划入货运枢纽机场选址范围时，鄂州人并没有掌握准确信息。数月内，江国新、方勇利等人频繁往返于鄂州与武汉之间，全心筹建通用航空机场。也正是在这一过程中，他们才先后得悉并关注顺丰集团的动向。

方勇利自 2010 年 1 月起到鄂州市招商局主持工作，随后两年带领团队先后成功引进唯品会、易商等国内行业领军企业，为葛店经济技术开发区日后建成中国中部最大的电商物流基地奠实基础。到了金秋季节的一天，他在和从粤港澳大湾区回来的发小同学交流时，对方抛出的话一下击中了他：“要发展物流，就必须和顺丰合作，这样才能充分释放鄂州的优势！”

正是从这个时候开始，江国新、方勇利等人被李兵频繁叫到办公室，共同商议鄂州建设货运枢纽机场的可行性。多年以后再回首，这些战略意义上的思想碰撞或许可以称是鄂州从“钢城”向“港城”转型的“隆中对”吧。一天，湖北省发改委交通处给鄂州市发改委交通科打来电话，详细询问三山湖 1.6 万亩一般性农田的具体情况，这是鄂州此前申报通用航空机场的杜山镇选址。江国新听过汇报，猜想这或许和货运枢纽机场项目有关。

很快，市委常委会召开会议，详细介绍顺丰货运枢纽机场重新选址和相关调查分析，结论是“鄂州有一定的竞争优势”。当鄂州决策层刚开始思考是否从发展通用航空转战货运枢纽机场选址竞争时，仙桃、蕲春等地已完成了大量前期筹备工作。

就这样，作为最后一个进入货运枢纽机场选址竞争行列的城市，鄂州与顺丰不期而遇。

第三章
站在培育民族产业视角考量

一个成立仅20年、尚算行业新军的民营快递物流企业，能赢得湖北省决策者的积极响应，与其非凡作为密切相关。

2011年至2012年两年间，顺丰集团完成了超百万吨的航空快件运输量。同时，顺丰航空囊括了当时中国早航班超过50%的航线，晚航班也有四成。考虑到午航班不能在时效性上满足顺丰承运的一些产品，对这个时段的航班利用率很低，但总数超过2000余航班的资源，已为顺丰集团在快递行业领域造成一种引领甚至垄断的态势。

从“努力建成促进中部地区崛起的重要战略支点”，到“加快打造促进中部地区崛起的重要战略支点”，再到“建成支点、走在前列、谱写新篇”，湖北一直都在苦苦寻找“支点”的切入口，以打赢对外开放“翻身仗”。顺丰集团要建货运枢纽机场，而湖北从来都是交通要冲，却有现代航空物流的短板，“两好合一好，就走到一块了”。

王卫和李鸿忠、王国生会晤结束的当天下午，顺丰集团副总裁屠蔚就带队到鄂州市华容区段店镇（七磺湖、南磺湖一带）、杜山镇（三山湖、柯营一带）踏勘。第二天，屠蔚一行再到段店镇实地考察。

这个时间距离顺丰谋划机场选址已过去1年零4个月，进入湖北选址也过去了3个半月。先前看了河南、湖南、江西和湖北等省提供的场址，王卫总感觉没达到他的战略预期。这时，中国民航专家、原中国民用航空总局（以下简称“民航局”）机场司司长蒋作舟建议“到武汉南湖机场的外迁备选地去看看”，这就是当年被武汉放弃的段店场址。

10月30日，李兵、江国新等人赶来陪同。然而，时过境迁，段店场址的优势早已不在，尤其受附近军用机场的影响较大。听到专家们的争议，鄂州方面当即表态：“只要机场落户，鄂州全域任顺丰挑。”就在这一天，鄂州市委决定成立“货运枢纽机场申报专班”。

在和顺丰专家组交流沟通中，江国新多次提到“多式联运”，“转运成本是导致我国物流成本上升的一个重要环节，而多式联运可大大降低转运成本”。这好比在水中投下一枚石子，让专家们的心中顿起涟漪。

“比如，从上海运一趟货物到贵州，走水运的成本并不高，但把货物从船上搬到岸上，不过几十米的直线距离，一下就把成本拉上去了。”他解释道，然后从岸上再转运另一个地方时，还需要用火车或者汽车，这样来回倒几次，“豆腐价就盘成了肉价”。

“用专业术语讲，这叫上下力资费。随着人力越来越贵，这个费用将越来越高，成本自然增加。如果货运枢纽机场落户鄂州，我们控制转运成本的优势得天独厚。”江国新对生活了近30年的鄂州十分熟悉，也很有感情。

“我多次在市级会议上讲述鄂州建货运机场的优势，有些干部像听‘天书’一样，他们完全不能想象，鄂州如此小的城市，怎么能跟枢纽扯上关系？！”一次常委会汇报结束后，江国新给李兵发了一条短信，将多式联运优势再次详细说明：“郑州公铁路网虽然发达，但没有水路。而鄂州既在长江边，又靠近武汉，水运条件好，公铁路网发达，如再加上航空港，物流优势在国内城市很难找。”

这条短信让李兵在一片质疑声中更加坚定了信心。在古代，水路曾是荆楚大地最方便的交通方式之一，同时也是“南船北马”的关窍之地：乘船由南而上，可上岸换马；驾马从北驰下，也可转走水运。也就是说，这片土地因其天然禀赋早已有了多式联运的生动推演。当然，江国新对于货运枢纽机场的深刻理解和超前理念也颇得顺丰专家组青睐。

考察返回后，顺丰集团高层几经商讨，向湖北省政府提出扩大选址范围的细化要求：以武汉为基点，周边 100 公里范围内的城市都可推荐，每个城市推荐 3 个备选点，7 座城市一共提供 21 个选址。

11 月 26 日晚上，大雨瓢泼，寒风瑟瑟。刚送走签订通用航空机场研究合同的广州军区空军勘察设计院（以下简称“广空设计院”）专家，李兵、江国新和市发改委副主任李如峰马上将目光再次投向鄂州地图，研究如何迎接第二天前来正式考察的顺丰专家组。

从当晚直至次日凌晨，鄂州市委、市政府办公大楼，灯光一直亮着。同样通宵达旦的，还有半小时路程外的葛店经开区管理委员会办公楼，时任经开区党工委书记李军杰正带领工作人员制作 PPT。敲定李军杰为主汇报人，是李兵几经斟酌的决定。

李军杰，1973 年 3 月出生，山东寿光人，经济学博士，2011 年 5 月被派往鄂州市政府挂职党组成员、市长助理，此前在国家发改委经济体制综合改革司宏观体制处担任处长。两年后，他挂职结束，准备返京，但刚到鄂州履新不久的李兵深爱其才，盛情挽留，随后委以重任。

“讲宏观有高度，讲微观有新意。”这是李兵对李军杰的评价。时任鄂州市铁路建设领导小组办公室主任吴文华和鄂州市发改委交通科科长谢运舟一同赶往葛店，协助李军杰准备汇报材料，27 日凌晨 4 时许返回市委、市政府办公大楼和李如峰反复核对细节。“对方只给了 20 分钟，PPT 不能超过 19 页，围绕‘鄂州该做什么’‘鄂州能做什么’‘鄂州又会做成什么’这三个方面进行阐述。”李军杰做了硬性规定。

果然，他的汇报简明扼要：以鄂州为中心，将方圆 30 公里、50 公里、100 公里的临空偏好型产业集群一一梳理，再与武汉、黄石、黄冈、仙桃等地罗列对比，结论是“鄂州与武汉一样多”；其次，将鄂州路面交通和周边对比，尤其突出多式联运，按单位面积计算高速公路里程数、高铁里程数和高铁站数量，鄂州不仅优势明显，而且在全国地级市中是最多的。

“只要有利于中华民族快递物流业发展，有利于顺丰集团发展，鄂州都将‘一事一议’，鼎力支持。”最后，李军杰代表市委、市政府表达诚意。屠蔚听完甚为感动:“近 3 年我为机场选址走访多地,鄂州是唯一一个站在培育民族产业视角、为顺丰考量的城市。”

随后,顺丰专家组参观了唯品会电商仓储基地,并再次实地踏勘备选场址。虽然一开始冲着段店而来,但这里建机场会和附近的山坡机场、阳逻机场产生空域冲突,此次考察前就已放弃了;中国民航机场建设集团有限公司规划设计总院(以下简称“民航设计总院”)有位专家从地图中找出并推荐与段店相邻的蒲团百塆,虽有地势较高且周边平坦之利,但同样会遇到空域冲突问题;再看三山湖有 1.6 万亩一般农田,交通配套建设相对较好,却有地势低洼的不利因素。

三个备选场址都不尽如人意,如何是好?一度愁眉不展时,有人建议“可以去鄂城区燕矶镇看看”,那里有座星丰码头,已腾出 2000 多亩空地,本打算做废旧金属拆解专用码头,但由于种种原因搁置了。

燕矶镇,因长江中游南岸有一块石矶形似展翅欲飞的燕子而得名。长江自武汉向东,曲折蜿蜒,在抵达鄂州东端之后,向南一个大湾将燕矶拥抱入怀。与长江水域相通的花马湖将燕矶与沙窝、杨叶三个乡镇连在一起,地势开阔,空域通透,令到达现场的专家们“一见钟情”。

“矶”指水边突出的岩石或石滩,是长江中下游的独特地貌。在起自湖北宜昌、全长 1850 公里的长江中下游江流两岸,常见基岩山体矗立江边,峭壁悬崖,突出江中,三面临水,形如半岛,这就是“矶头”,大大小小百余个,最为知名的是江苏南京的燕子矶、安徽马鞍山的采石矶、湖南岳阳的城陵矶。

鄂州燕矶名气虽小,但对岸就是北宋时期大文豪苏东坡“一词两赋”所吟诵的黄冈赤壁矶,逆流而上不远还有为“万里长江第一阁”——观音阁充当底座的龙蟠矶。

正值枯水期,代表顺丰集团前来考察的冯晓平绕堤爬坡,又跳到湖边,站到岩石上,用一根长竹竿使劲往水里“杵”,脸上露出了不易察觉的喜色。“干啥呢?”身旁有人问。“这里是硬基础,适合建机场!”

除了地质条件,冯晓平认为燕矶所在位置不仅沿江,而且路面交通条件较完善,水、陆、空立体交通的“鄂州优势”将得到充分发挥。“顺丰是准备做‘百年店’的，你们对机场选址的分析和研判严谨入微，只要秉承科学态度，相信‘鄂州优势’就不会被辜负。”江国新说。

在这次考察中，冯晓平与江国新成了朋友。谈及中国如何发展航空物流产业，他们有太多的共同语言，并且在这个基础上建立了互信。这种互信源于科学论证的支撑，深层原因或许是他们有着同样的家国情怀。冯晓平还说，从技术角度看，燕矶是相对更好的场址，即使需要多花10亿元铲平一座山，建设成本比其他地方要高一些，但有了多式联运优势，从长远看比其他地方建了货运枢纽机场还要操心转运更省成本，“综合各方面条件，全国很难找到这样的好场址”。

显然，鄂州的优势打动了大多数专家。冯晓平最后说：“今天暂不下定论，但我祝鄂州百万人民心想事成！”言罢，会场掌声四起。

这些评价由衷而发，无疑让鄂州的货运枢纽机场项目申报团队信心倍增。“尽管八字还没有一撇，但能得到专家组的肯定和认可，就等于能拿上笔了。”大家乐观地调侃，也给自己打气。

像是“酒逢知己千杯少”，更像是“棋逢对手、将遇良才”。很难说清顺丰集团对鄂州的眷顾有加，是否也有双方高层在战略层面的“英雄所见略同”。研究国家宏观政策，探讨行业发展路径，从而帮助企业重新认识自身的定位和价值，看清中国物流业在全球竞争中的优劣势，并站在政府层面给予鼓励和支持，都增强了顺丰集团作为民族物流龙头企业的进取心和使命感。

无论个人追求、城市憧憬，还是企业目标，一旦融入实现中华民族伟大复兴梦想的浪潮之中，都将凝聚成源源不断的磅礴力量。“鄂州不只是在引进一个项目，更是在寻找城市发展合伙人。我们将绑定在一起，形成利益共同体，谋求持续共赢局面。”鄂州市领导在送行宴会上的话十分温暖，更鼓舞人心。

凭借逻辑清晰的优势比对、志向高远的政策分析，鄂州后来居上，赢得顺丰集团决策层的“天平倾向”。很快，顺丰集团委托民咨公司、盖安德咨询（北京）有限责任公司进行货运枢纽机场选址研究，并要求两个月内拿出咨询意见。

第四章

“七进四”比选涉险过关

入列选址城市并非万事大吉，鄂州市还需提供地面工程选址、飞行程序研究设计和飞机性能研究设计这 3 份报告，其中飞行程序设计报告包括“空域认证”。

空域认证，通俗地说，就是“开了空中路条”，这是我国与美国在发展航空产业方面的最大不同。和中国相比，美国的空域管理政策一直都较为宽松，特别是对飞行高度距地面约 3000 米以下的低空域飞行活动。第二次世界大战结束后，美国政府由于已在海外部署多个空军基地，便逐步将大约 85% 的空域划设为民用空域。

而在我国，空域大部分属军方管辖，民航使用部分不到 30%。换句话说，即便购买再多飞机，如果得不到军方的空域支持，也只能将飞机停放在机场当摆设。此时，仙桃、蕲春等竞选城市均已先后取得了广空在空域认证方面的支持函，成功似乎十拿九稳。

可江国新却不这么想：“相对仙桃而言，顺丰落户蕲春的可能性不大，这是我听到消息后的第一反应。顺丰集团专注速运经济，而蕲春位置较偏，交通配套设施不全，发展快递物流产业没有优势可言。”

机场选址竞争的前后进程，都基本证实了他起初的判断。顺丰专家组调查省政府提供的首批场址后，“仍不尽如人意”，于是希望进一步提供选址，这就有了省企双方扩大选址范围的决定。

事实上，航空货运最早服务于军事目的，后来走向商业是由于成本的下降和模式的创新。鄂州被划入场址比选范围，综合优势逐渐得到顺丰集团认可，却拿不到入围参选资格，甚至一度有被排除在外之忧，困难就聚焦在空域认证。在项目争取时间上，鄂州姗姗来迟，加剧了工作难度。

场址比选需要民航空域和军队空域的对比分析，这是机场选址报告的重要组成部分。在中国，能编制机场选址报告的单位只有 3 家——民航设计总院、空军工程设计研究局（以下简称“空军设计局”）和新时代民航设计公司。

2014 年国庆节后上班第一天，10 月 8 日上午的市委常委会上，李兵对与会干部说：“要想和顺丰合作建设货运枢纽机场，还需得到空军方面的空域认证支持，各位回去打听一下，看看有没有办法联系。”

听者有心。列席会议的鄂州日报社社长赵德辉一下就想到了自己的同事尹新年是空军退役老兵，还知道他为联络战友专门注册了一个网站，于是当场悄悄发去询问短信，很快收到肯定回复。一经确定，赵德辉便趁会议间隙向李兵转述了尹新年的原话。

尹新年，1956 年生，1976 年入伍，历任原空军第八航空学校飞行技师、航空照相员、政治处干事，1986 年转业到鄂州日报社，时任社长助理、副调研员。

几天后，尹新年被请进李兵办公室。

第一次这样近距离跟市委书记接触，尹新年刚开始还有点紧张。李兵迎上前来，先递了一支烟。尹新年拿到手里一看：“嚯，领导也抽便宜烟呢。”距离瞬间拉近。

“你在哪里当的兵？”李兵问。

“1976 年在新疆哈密，空军第八航空学校。我们八航校创造了人民空军师级单位连续安全飞行 25 年纪录，两次荣获中央军委集体一等功……”谈到部队的事，尹新年的话匣子很快打开了，自豪感不由流露，可他心里打鼓，领导到底想问啥？

李兵一边听，一边点头。

尹新年就把自己所知道的全都往外倒，“我们部队出了 30 多个将军，有现任中央军委副主席许其亮、航天员杨利伟、少数民族英雄飞行员邱光华、航母战斗机英雄试飞员戴明盟……”

“你跟哪些将军比较熟？”李兵突然打断。

“我认识的将军都退休了。”尹新年说。这时，李兵才向他说明关于机场项目申报的事，嘱咐他马上把手头工作全部移交，专门去北京跑一趟，联络空军方面，推进相关工作。

这次交流有半小时左右，尹新年是硬着头皮走出李兵办公室的。工作快 39 年，还有 1 年退休，他从没想过要参与到一个国家级重大项目中，“在工作岗位普普通通地干了一辈子，也该休闲自在了”。

但李兵如此恳切，尹新年难以拒绝。他没有意识到，走出书记办公室的那一刻起，他将同李兵等人一起按下机场货运枢纽落户鄂州的快进键。他这个普通人的名字，也将从这一刻起，在鄂州历史上留下印痕。

普通并非平庸的代名词，而是世间百态的蓬勃生命力。有了时与势，每一个人都有可能站在属于自己的舞台上，和广阔的世界发生不平凡的故事。

10 月 30 日，市委调令下达：将尹新年从鄂州日报社抽调到市委顺丰项目专班工作。最早，这个专班由 5 名成员组成，包括李兵、江国新、李如峰、尹新年和谢运舟，后来，从公安部下派挂职的副市长吴涛也加入进来。为方便交流，李如峰创建“专班”微信群，按 1 至 6 序列对应职位，亲自挂帅的李兵自然成了其中的 1 号。

民用航空，对鄂州决策层来说，的确是一个完全陌生的领域，走了太多弯路，专班成员内部挖潜、主动施为，积极疏通卡点、堵点，常常在关键时刻起到“柳暗花明”的作用。

与此同时，省政府推进力度也在加大。先是在 12 月 8 日，省发改委与顺丰集团正式成立省企项目联合工作专班，然后共同委托民航设计总院、民咨公司启动项目选址前期研究工作，初步确定“8+1”备选场址方案。其中，“1”就是既没有空军设计局出具方案、也尚未拿到广空支持性复函的鄂州。

不久，孝感田二河场址宣布退出，剩下的除了武汉天河是合建方案外，武汉（桐湖、乌龙泉）、仙桃（长埫口、彭场）、黄冈（上巴河、彭思）三地各两个选址进入新建方案备选范围，鄂州当时只有一个场址入选，并非顺丰专家组相中的燕矶，而是有关专家先前从地图上挑选的蒲团百垮。

距离第一轮场址比选评审时间一步步逼近，怎么办？

当改变命运的时刻降临，犹豫就会彻底失去机会。在这个节骨眼上，李兵的果敢作风发挥了作用。他直接和顺丰集团高层联系："现在要办完全部手续肯定来不及了，能否特事特办，开绿色通道。"顺丰方面回复，只要先得到空军设计局负责人的认可，就没有问题。

火烧眉毛了！尹新年不得已"放大招"：找到曾在空军司令部工作过的战友冯富海做最后的努力。被老战友的诚意打动，冯富海从中斡旋，将空军设计局局长徐洪才和鄂州顺丰项目专班约在了一起。

2015 年 1 月 4 日，这场对顺丰和鄂州都十分重要的聚会在中央军委附近一个小餐馆开始。"我只有 40 分钟时间，直接进入正题。"冯富海打开专班带来的三张地图：军事空域地图、民航空域地图和鄂州行政图，全部铺到地面上，将鄂州燕矶指给徐洪才看："我也曾是飞行员，建机场的专业要求我懂，再没有比这里更适合的地方了。"作为代表顺丰集团参加会谈的专家，冯晓平再次表达了对鄂州的"好感"。

"武汉是海、陆、空三军装备基地，在鄂州建机场不仅有交通优势、地理优势，更有促进军民融合的优势。"冯富海的这番话很有分量。当得知货运机场以夜间作业为主时，他认为解决与山坡机场的空域协调问题更有把握了。有了领导的指点，徐洪才当即同意为鄂州出设计方案，这次聚会为鄂州跨进机场场址备选城市之列敲响了机会之门。

1 月 23 日，湖北省人民政府与顺丰集团签订《关于建设国际物流核心枢纽的框架协议》，共推项目规划、选址、报批、建设、运营等工作。省级层面的推动正在加快，但空军设计局为鄂州拿出方案还需要时间，而且此时恰逢春节长假。

3 月 6 日，李兵与广空司令部有关方面接触，还与冯富海电话沟通。冯富海说，两个机场的物理距离大于 40 公里时，空域协调就能够解决。关于空域问题，要本着尽量减少与周边多个机场发生矛盾，集中与周边一个机场进行空域

四处求告无门，大家都有点心灰意冷了。此时，鄂州争取货运枢纽机场项目，优势后来居上，一时间在省里被传得沸沸扬扬，压力自然会传至回鄂州。“书记是个有恒心、有韧劲的人，要不是他那样坚定，我就准备放弃了。”回想最难熬的那个阶段，尹新年不禁感慨。

4 月 27 日，李兵决定亲自带队，再赴广空汇报沟通。对方明确表示，只有湖北省政府同意撤销仙桃参选资格，我们才能研究鄂州究竟能不能有资格备选。可以说，这是一个不可能实现的条件。

“我们国家批准建设民用机场最大的难关就是空域，军方的一票至关重要。”时隔多年回忆这段经历时，江国新语气低沉了许多，“很难很难，一路波折，胆战心惊，有些过程到现在都不太敢回想，心情像坐过山车一样，常常希望就在眼前，却又很快落空，真的是如履薄冰，机会稍纵即逝！”

在当时情形下，大家都明白，广空支持性复函就是参加机场场址比选的“门票”。拿不到这张“门票”，就意味着鄂州前期工作全部作废。距离“最后期限”越来越近，可连“门票”的影子都没有。那一刻，专班人员沮丧到了顶点。“否不了，要否早否了，何必等到现在？！”李兵不断给大伙提气鼓劲，实际上内心比谁都焦虑。

荣誉、成就感是庆功时的馈赠，但参与过程的压力与委屈，非亲历者难以体会。“那个时候，说风凉话的人多了，还有人等着看笑话，甚至有人使绊子、帮倒忙。算了，一切都过去了……”回忆至此，江国新眼眶微微泛红，“我当时已准备好辞职申请，只要场址比选不成功就向市委递交。”

壮士断腕，破釜沉舟，无路可退！不抱怨，不放弃，成功的必然之路就是不断地重来一次，项目专班成员“都豁出去了”。

5 月 2 日，仅休息了一天，除了谢运舟留守鄂州，专班其余 5 人再赴北京继续寻求军方支持。然而，连续几天辗转四方，没有任何进展，李兵等人的心情日益沉重。

一天晚宴上，在北京的鄂州籍老将军被邀请相聚一堂，集众智出谋划策。看着风尘仆仆、满脸疲惫的一行人，在场的董良驹将军深受感动。他说：“你们看，项目专班里，没有一位在鄂州出生，却在为鄂州的发展呕心沥血，付出这么大的努力，这种精神可敬可佩！”

让我们记住这些为鄂州发展迎难开路的专班英雄的名字：李兵，湖北黄冈浠水人；吴涛，安徽淮南人；江国新，湖北天门人；李如峰，湖北武汉人；尹新年，湖北大冶人；谢运舟，湖北汉川人。决战关头，吴涛在北京曾五过家门而不入，唯一一次回家，仅在家里待了20分钟，不得不与妻儿告别；21次上北京、8次下广州、两到长沙，行程7万多公里，尹新年半年内的行程相当于走了3次长征路。

申报的过程固然艰辛，但专班的六个人也在此过程中结下了深厚情谊。“就像是一场风云际会，我们六个人的组合效果远远大于六，少一人或许事就办不成，来自四面八方的问题都能在这个团队一一得到化解。”江国新说。因为认定了鄂州物流优势无可复制，专班成员自始至终对场址比选都非常坚定，“如果这件事办不成，对顺丰集团是遗憾，对我们更多的是无奈”。

5月7日10时半左右，当北京拜访再次空手而归时，一行人已是万念俱灰。恰巧，李兵接到了一个来电，询问当天能否拿到省政府补充函，或许可以想办法请广空再做研究。他毫不犹豫，回答斩钉截铁：“我保证下午办好。”虽然并不知道这样做能有几分把握，但这已是当时最后的“救命稻草”。

“只有一件事会使人疲劳，摇摆不定和优柔寡断。”而每做一件事，都会使人身心解放，即使把事情办坏了，也比什么都不做强。一看时间，距离最快的一班飞机起飞仅剩一个半小时。鄂州项目专班一行在北京西北郊区，从那里赶到位于北京东北郊区的顺义机场最快也要花90分钟。

这是一场和时间的赛跑！为了争分夺秒，他们一路小跑。李兵由于日夜奔波，疲劳过度，腿疾复发，一米八几的大高个一瘸一拐赶路。这位治理一座地级城市的“一把手”，在北京街头忍着疼痛坚持往前跑。等车时，他一边靠在吴涛肩头打电话，一边按着太阳穴强撑。

此情此景，令同行人无不为之动容。尹新年用手机悄悄留下影像——这是他多年从事摄影记者工作养成的敏锐感。“就算事没办成，我们也算为父老乡亲尽心了。”他默默地想。后来，鄂州日报社编辑张赤军为此专门赋诗一首：“借你肩头，千万里行走；腿伤复发，兄弟，请让我借你肩头；这一刻的倚靠，会让时光发呆；但是历史，会记住这一瞬；待到功成时，我将以茶代酒，与你共祝！”

当专班 5 人会合、乘车赶往机场时，李如峰还在用手机订机票，吴涛正用手机起草给省政府的报告并传回市政府让值班人员制作文书。十万火急，几乎所有人都认为赶不上了。幸运的是，他们最终抢在舱门关闭前登机，禁不住振臂高呼：天佑鄂州！

下午 3 时 30 分，专班一行抵达省政府大门前，鄂州市政府副秘书长刘华和谢运舟已拿着打印盖章的文书等在那里。李兵顾不得歇一口气，拿着文书，拖着伤腿疾步走进办公大楼，向一位位有关领导恳请签字，找一个个相关处室盖章支持……一个小时后，《湖北省人民政府关于 4E 级货运机场备选场址有关情况补充说明的函》终于交到他手中。

5 月 8 日上午 9 时，吴涛领队带着省政府补充函到访广空司令部。对方一位参谋出来接待：首长出差了，你们把文件留下就可以了。但几个人眼神一会：等！

一行人在 9 楼会议室“静坐”，眼见就到了中午。参谋过来，建议他们出去吃完饭再进来。“就是想以程门立雪的精神感动他们。”几个人不约而同，决定继续等。到了下午 4 时左右，年纪稍长的尹新年脸色惨白、大汗淋漓，李如峰从随身的双肩包里找出了几片饱受“蹂躏”的面包，总算帮他充饥垫底。缓过劲来，尹新年幽默地说：“幸好还让抽烟，不让抽烟我马上叛变！”一阵笑声打破了会议室里略显沉闷的宁静。

说是“静坐”，其实吴涛和江国新一直都在忙着打电话，边向还在鄂州的李兵汇报，边和有关方面联系。傍晚时，李兵打来电话：“全体下班时间撤离，我晚上赶来请大家吃饭！”无功而返，吴涛不甘心，向守在一旁的参谋要了张白纸，执笔疾书，说明来意，临走时再三叮嘱转交领导。

拿着省政府文件，吴涛一行走出广空，当即冲进一家路边餐馆狼吞虎咽。这个时候，大家都明白世界上什么东西是最美味的了——你饿得快不行时吃的第一口饭菜。

“同志们辛苦了！”晚上 10 时许，李兵赶到广州和吴涛等人会合。他自费请大家到珠江畔一家小餐馆吃夜宵，没吃多久便接到一个神秘电话——“9 日上午10时到广空司令部2楼会议室，郑元林参谋长答应会面。”“好！”几个成年人情不自禁，像小孩子一般欢呼雀跃。

如约碰面。一握手，郑元林就说：“原以为湖北同时要建几个机场，哪能全部都支持啊！现在下面同志已搞清楚，是多个地方选一个。”氛围一下活跃起来，“等场址选出来，我们再对中选城市发支持性复函，如何？”李兵一步不让：“那前期广空已给其他城市发的函，怎么办？”“收回！”

“军中无戏言！”李兵按下手机录音键，“请首长重复一遍，我录音！”一个正厅级干部敢向一个正部级干部提这样的要求，再次体现他关键时刻有胆有识。

郑元林还表示，已派燕来坤当日下午2时赶到湖北省发改委暂时收回对蕲春、仙桃两地的支持性复函。事后得知，一分一秒都不差——这就是中国军队的作风。

5月10日，到了事先拟定的“限期”，虽然鄂州仍没有拿到广空支持性复函，但四个竞选城市已站在了同一起跑线上。以当时武汉天河合建方案被顺丰集团否决、蕲春彭思场址不再发力的情况看，最后的竞争成了仙桃长埫口与鄂州燕矶之间的比拼。这一天，广州暴雨倾盆，专班成员们的心情却如雨后天晴。

5月12日，由湖北省发改委牵头，核心枢纽项目工作组在鄂州召开选址评估会，燕矶场址又一次获专家组认可。仅3天后，鄂州市与民航中南机场设计研究院（以下简称“民航中南院”）签订合同，开展鄂州机场项目选址阶段飞行程序设计、飞机性能分析研究。走到这一步，鄂州已势在必得。

第六章

深圳会晤，鄂州吃了“定心丸”

在广州和郑元林会面结束不久，李兵便“瞒”着专班成员，对市公安局下了一道密令，立即冻结鄂城区的沙窝、杨叶、燕矶三个乡镇户口，“只出不进不声张”。

很快，鄂州市悄然制定出台《机场建设区现状锁定工作方案》，对机场建设核心区的房屋、重要基础设施、村集体建设现状等逐一锁定，建立市、区、乡镇、村四级查违控违网络，实行全天候监控，严查违建行为。

对顺丰集团而言，有了选择当然更主动，但真要到了拍板时也没那么容易下决心。“毕竟是数百亿元的巨额投资，是集团有史以来的最大一笔投资项目，是一个个顺丰人一票票货单跑出来的血汗钱！”这种艰辛对白手起家的王卫来说，感触犹深。

2015 年 1 月至 4 月间，顺丰专家组特别安排了一项“秘密调查”：安排原籍在 7 个场址所在城市的集团员工参与，交叉打乱，分赴各地展开问卷调查，调查内容包罗万象，大到领导作风，小至随地吐痰、乱丢垃圾等不文明行为。最后统计结果，鄂州名列第一，甚至比第二、第三相加还多 3 分，这个结果也为鄂州赢得了隐性支持。

拍板的关键支撑主要来自专家组的科学分析，曹允春和刘武君正是其中的“意见领袖”。前者是中国民航大学临空经济研究中心主任、教授，中国临空经济理论首倡者；后者时任上海机场（集团）总工程师，曾参与主持上海浦东国际机场、上海虹桥国际机场、虹桥综合交通枢纽和上海磁浮列车等重大工程的规划设计工作。

刘武君说，关于货运枢纽机场选址，首先考虑人口和经济发展因素，以鄂州为中心 1000 公里半径的区域，覆盖了我国华东、华南、华北、华中的全部范围及西部主要的经济中心城市，覆盖了我国约 80% 的人口和 GDP。

不仅如此，他还指导研究生用引力模型展开精准的数学分析，考虑了顺丰的货量、流向、航线、飞机等诸多参数，最终得出的结论，理论上最具合理性的位置应是“岳阳、信阳、合肥、武汉这四个城市之间的区域”，也就是说，顺丰将货运枢纽机场放在这一范围，航线网络的综合成本最低，运输时效也可满足顺丰快递“夕收朝至”的服务要求。

显然，除了天然的区位禀赋，打动顺丰的还有当地的历史底蕴和人文环境。但最终让军方松口，离不开鄂州专班提出的“军民融合战略”：紧急时刻，鄂州机场可作为救援、救灾货运机场，也可作为武汉、武昌、黄陂、孝感军用机场乃至我国中部各大军用机场的备降机场。郑元林在接见鄂州项目专班时也表示，鄂州机场纳入军民融合试点，将是实现军队、地方与企业多方共赢的好模式。

5 月 22 日，应王卫邀请，鄂州市委市政府主要领导带队到访顺丰集团深圳总部。一向低调的王卫不改他一身工装的习惯，首先对鄂州方面倾情倾力表示衷心感谢，并深情回忆了自己的创业经历。

王卫说：“我 1993 年创业至今已有 22 年，先做了 16 年的‘黑快递’，才有了后来的成绩，所以集团 LOGO 以黑为主色调。”说到动情处，眼圈竟有些红了。李如峰机智地溜出一句：“顺丰集团 LOGO 上有一个红点，那就是鄂州的燕矶，象征顺丰前程如朝阳冉冉升起！”

的确，国内民营快递业务，包括王卫起家的粤港过境速运，很长时间处于灰色地带。直到2009年10月1日，历时7年、十易其稿的新《邮政法》颁布实施，国家才明确支持民营快递企业发展。

工作餐期间，李如峰以茶代酒敬王卫：“您 22 岁创业，顺丰今年创建 22 周年，今天我们相逢在 5 月 22 日，正好是三个 22，相加等于 66，六六大顺，昭示着顺丰在鄂州建机场顺顺利利。”大厅里响起畅意的笑声。

此次会晤给鄂州吃了“定心丸”。最后，王卫说：“鄂州综合条件符合顺丰对货运枢纽机场项目的定位及经济效益的预测，鄂州燕矶是最理想的机场场址。”

6月10日，鄂州燕矶、仙桃长埫口两个场址的3份设计报告分别提交。按原先安排，由民咨公司组织专家组评审，但有关领导认为还没到那个阶段，在广空没有出具意见前，先从民航专家库里抽取两人参加预评审。而且，下一步请咨询机构需通过招投标确定。

11日、12日，受省企联合工作专班委托，民咨公司邀请国内民航系统顶尖专家踏勘武汉天河机场、鄂州燕矶场址、蕲春彭思场址以及仙桃的长埫口场址、沙湖场址等，并在武汉召开选址报告专家预评审会，对民航设计总院、民航中南院、空军设计局提交的各场址选址报告展开讨论。

会议进行到最后，专家们的意见又回到了燕矶与长埫口之争，并建议一一列出两个场址的优缺点，请广空出两份支持性复函。但屠蔚表示，出两份函，广空出具的评价肯定不一样，如果广空对顺丰集团不中意的场址评价稍好一些，怎么办？“不能听见鸟叫唤，就不敢下种了！”

于是，会议统一认识：用打分形式确定第一、第二名，请广空对第一名出函。如果省里不同意第一名，就直接向省委主要领导反映；如果广空不同意第一名，项目就放弃在湖北建了。历经前后8次专家组现场踏勘、近百人次到会讨论，鄂州燕矶备选场址继续在评审中位列第一。

综合权衡，定量分析和定性分析的结论是一致的，鄂州确实是眼下最好的选择。然而，最好并不等于没有缺陷，这些缺陷需要今后持续努力克服。比如，选址地处洪泛区，易被淹，湿度也大。转运中心的“王”字形架构中，曾有专家建议将中间一横上布置的分拣设备放到地下，更利于飞机运行，但由于所处位置常年偏潮，这些机械如放到地下，时间一长易损坏，导致维护成本趋高。还有，鄂州交通路网密布，从短期看是优势，但往后发展极有可能形成拥堵，进而影响转运的高效和便捷，对此地方政府应未雨绸缪，提前谋划并出台针对性措施。

建设过程将占用花马湖流域中走马湖水面约4000亩，一度遭各方质疑。湖北省湖泊局为此下发支持文件送达评审会现场："机场项目既是航运设施，更是国家重大公共服务基础设施建设项目。省湖泊局依据有关条款对机场建设需填湖问题原则上同意占用湖泊水面，后续审批和处理另行受理。"鄂州市有关水利专家叶斌回忆，文件核心意见即"国家重大基础设施建设经调查后可以调整湖泊占用问题，但必须'占一还一'，即占补平衡，采取退田（圩）还湖等恢复补救措施"。

6月17日，鄂州市人民政府向顺丰集团致函表达支持，明确包括但不限于以下措施：负责落实净空处理所需的部分山体削除；负责项目建设涉及花马湖流域中部分水面的占补平衡问题；负担土石方工程费用超出10亿元人民币以上部分；协调军方和民航主管部门以促使本项目选址获得支持；落实本项目机场物流产业及产业带用地的征迁及相关安置补偿工作，确保按时合法供应土地；加快落实相关地区的城乡规划，完善基础设施，落实配套优惠政策，优化产业布局。

这份致函还在结尾特别提到："我市将全面落实本项目选址和磋商阶段以书面或口头方式确认的给予本项目的各项支持、优惠政策。"

很快，顺丰集团正式电话知会湖北省发改委，物流核心枢纽项目决定落户鄂州。当天，省发改委主要负责同志及时将有关进展向李鸿忠、王国生做了汇报。

6月18日，顺丰集团和湖北省发改委共赴民航局汇报项目选址情况。毫无意外，鄂州市燕矶场址在综合评审中被确定为第一优选场址，民航局及机场司、规划司的负责人均给予肯定和支持，明确表示将启动选址批复程序。

6月24日，顺丰集团向省政府发送《顺丰速运（集团）有限公司关于国际物流核心枢纽选址的意见函》，函中称："在满足选址所需的各项条件（包括但不限于：气候、空域、填湖、削除山体满足净空需要等）的前提下，顺丰在候选场址中选定湖北省鄂州市燕矶地区作为国际物流核心枢纽拟建场址。"

6月29日，鄂州市委向省委呈送《关于顺丰国际物流核心枢纽项目工作情况的报告》。"来之不易，意义重大！"报告得到省委主要领导的批示肯定。到

法就是走那条更难走的路。顺丰集团最终选择了相对复杂的立项路径，并且在成立合资公司时巧妙搭建了建设期由国资控股的股权结构，避免了审批过程中每一个环节都要重新研究规则的不便。

紧接着，为实现项目顺利落户，还必须解决4个关键问题：进入国家规划，需国家发改委、民航局批复同意；得到军方支持，需总参、空军出具支持意见；批准机场选址，需民航局发文；正式核准项目，需国务院、中央军委批准。

2015年7月25日，国务院主要领导对湖北省委、省政府提交的《湖北省项目工作情况汇报》批示了意见。该报告中涉及货运枢纽机场等重大项目进展情况，并建议“国家将核心枢纽项目纳入国民经济和社会发展‘十三五’规划及《长江经济带发展规划纲要》，将其定位为货运门户枢纽机场，帮助协调空域资源特别是争取军方支持，指导我们做好各项前期工作，使项目能尽快批准实施”。

几天后，国家发改委、民航局做出回应：有意将顺丰货运枢纽纳入“十三五”等相关规划，并表示如果项目前期工作具备条件，即便没有纳入国家规划，今年仍可作为特殊项目上报国务院争取批准。时任国家发改委主任徐绍史还强调，对货运机场项目不仅要在审批方面全力支持，而且在资金方面全力支持，要求有关司局拟订快速推进的具体方案。

8月25日，湖北省政府办公厅印发《湖北省重大项目跟踪衔接工作方案》，要求省发改委和相关单位“一月一报告，一月一通报”，货运枢纽机场项目被列为“头号工程”。

三天后，时任湖北省委书记李鸿忠、省长王国生、常务副省长王晓东、副省长许克振在东湖宾馆会见顺丰集团总裁王卫及李东起、刘良浩、屠蔚、于国君四位副总裁一行，省政府秘书长王祥喜和李兵等人也在现场陪同。

“顺丰项目是大事、是要事，从去年到现在，比选过程繁忙而认真，有焦虑、有困难，终于有了成果。”货运枢纽机场最终落户湖北，李鸿忠掩饰不住内心的喜悦，“顺丰慧眼识宝地，慧眼识鄂州！湖北省委、省政府全力支持，将全程服务好顺丰项目”。

“货运枢纽机场不单是顺丰的项目，也不单是湖北的项目，而是国家的项目。”王卫从国家经济发展战略、国家产业升级发展战略、国家战备后勤保障战略三个方面阐述了顺丰项目的重要意义。同时，他坚信依靠湖北省委、省政府坚强有力的领导，一定会克服空域矛盾的困难。

王卫还说，顺丰集团特别聘请民航设计总院、民咨公司和空军设计局等国家级研究机构，在近两年内从多式联运、飞行距离、绕飞频率、社会发展、鄂东城市群、产业配套、人才储备、气候气象、地质构造等多个维度进行全方位论证比选，最终有了一个结果——鄂州，“这是多方共同尊重科学、尊重规律、尊重企业意愿的结果”。

李鸿忠高度肯定王卫及其团队的睿智和敬业，高度认同王卫对顺丰国际物流核心枢纽项目的定位。他强调：“光有高端制造产业还不行，光有高端制造技术研发远远不够，而要和航空快递物流紧紧连在一起，也就是和瞬息万变的市场紧紧连在一起，这才具有超强的核心竞争力。”

会谈中，双方都谈到了选址后的项目审批将是更严峻的挑战，“设施易建，盖章尤难”。对此，李鸿忠的态度非常明确：下一步省委、省政府将周密部署，“我和国生省长都将出马”。

9 月 25 日，省政府第五次为顺丰选址鄂州向广空发函，即《湖北省人民政府关于恳请审查湖北国际物流核心枢纽机场选址报告并出具支持性意见的函》（鄂政函〔2015〕199 号），函中专门介绍了场址比选情况：“顺丰集团和民航专业机构在我省先后考察了 10 余个场址，经筛选逐步聚焦，纳入此次比选范围的共有 4 个方案：与空军武汉机场合用、与武汉天河机场合用，或在鄂州燕矶、仙桃长埫口选址新建。经军民航专业机构分析论证，顺丰集团在综合考虑空域和地面条件、周边配套能力和长远发展潜力、企业需求和服务国防需要、投资成本及运行独立性等诸多因素后，决定选择新建方案并将鄂州燕矶作为首选场址。”

函中提出请求：“建设国际物流核心枢纽既有利于带动湖北经济社会发展，推动我省加快实现习近平总书记提出的‘建成支点、走在前列’目标，同时也是提升我国物流业整体水平、更深更广地参与国际分工的迫切需要。贵部对项目落户湖北一直十分支持，为项目选址等工作提供了重要指导和有力帮助。为进一步加快推进项目前期工作，恳请贵部审查《湖北国际物流核心枢纽机场选址报告》和《湖北国际物流核心枢纽机场选址空域规划与飞行程序设计报告》，并出具支持性意见。”

10月8日，国庆节长假后上班第一天，湖北省政府收到《广州军区空军对湖北国际物流核心枢纽机场选址的初步意见》（司作〔2015〕81号），广空除暂不考虑与武汉天河机场合用的方案外，对与空军武汉机场（阳逻机场）合用、鄂州燕矶、仙桃长埫口三个预选场址同时“原则同意”。函中虽然强调“尤其是鄂州燕矶场址与军航影响较为突出”，也建议“空军武汉机场合用方案可作为首选方案”，但“鄂州燕矶场址”首次被列入广空支持意见函。

湖北省发改委在第一时间将这一极富平衡智慧的“初步意见”告知鄂州市主要领导，并表示，如果当年选择段店作为武昌南湖机场的搬迁新址，就可以带动鄂东城市群发展，助推东湖高新区、东湖综合保税区快速发展，而如今天河机场仅带动孝感一带，辐射作用有限。这个意见引起了鄂州方面重视，遂在后期报告特别是向省委、省政府的汇报中，将武汉、黄石、黄冈、鄂州“四市一体化协调发展”写入其间。

民用机场申报审批工作之艰难，堪称国内建设项目之最，广空复函是至关重要的实质性起步。拿到复函后，湖北省发改委和顺丰集团当即开展货运机场项目前期筹备工作，委托民航机场建设集团和新时代民航设计公司广州分公司，编制《湖北国际物流核心枢纽机场选址报告》。

在此前后半年时间，湖北省政府向民航局正式报送机场选址报告，鄂州市召开航空都市区建设场址保护动员大会，鄂州机场气象观测站建成投用。与此同时，鄂州市政府、顺丰集团先与艾奕康设计集团（AECOM）开展《航空都市区概念性总体规划》编制工作，然后通过公开招标聘请波士顿咨询公司（BCG）编制《航空都市区产业规划》。

11月，国家发改委、交通运输部发布《城镇化地区综合交通网规划》，其中提到在长江中游地区“研究建设专业货运机场”。同期，国务院常务会议审议通过《长江经济带发展规划纲要》，也有相应表述。“当时正在编制的全国中长期机场布局规划中，鄂州民用机场已被考虑在内，也就意味着将进入国家规划。”对能在壮年为鄂州、湖北乃至国家有所作为，江国新深感自豪。

到了这个时候，正是顺丰货运枢纽机场项目最终选址鄂州并进入审批筹建阶段的开始，全市上下急需一场“头脑风暴”。曹允春、刘武君等专家先后应邀为鄂州市各级干部授课，主题均与货运机场、临空经济有关，二人均被聘请为中共鄂州市委决策咨询委员会决策支持顾问。自此，两人或撰写或翻译的书籍摆上了鄂州许多干部的案头。其中，曹允春刚与学生联手翻译出版的《航空大都市——我们未来的生活方式》尤受欢迎，这是美国学者约翰·卡萨达教授关于航空经济研究的力作。

国际学术界曾有一个“四波理论”，用以论述18世纪以来交通枢纽和城市商业中心的作用关系：第一冲击波由海运引起，表现为一些海港周围出现世界级大型商业中心城市；第二冲击波来自人工运河，推动欧洲、北美工业革命；第三冲击波则由铁路引起，一些内陆城市（如美国亚特兰大、中国郑州等）成为内地商品生产、交易、配送中心；第四冲击波由公路引发，大型购物商城、商业中心、工业园区、企业总部开始远离城市中心。

1992年，卡萨达教授提出“第五波理论”，他认为空运将在经济全球化背景下引起“第五冲击波”，因为航空运输适应了国际贸易距离长、空间范围广、时效要求高等条件，进而成为经济发展驱动力，是现代化国际经济中心城市迅速崛起的重要依托。

第八章

民航局首选燕矶场址建货运枢纽

2016 年 1 月 13 日至 15 日，受民航局机场司委托，民咨公司在武汉组织技术咨询会，参加评审的专家阵容庞大，几乎涵盖了在全国各个机场项目建设中担任过专家组组长的人，这与湖北省政府做了大量工作有关。

与会专家对民航机场建设集团编制的《湖北国际物流核心枢纽机场选址报告》（以下简称《选址报告》）和民航中南院编制的《湖北国际物流核心枢纽机场选址空域规划与飞行程序设计报告》（以下简称《飞行程序设计报告》）、《湖北国际物流核心枢纽机场选址飞机性能分析报告》（以下简称《飞机性能分析报告》）进行论证。

“为慎重做好货运枢纽机场的选址工作，民航局机场司委托我们参考已有的各项研究成果，开展现场调研工作，并在全面分析论证的基础上，形成技术咨询专家组意见。”冯晓平代表组织方发言，当时会议召开背景还存在对广空意见的回应，“明确规划依据及新机场选址的必要性”成了论证的核心任务。

首先，《全国民用机场布局规划（2030 年）》明确“培育武汉机场的区域枢纽功能”，“枢纽机场所在城市建设多个运输机场的，视为符合规划。推动航空物流和快递业发展，应充分利用现有机场的货运能力，如需建设以货运功能为主的机场，应尽可能从本布局规划中选取。关于单纯开展货运业务的机场布局规划，待专题研究后确定”。

2014年9月，《国务院关于依托黄金水道推动长江经济带发展的指导意见》提出，要加快建设含武汉在内的14个全国性综合交通枢纽，“推进航空网络建设，有序发展区域性综合交通枢纽，提高综合交通运输体系的运行效率，增强对产业布局的引导和城镇发展的支撑作用。要建设综合立体交通走廊，加强水运、铁路、公路、航空和管道的有机衔接，建设和完善能力匹配的集疏运系统”。

其次，就是场址选择。“事实上，由于顺丰航空聘雇多名外籍飞行员，一开始就否定了与天河机场合建或与空军武汉机场合用的两套方案。这两套方案不仅存在涉密风险，而且协调太难、成本太高、执行太复杂！”不出所料，专家们的意见最终还是落在了鄂州燕矶与仙桃长埫口之间的比拼上。

民咨公司在陈述中认为，核心枢纽若与天河机场合建，货运航班正点率保障存在不确定性，运行效率存在重大风险；而与阳逻机场开展军民合用的方案，由于机场扩建区域紧邻涨渡湖自然保护区，位于分蓄洪区，周边村庄较多，受生态环境保护、防洪调度、征地拆迁等因素制约较大，而且军民航同场，空中管制、地面运行相互影响较大。

《选址报告》提出，新机场选址应位于武汉市中心直线距离100公里范围内，考虑既有机场相对位置关系、城市现状及规划、地形及主要交通干线，经图上作业和现场踏勘，提出了燕矶、长埫口、桐湖、竹瓦和彭思5个初选场址。

“武汉市北向选址将对长江以北4个机场产生结构性影响；武汉市南向选址将与长江南侧的空军山坡机场之间的矛盾非常大，且山坡机场以南是咸宁区域的山脉，均是选址的不利因素。因此，将武汉市东向和西向作为选址重点研究的方向。”冯晓平两年来多次踏勘现场，早对以下分析内容烂熟于胸。

——武汉境内的桐湖场址位于天河机场跑道延长线下方，与天河机场运行矛盾协调难度较大，地处杜家台分蓄洪区，南端与沉湖湿地鸟类迁徙有矛盾，空中和地面均有不利因素。

——黄冈新推荐的浠水县竹瓦场址处于鄂东北低山丘陵地带，有一定的土石方工程量，北侧局部净空需要处理，场址及其南北两侧邻近多条高等级高压线走廊需要迁改，空中运行需要与空军阳逻机场协调，综合来看，空中和地面均有不利因素。

燕矶场址作为顺丰货运枢纽首选，其基本情况第一次出现在国家级批文的附件中。至于临时气象观测站，早在2015年10月便已开工，这不仅是机场最先启建的配套项目，而且是整个枢纽工程最先动工的项目。由于货运枢纽机场被列为全省“头号工程”，鄂州市气象局便将临时气象观测站戏称为“0号工程”，开工时间比民航局批文下发提前了近半年时间。

说到燕矶，还曾有一起新闻事件与飞机有关，那是《湖北日报》1992年的一篇头版报道《燕矶八百农民坐飞机做生意》，曾引起轰动。这“八百农民”当时做什么生意呢？老鄂州人一定不会陌生——金刚石刀具。不是原材料主产地，也不是产品主销地，“两头在外”的燕矶镇，硬是“无中生有”做出一个产业集群。

1983年，鄂州燕矶镇人张忠明，研发出鄂州首件金刚石刀具，1984年成立金刚石具加工厂，由于配方合理，物美价廉，市场需求量大，在他的带动下，金刚石刀具生产行业迅速在鄂州崛起。

经过数十年发展，以燕矶镇为中心，鄂州市累计登记注册的金刚石刀具企业达200余家，鄂州籍人士在全国各地开办的金刚石刀具企业有100余家，并在全国市场创造了三个第一：大理石锯片占有率90%以上、中型花岗石锯片占有率80%以上、金刚石磨轮占有率60%以上。

“我们先后赴土耳其、厦门、埃及参加展会，后续还将去往意大利、越南等国家，推介我们的金刚石产品。”鄂州市工商联副主席、鄂州市金刚石刀具行业协会会长龙其准介绍。鄂州金刚石人将产业工人、先进设备、生产设备向外输出，产品在日本、韩国、德国及“一带一路”国家和地区深受欢迎。如今，随着燕矶从“临江”逐步走向“临空”，“中国金刚石刀具第一镇”更加吸引来自各界的目光。

收到民航局批复之后，货运机场落户鄂州再无悬念，机场项目规划选址工作宣告结束，前期申报审批工作正式转入预可研和可研阶段。预可研报告和可研报告的主要区别在于掌握资料详细程度不同，在内容上后者较前者要深入许多。前者是为建设项目能否立项提供决策咨询，后者则为建设项目投资决策提供咨询服务。

与此同时，湖北省成立了由省委书记、省长任组长的项目建设领导小组，组建由常务副省长挂帅的建设指挥部，全程负责关键环节的协调和推动。至此，湖北国际物流核心枢纽项目建设正式启动。

过 50% 即可，到运营期后拿出股份卖给顺丰集团，产生溢价部分由政府以无偿投资或补贴方式再投入项目中，保证顺丰集团以投资加利息方式买到原先国有股份，同时让顺丰集团按事先约定拿到控股权。

王卫当场对股权设置安排的提议表示认同，并强调机场定位“客货并重、货运为先”。但对于第三方股东，他希望省政府提供几家公司选择，更希望能为顺丰集团的三个股东即招商局集团、中信集团和国家开发银行提供参与机会。细心的人会发现，这三家股东都有深厚的国资背景。屠蔚随后补充提及湖北省交通投资集团有限公司（以下简称“省交投”），言语间暗示顺丰集团已有了“意中人”。

发言中，王卫还重点谈及顺丰集团的两个担心。首先，还是空域问题，“近期随着军队体制调整，中部战区接管湖北地区空域管理工作。如机场空域问题能解决，我们完全支持尽快开工”。其次，王卫讲到了机队、分拣转运体系的建设问题，“货运枢纽机场需大量大中型飞机，目前顺丰航空正在服役的多是中小型飞机。顺丰航空将在未来 5 年间不断壮大机队数量，同时不断更换大中型飞机，力争做到 80 ～ 90 架飞机，这不但有数量扩大的问题，而且有机型更换的问题”。

航空运输与陆路运输不是一个概念，与航空有关的规划都是 3 ～ 5 年，一架飞机从引进、到改装再到投产需要 1 年半到 2 年时间。王卫对航空货运研究多年，很熟悉行业现状：“国家发改委负责飞机指标审批，近些年对顺丰航空的支持力度远大于其他航空公司。与机场建设同步，顺丰集团还要投入上百亿元建设分拣转运体系，这套全自动的分拣设备从订货、安装、调试到运行，至少需要 4 年。这里就有时间差问题，最担心机场提前一至两年建成，而机队和分拣转运体系还没准备好。”

“如果没有一定数量的大中型飞机运行，货运枢纽机场运营成本就会很高，这对公司来说很不经济。只要解决这两个问题，顺丰集团对于尽快开工建设，完全没有问题。”王卫还说，顺丰集团将全部身家押在了货运枢纽机场上，这个机场是我们的命根，机场建设、全自动分拣转运体系和其他配套设施的投资加起来，对顺丰集团是天文数字，投了就走不了，必须创造经济效益，要对股东有所交代。

王卫此言非虚。在很多年间，顺丰集团一直都是他本人完全控股的企业，直到2013年，才向几家国字号的投资机构开放了不到25%的股权。王卫一向对外来资本敬而远之，之所以要放开股权融资80亿元，与谋划建设货运枢纽机场不无关系。

“合资公司的董事长和总经理两个职位，由顺丰集团先挑其一，省里再安排另一个，无论顺丰集团怎么选，都支持……如一定选省交投或其他平台来合作，也没有意见。但顺丰集团要考虑其他平台都是新手，上下渠道没有湖北机场集团通畅。两个机场协调配合，资源共享，可能效率更高。”湖北省方面既尊重顺丰集团的想法，也提供了参考意见。多年后回过头来看，这些意见是极富前瞻性的。

“很惭愧地告诉大家，我们是国内行业第一。”在湖北国际物流核心枢纽项目建设指挥部第一次会议上，屠蔚语惊四座。行业第一，何来“惭愧”？“因为美国联邦快递（FedEx）有600多架货机，我们只有47架。中国快递业发展迅猛，2015年已达250多亿件，超越美国成为全球第一。其中，快递业航空发运量占航空货运总量的42%以上，顺丰航空发运量占到了五分之一。然而，联邦快递（FedEx）‘次日达’产品准点率为98%，顺丰航空仍远远落后于这个数字。”

“差距有多大，发展的空间就有多大！”王晓东在总结发言中提及当前工作面临的四大难点。

一是审批。“这是头号任务，是项目推进的‘牛鼻子’，审批下来了，其他事都好办。要围绕国家审批立项的相关要求，做好申报要件准备工作，一项一项攻下来。”

二是空域。“空域协调工作专班要抓紧做好技术性方案，与民航管理部门、基层部队达成一致意见，及时报请省领导带队赴北京向中部战区空军汇报，签署军地空域使用协议，确保不因空域问题影响项目立项审批。”

三是供地。“要尽快完成土地审批程序，落实用地计划指标，保障项目落地。”

四是环保。“要抓紧开展环境影响评价，争取尽早获得环保部（后改为‘生态环境部’）批准。”

根据部署，省指挥部办公室提出下一步工作安排，涉及37项具体任务，并分解到每个厅局，主要由省发改委、省住建厅、顺丰集团和鄂州市政府牵头。其中，省企联合工作专班占了大头：督促加快机场总体规划、预可行和可行性研究报告编制、飞行程序设计、空域评估等进度；抓紧研究提出合资公司组建方案；抓紧完成与中航油谈判，尽快签署合作协议，保障航油供应。

按会议要求，省直各有关部门要为项目开辟绿色通道，“属于省内审批事项，要急事急办、特事特办；对需报国家相关主管部门审批事项，要牵头做好争取、汇报工作，确保按时间节点完成相关要件审批”。其中，省国土资源厅负责建设用地保障，省环保厅负责环境影响报告编制，省商务厅（省口岸办）负责大通关，省住建厅牵头负责净空保护，省交通运输厅则牵头规划多式联运。

在场址比选、申报审批的同时，湖北省、鄂州市两级政府已开始研究未来顺丰项目落户后的前瞻性工作，产业规划是重中之重。

借鉴国内外经验，机场对落户城市乃至区域经济发展的影响有两种情况：很大或不大。美国有些枢纽机场所在城市如丹佛，机场建成投用多年，到现在还是个小镇，没什么大的变化。虽然货运量达到一定规模就有强大的驱动力，但这个驱动力能不能带动周围地区的经济发展，还需要许多客观条件。当今全球客货量排名前百位的机场，带动其周边地区发展并呈现良好态势的不到一半。

鄂州将面临同样的问题，全国的货拉到你这里，分拣完后再转运到各个城市，只是货物在此中转而已，从运输角度讲已完成任务，完全有可能跟机场所在城市没有任何关系，只留下空气污染和些许税收。但如果我们把这一驱动力用来带动区域经济的发展，枢纽机场的带动作用也可以非常大，关键要看城市政府的作为有多大，包括对机场的政策支持、设施配套、软件环境以及相应的临空产业投资等。

第十章
军方空域支持彻底扫除障碍

随着货运枢纽机场项目推进逐渐深入，鄂州在建设、管理和运营等方面的专业人才短板日益凸显。鄂州市委为此请示建议，尽快增配年富力强的专业领导干部。

2016 年 6 月，王立、李忠禄就是在这样的背景下前后脚到鄂州履新，前者火速接任叶贤林市长一职，后者则从湖北机场集团有限公司副总经理岗位上调任鄂州市副市长。

值得一提的是，王立和李忠禄刚刚在武汉天河机场三期建设中并肩作战，彼此十分熟悉。他俩的到来，为鄂州推进货运枢纽机场建设的前期工作带来了专业支撑。“事实上，我任职武汉市副市长只有 9 个月时间，还没有达到一年的考察期限。”王立履新不仅“特事特办”，而且他很快进入了角色。

然而，王立首先要面对的却是一场罕见的汛情。鄂州北依长江，境内湖泊港汊密布，常年接纳周边咸宁、黄石、武汉等地的来水，梁子湖流域承水面积达 3265 平方公里，易受洪涝灾害。入梅以来，在持续强降雨袭击下，这座小城“全面受灾、反复受灾”，是全省 5 个重灾区之一。

正所谓“危中有机”。防汛救灾离不开人民子弟兵，武警总队、中部战区、中部战区空军等军方的领导于 7 月上旬先后到鄂州检查、视察、指导防汛抗洪工作，省市企三方领导抓住时机向军方汇报货运枢纽机场审批进展。就这样，难以彻底解决的空域问题，竟在一场罕见的气候灾害中得以突破。

八一建军节前后，湖北省发改委、鄂州市政府和顺丰集团三方一道派人，先后赴长沙、武汉慰问基层部队，了解到近期空军武汉指挥所将改为空军武汉基地。军方有关领导当场表示，军改后货运枢纽机场项目涉及的空域矛盾可通过空军武汉基地航管部门协调解决，这无疑为争取军方支持提供了便利。

为落实机场建设条件，鄂州市的工作一件都不轻松：全面做好项目申报各项要件准备，包括选址、用地、环评、水保、地震、文物等工作，主动向各主管部门做好衔接；完成规划控制和征地拆迁工作，与省企联合工作专班共同做好向上争取和对外协调工作。在项目投资公司尚未成立、市级财政紧张的情况下，鄂州市不等不靠，主动作为，适度超前。

广空复函 4 个月后，鄂州市和顺丰集团已按照机场中心坐标和有关参数出具了 18 个支撑性要件，市内净空建筑物调查、203 省道改建工程等进入省“十三五”规划，将中航油码头纳入鄂州港调规范围，完成航空都市区公用市政设施专项规划初稿，并联系中工武大设计集团有限公司（以下简称“中工武大设计院总院”）进一步明确机场场址防洪标高。

赶在机场前期基础项目开工前，水利部门又对场址所在的花马湖流域进行了三轮水利综合治理调规修编。“那年夏天，中工武大设计院的技术团队连续工作了一个多月，有位女工程师甚至挺着大肚子在忙。”时任鄂州市水务局总工程师叶斌难忘当年紧张忙碌的场景。

“机场占了 4.4 平方公里湖泊面积，正好都在深水区。”叶斌介绍，还湖主要在走马湖上段围垦分割的部分水田以及没有利用的荒滩，共计约 13 平方公里，是原来面积的 3 倍之多，“因为还要满足容积要求”。

计划往往不如变化快，种种不可意料的因素都会影响事物发展进程。更何况建设货运枢纽机场，是一件率风气之先、牵扯方方面面的大工程！却顾所来径，苍苍横翠微，走到终点往往需要一股韧劲。

货运枢纽机场落户湖北、选址鄂州虽然已成定局，却仍限于种种因素进展不顺。这个时候，鄂州市委市政府想到了请新华社湖北分社“支援”。经多方调查，皮曙初、王贤两名记者联手采写参阅稿向上呈报，他们关于“航空货运枢纽建设期待‘航空速度’”的呼吁引起国务院领导高度重视。

2016 年 10 月后的一个晴朗午后，湖北省发改委、鄂州市发改委一行 6 人走进国家发改委中配楼三楼第六会议室。这是国家发改委和民航局联合专家组继上个月专程调研顺丰集团、听取货运枢纽机场前期工作汇报后，再次召开研究新建民用机场审批环节优化的专题会议。“有了高层领导的明确意见，相关部门高度重视，简化程序，提高效率，审批进度大大加快，共同发力发展民族快递业和航空货运。”项目专班成员此时备感振奋。

“鄂州机场场址审批已充分体现国家‘放管服’改革成效，党政军各级机关自上而下的办事效率和办事作风，都是我党十八大以来风清气正的杰出样板。”湖北方面有备而来，在汇报中提及三点成效。

一是湖北省归口受理，并行组织，随选址进度提供前置要件。湖北省成立项目工作专班，负责政府协调、报批事项。只要设计单位提出需要的前置要件，工作专班都会立即组织省属及当时两个初选场址所在地政府（鄂州市、仙桃市）所属的有关委办局并行审核技术方案，每个要件都能在设计单位提供必要的技术资料后一到两周内出具。

二是军方大力支持。在省市领导积极协调沟通军方的基础上，湖北省分别于 2015 年 7 月、9 月将选址空域分析报告、选址报告报送给广州空军司令部。军队积极组织研究军方机场及训练空域因货运枢纽机场场址而相应避让调整的可能性，并于 2015 年 10 月 9 日出具正式文件对场址进行确认，前后历时仅 3 个月。

三是民航局对机场场址协调入规问题及完成审批仅用时 5 个月。2015 年 10 月 29 日，民航局收到选址报告后，首先与国家发改委协商研究放宽鄂州当时尚未纳入全国民用机场布局规划的政策限制，随后于 2016 年 1 月启动场址技术评估论证工作，并于 4 月 6 日出具批文。

“归口受理、联合审查、限时审批是当前加快审批最有效的措施。”湖北方面认为，国家减少和下放审批事项的力度非常大，未来进一步减放空间收窄，“鄂州机场项目已形成政企密切顺畅的协作机制，湖北省发改委慎重研究确认采用审批制，而且项目预可行性研究报告编写即将完成并上报。若此时调整项目报批方式，并不利于加快项目审批。我们坚信，只要政府服务到位，新建机场程序虽多，也会很快完成！”

顺丰集团代表向两个主管部门建议，给予民营企业公平待遇，进一步开放民航设计、咨询市场，“将有利于加快基础设施项目投资审批”。借此机会，顺丰集团还提出对口机场建设的资金支持和政策优惠。

10月25日，由中国民航机场建设集团公司编制的《鄂州机场工程（含空管工程）预可行性研究报告（报审稿）》正式上报民航局，比原先制订的计划延迟了一年四个月；5天后，设在湖北省发改委的省枢纽项目建设指挥部办公室召开可行性研究工作启动会，并拟定2017年3月编制完成并上报、5月获审批的目标。

11月21日，中部战区空军机关在北京组织召开鄂州机场空域规划军民航协调会，就机场空域规划原则、进离场航线划设、空域规划方法、协同通报、设施设备以及下一步工作进行深入讨论。

“建设物流枢纽机场，在紧急情况下可作为国家救援、救灾特大型专用货运机场，以及周边军用机场的备降机场，可作为国家战略投送的重要后备力量，服务国防和军队需要，符合习近平主席关于军民深度融合发展战略思想。”空军代表表示，项目建成后可快速覆盖长江全域和国家全境，成为我国救援物资转运储备中心支撑点，有利于提升我国应急救援能力和国防实力。

显然，这一表态已体现了军方的支持意见。会议还提出了空域规划初步方案，涉及鄂州机场及其启用后的山坡机场、阳逻机场的空域调整，并要求相互间建立直接通报关系，“鄂州机场应同步规划空管自动化系统、雷达及相关配套设施设备，并与机场同步建设、同步启用”。

军方空域支持终于彻底扫除障碍，一度滞缓甚至搁浅的各项工作很快被彻底激活了。此次会议半年后，2017年6月22日，中部战区空军参谋部与湖北省政府签订了《新建湖北鄂州民用机场协议》，中部战区空军参谋部原则同意在鄂州市鄂城区燕矶镇东南新建民用机场；同年9月，湖北省政府与中部战区正式签署《军地协议》。

一周后的11月28日，经多轮协商，湖北省政府和顺丰集团以双方2015年

1 月 23 日签署的框架协议为基础，就核心枢纽项目合作达成协议。“我们再次明确了‘顺丰定制’的原则，即机场的规划、设计、建设方案的制定和重大变更须经顺丰集团同意。”屠蔚坦言，将鄂州机场定位为顺丰集团未来发展的全国唯一航空物流核心枢纽，这是双方都乐意看到的，但此时按原计划于 2016 年内开工，显然已无可能。

这份协议首次细化了项目构成，该项目由枢纽机场、机场内顺丰设施、空港城以及相关配套设施等构成。其中，枢纽机场是指鄂州民用机场，包含机场工程（含航站楼）、空管工程、航油工程、红线内各类航空物流设施以及生产辅助、生活、交通、市政配套设施；机场内顺丰设施是指位于机场红线范围内由顺丰拥有的包括转运中心（前文提及的“分拣转运体系”）、飞机维修中心、顺丰航空基地以及与生产保障和航空物流相关的设施；空港城是指因机场而衍生的与枢纽功能和产业发展密切相关的特定区域。

协议明确合资公司注册地在鄂州，注册资本为 50 亿元。湖北省政府指定省交投作为省一级官方唯一出资代表，代表省内三个出资方（湖北交通投资集团有限公司、湖北机场集团有限公司和鄂州市政府）出资并履行合资公司股东权利和义务；顺丰控股（集团）股份有限公司负责顺丰出资；第三方股东指定出资主体为深圳农银机场有限公司（实际控制人为中国农业银行股份有限公司，间接持股 100%）。

第十一章
“挤”出来的核心区建设用地

项目审批提速，无疑为货运枢纽机场开工倒计时按下了“快进键”。然而，两道难题又摆在了省市企三方面前——找地和腾地！

根据设计方案，机场规划呈斜长方形状，跨鄂城区三个乡镇，其中核心区占地面积 14.41 平方公里（最终调整至 11.89 平方公里，约 1.8 万亩）。在这一区域内，村庄绿树环绕，田连阡陌，湖汊纵横。怎样调配土地资源，保障机场核心区建设用地？怎样安顿好这片土地上的村民？绝非易事！

鄂州市总面积只有 1596 平方公里，比中国大多数县的管辖面积还要小，被称为“中国最小的地级市”。如果按陆地面积从小到大排序，海南省三沙市、浙江省舟山市要排在鄂州市前面，但论及管辖面积，鄂州市的块头无疑是全国最小的。

国家为确保 18 亿亩耕地红线，《土地管理法》规定，建设用地占用耕地面积必须进行补充，占一补一。调整机场建设用地规划，纸面文章易做，但实施起来却是一项巨大的挑战，这对于地域面积小、可供开发空间有限的鄂州尤为突出。

自 2015 年 11 月起，鄂州市便提前启动货运枢纽项目场址勘探、土地测量、预审及招投标工作。机场选址 2016 年 4 月获中国民航局批复后，开建筹备即刻提上日程。一方面，要尽早拿到国务院、中央军委的批复；另一方面，要尽快将机场建设核心区的建设用地指标调出来。

根据国家对机场选址的要求，建设用地总规模将在 12 ～ 16 平方公里之间。经过半年时间的实地踏勘，机场核心区地类权属获得准确数据，建设用地面积 2.67 平方公里，而基本农田面积高达 6.03 平方公里。机场要获得合法用地手续，除了补足占用的基本农田面积之外，还需增加建设用地面积 11.74 平方公里。

那么，将基本农田调到何处，又怎样才能获得如此大面积的建设用地指标？“当时将近 90% 的面积不符合土地利用规划，如果不及时调出来，下一步的国家层面报批会遇到障碍，单靠鄂州自己平衡几乎是不可能的。”时任鄂州市国土资源局副局长汤国斌说。

焦头烂额时，恰逢政策契机。全国土地利用总体规划已满 10 年，需要结合实际情况进行调整，2016 年部署，2017 年完善，这给机场核心区建设用地难题找到了破解之路。接到任务，省、市、区三级有关部门马上着力推动。

2016 年 7 月，鄂州市、鄂城区派出精兵强将，进现场勘探国土现状。历经 3 个多月，有了初步勘定面积——14.316 平方公里。“这个数据一出来，征迁补偿和占补平衡就有了依据。”鄂州市国土资源局规划科科长廖伟说，由于工期紧，省级核减指标需等国家批复为依据，市级统筹调整又千头万绪，承担万余亩基本农田指标调整的压力之大可想而知。

到了 2016 年底，在规定的时间节点前，鄂州终于在全市范围内东拼西凑“挤”出了基本农田指标，为机场建设用地打开了突破口。在确保土地利用总规永久基本农田主要控制指标“数量不减、质量不降”的前提下，鄂城区、梁子湖区为机场建设调规的基本农田，相当于全市过去 10 年为重大项目调规的总和。

就在鄂州为机场建设用地调规寻找出路时，顺丰集团面向全球征集《中国湖北国际物流核心枢纽项目鄂州机场货运区建设方案》，拿出 2000 余万元奖励优胜团队。民航机场建设集团公司、中国航空规划设计研究总院有限公司、荷兰机场咨询公司、西门子物流自动化系统（北京）有限公司等 20 余家国际知名设计咨询单位参与竞争。中南建筑设计院当然不愿错过家门口的机遇，与荷兰范德兰德物流公司、美国兰德布朗航空规划公司组成联合体，很快递交了应标申请。

按最初规划，机场将同时开建拥有153个停机坪的两条4E级跑道，并预留第三条跑道建设空间，跑道间距1900米。技术沟通交流会一结束，9个应征联合体立即各自展开工作，提交应征方案只给了不满4个月的时间。随后，专家委员甄选优胜方案，再由优胜方案提交方吸收其他应征方案优点，最终形成一个融合全球智慧、汇集高新科技、运行效率一流的建设方案。

2017年初起，从省级层面到鄂州市委、市政府，一直都在精心筹备货运枢纽机场前期基础工程集中开工事宜。1月18日、19日，湖北省十二次人大五次会议鄂州代表团讨论会上，李兵和时任鄂城区区长董国平先后向省委、省政府主要领导汇报机场项目推进情况。作为省人大代表，董国平在发言中说："我市将机场落户视为继鄂钢落户、成立地级市后的第三个发展里程碑，全市人民倍感振奋、充满信心，决心在市委、市政府的带领下，以核心枢纽机场为依托，奋力打造超越美国孟菲斯的国际航空大都市。"

一个月前，李兵在中国共产党鄂州市第七次代表大会做报告，题为《改革创新、务实重行，为加快建设国际航空大都市而努力奋斗》，"航空大都市"与鄂州搭上关系并首次公开亮相。李兵、董国平此番发言，又将这一概念带到了省级层面。

更重要的是，"这个机场是湖北'建成支点、走在前列'的重要支撑；这个机场是武汉建设国家中心城市的重要引擎；这个机场是培育发展'四新经济'（新技术、新产业、新业态和新模式）的重要切入口；这个机场是我省构建开放发展新格局的重要平台……"

最后，董国平说："建设如此重要、如此浩大的项目，鄂州市区两级政府无论从资源统筹、财力支撑、人才储备上都显得心有余而力不足。在此，我们恳请省委、省政府继续加大对核心枢纽机场建设工作的领导，在更高层面、更广领域统筹资源、协调支持，并将推动湖北国际物流核心枢纽机场项目全面开工建设有关内容写入今年的政府工作报告。"

事实上，几天前的1月15日，王晓东便以代省长身份在大会上做了《湖北省人民政府2017年工作报告》。董国平的最后一句话代表了鄂州市委、市政府领导班子乃至全市人民的心声，但他们在提请人大代表审议的政府工作报告中没有看到“国际物流核心枢纽”“鄂州机场”等字眼，未免有些失望。

自助者天助之，鄂州先要拿出干事的态度！ 2 月 8 日上午，市委常委会专题研究航空都市区建设，“钱”成了这次会议的关键词。“货运枢纽机场项目已被列入长江经济带建设规划，不可能变！”李兵一开场掷地有声，“即便顺丰集团不干，鄂州自己掏钱也要干！ 300 多亿元投入，鄂州就不能拿出来？”

显然，对于一个没干过国家级重大项目的小城市来说，质疑声从未停止。“货运枢纽机场是推进内陆开放的支撑，容不得丝毫拖延……这是国家任务，能够推迟吗？一切工作只争朝夕，怎么快，怎么干！”李兵继续鼓劲。

“为什么要和顺丰集团合作？和其他城市竞争，鄂州建机场没有先发优势，或许最终赢就赢在有航空物流领域民族龙头企业的参与，赢就赢在有一套市场化程度更高的机制上……建机场是为了培育临空产业，所以必须发挥市场在项目建设过程中的重要作用，发挥市场机制在资源配置中的决定性作用。”

“我们干这项工作，就要不怕困难，就要勤于学习。我们的工作能干到什么程度，决定这个项目的未来，也决定这个城市的未来，所以要以我为主，没有人可以阻止这个项目……”李兵声如洪钟，脱稿讲了半个多小时，目标很明确——给大家打气！

会议最后议定：做好常务副省长来核心枢纽项目现场办公相关准备工作；加快推进机场项目还建房工程；尽快促成投资主体公司成立；力争上半年启动机场范围征迁工作和土石方工程；组织机场项目可研报告市级层面评审，并确保通过国家层面评审；围绕航空都市区建设，实施精准招商、产业招商；尽快制定航空都市区核心区农民市民化有关政策，保障农民合法权益；就机场项目与武汉、黄冈、黄石对接沟通，推进区域协调发展。

随后，鄂州市政府在省发改委主持召开的核心枢纽项目专题会议提出两个“恳请”：首先，协调机场建设各出资方推动物流机场公司尽早成立；其次，明确征地拆迁标准。可以说，两个“恳请”都是当时推进货运枢纽机场项目建设的关键条件。

事实上，“钱”的问题对王卫和顺丰集团来说同样压力山大！较长一段时间，对于风投公司、国际巨头发来的和融资、并购等相关的涉及企业命脉的“邀请”，王卫一直表现出果断坚决的态度，因而被贴上了新标签——“资本洁癖”。但为了圆货运枢纽机场梦，2 月 24 日，他在深圳证券交易所敲响了顺丰控股的上市钟，打破了“不融资、不上市”这一曾经的誓言。而这一切，都是顺丰集团基于市场环境变化、行业发展需求以及对未来规划所作出的明智决策。

关于顺丰集团借壳鼎泰新材上市，王卫调侃自己说：“有些地方不能随便去，有些话也不能随便说。”那一刻，人们看到的不再是传说中被贴满了标签的不善言辞的他，而是一个散发着人格魅力、懂得自嘲且幽默的集团总裁。他在接受马化腾邀请参加的由腾讯主办的“粤港澳大湾区论坛”上，第一次对多年来贴在自己身上的“低调”标签做出了风趣的回应：“马同学让我的低调牌坊没有了！”

5 天后，王晓东主持召开核心枢纽项目专题会议，王卫专程赶来出席。“要确保年内开工！”王晓东特别提到，对核心枢纽项目要“看重、看大、看远”，不能仅看眼前利益，更要算长远发展的大账，要有“功成不必在我”的精神。会后不久，湖北省政府对重大项目指挥部（以下简称“省指挥部”）的领导分工进行调整，核心枢纽项目指挥长由王晓东移交给黄楚平，周先旺接任副指挥长。

此后半年内，省厅两级领导视察鄂州相当密集，而且直奔一个主题：机场建设进展。尤其值得一提的是，6 月 2 日，一个凉爽的阴雨天，省交投党委书记、董事长张嗣义和党委副书记、总经理龙传华一行首次到鄂州机场场址考察。当听说场址名为“燕矶”时，龙传华不禁以他的荆门口音哼起了小调：“小燕子，穿花衣，年年春天来这里！”

很多人都知道，《小燕子》是一首广为传诵的儿歌，但很少有人知道，这首儿歌的词作者王路当年正是有感于黄石秀美的山水风光和奋进的建设场面而创作出歌词的。而龙传华先后在黄石市委政研室、黄石市经济开发区管委会工作 13 年之久，轻松愉悦的神情，已显张嗣义、龙传华一行志在必成的信心。此时，顺丰集团高层正在和包括省交投在内的多家投资平台频繁接触，旨在选定合作伙伴，尽快成立机场建设主体。

更令人鼓舞的消息接踵而来。6 月 25 日，就在中部战区空军参谋部与湖北省人民政府签订《新建湖北鄂州民用机场协议》3 天后，湖北省第十一次党代会报告明确提出："推进湖北国际物流核心枢纽项目建设，支持武汉打造中部国际航空门户枢纽。"

第十二章
征迁动员会立下“军令状”

征迁移民，是困扰世界各国重大项目建设的共同难题。鄂州机场核心区规划征迁面积 14.41 平方公里，全部在鄂城区辖管范围，这是鄂州建市以来面积最大、时间最紧迫的征迁任务。

看一组同区域的比较数字，便可对他们的征迁工作难度一窥全豹：葛店开发区 10 万人征迁，前后历经 28 年；梧桐湖新区 1.5 万名村民征迁，到 2017 年已耗时 9 年，预计还有 3 年才完成；而鄂城区辖内的机场建设核心区最初计划在一年内完成 5594 户 2 万多名村民的征迁量。

“山雨欲来风满楼。”从 2015 年的秋天到 2017 年的夏天，“征迁”这两个字，一直在燕矶的上空挥之不去，有期待，有疑惑，也有担忧，但村民们百谈不厌的话题依旧是征迁政策，而这也是鄂州市征迁指挥部绞尽脑汁思考最多的问题。

难，不仅在于时间和体量，还有更大的挑战。类似工程如武汉天河机场 2012 年扩建工程，农民房屋征收补偿标准为每平方米 2200 元，根据评估测算，鄂州机场核心区房屋拆迁安置成本为每平方米 2447 元，但综合考虑鄂州机场项目对长远发展的重大意义，为了对顺丰集团选址落户表达诚意，鄂州将房屋拆迁安置成本先降低到每平方米 2000 元。

“第一难的事情不避难，绕过去就会出问题。”经多轮研讨，鄂州市委、市政府推出了“顶层设计”：产权调控、限员安置和货币补偿。

——产权调控。即宅基地使用权补偿以每户 140 平方米为限，超过的不计，不足的则依实际面积定。这一招杜绝了投机，即便房多人少，也不会从征迁中获暴利。

——限员安置。即按户籍人口分房，人均40平方米，然后评估原住房价值，超出安置面积部分再给予一定比例的货币补偿，也可弃房而选择一次性货币补偿。如果人多房少，补偿面积还可根据人数适度上浮，30 平方米封顶。遇到特困户，一事一议。

——货币补偿。依据 600 户评估样本测算评估重置均价每平方米 860 元，房屋货币补偿部分按重置价 ×30% 补偿农户，房屋装修均价为每平方米270元，搬家费每栋 1000 元，安置过渡费分别以产权置换面积和货币补偿面积为基数，按每平方米 4 元标准计算。

在基于用地节约集约原则，同时尊重被征地农民意愿的前提下，按货币补偿与产权置换相结合的方式进行拆迁安置，新选 3 个集中点建设安置小区，并配套城镇居民基本公共服务，实现被征地农民就地市民化。

“有了好的方案，还要为群众算清明白账。”时任鄂城区委书记刘厚文说，这套方案对每户的补偿都保障了成本，只是赚多赚少的问题，而且对那些房子小、旧且建不起新房的村民最划算，基本改善了一代人的居住条件。

区长董国平曾在葛店经济技术开发区抓过城中村征迁工作，他直接将那套制度拿了过来，借鉴研究方法与对策。全区干部利用业余时间学习，以确保每个人都会算账。

按省指挥部要求，核心枢纽项目八大关键性基础工程要在 2017 年内集中开工。时间越来越紧迫，鄂城区干部自上而下压力倍增，刘厚文在年初会议上几次被市领导点名。

那段日子，鄂城区委、区政府常常开会到深夜。“天下大事必作于细，排兵布局很重要。”虽然进度催得紧，但“梦之队”商议决定，由区委副书记夏鑫先带队出去学习经验，打有准备的仗，不能盲目上阵。外出学习带回了不少“干货”，但也有些“经验”令人哭笑不得：“找碴子”“揪辫子”“使绊子”……此类“行之有效”的“便捷手段”怎能照搬？

“我们要打造静悄悄的征迁模式，依法、阳光、和谐，让群众笑起来，把加速推进核心枢纽项目建设作为推动‘两学一做’（学党章党规、学系列讲话，做合格党员）常态化、制度化的重要考场和践行党的群众路线、构建和谐党群干群关系的实践平台。”刘厚文说。“为民、惠民、靠民”的基调一明确，党建引领的一系列工作方法渐渐明朗。

省市两级领导对征迁工作都盯得紧。可鄂城区委、区政府坚持要拿出具体方案，先做好排兵布局。“不能贸然启动，如此大范围的征迁，要想好每一个细节，走好每一步，不容有半点失误。”经过近半年时间的调研和讨论，在 2017 年夏天到来之前，鄂城区推出了征迁方案：

——四大家领导全部上阵，形成军事化架构，刘厚文任政委，董国平任指挥长，夏鑫任常务副指挥长兼综合保障组组长，负责情况通报、督察考评、综合协调等。

——8 个村设立八大“战区”，区四大家领导包村，区直单位包组，党员干部包户，组织架构明确，责任到人，当好政策法规宣传员、民生保障服务员、矛盾纠纷调解员、民情民意信息员、党委决策参谋员。

2017 年 7 月 9 日，鄂城区召开征迁动员大会，“腾地”终于迈出了从纸上到地上的关键一步。会上，刘厚文立下“军令状”，7 月 10 日全面启动核心区拆迁，确保一个月内至少完成 1000 户、总签约率达 75% 的征迁任务，10 月达到进场施工条件。

理念、原则、组织架构、工作机制到位，号角响起，全区启动战时机制。“每周一晚上开碰头会，雷打不动！”刘厚文说。通报进展，挂图作战，比学赶超。“要引导基层干部带头拆，乡贤人士带动拆，发挥‘湾老子’（当地对德高望重人士的称呼）作用，以群众影响群众，营造正面气场。”

将“以民为本”落实到每一个环节：把群众根本利益置于首位，住房、养老、就学、就业、迁坟等具体问题优先调解；给村民、贤达写一封公开信，赢得社会认同；政策、过程和结果全透明，一把尺子量到底，杜绝暗箱操作；借力“一村一律师”，协助化解矛盾纠纷；先期启动安置房建设，陆续安排群众代表参观……

坝角村历年来各项工作摆尾，而且征迁量大，13 个组有 9 个被划进核心区，夏鑫自告奋勇包保。他在村支部主题党日上讲机场建设蓝图，带群众参观安置点沙盘，耐心解读征迁政策，并反复帮忙“算账”，不厌其烦……效果逐渐显现。村支书张育才第一个交了房屋钥匙。他母亲患有老年痴呆症，犯病时只记得回家路，但清醒时老人含泪告诉儿子：“你我都是老党员，要拥护党的决定。儿啊，先拆了咱家的屋。”

最初，一些村民听说要拆房就闹情绪，“我在这里土生土长，搬进高楼怎会住得惯？”为缓解大家的不安，区里组织村民代表学习相关政策，72 岁老党员张明茂便是其中一位。回来后，他带头签约并拆除自家 600 多平方米的房子，主动当义务宣传员，给乡亲们讲解政策。

“爸，咱们家自己签约就行了，别去多管闲事。您出面当说客，只怕会有人不满呢！”有一段日子，张明茂总是早出晚归，儿女们很担心。

家人的忧虑不无道理，此时，虽说签征迁协议的村民渐渐增多，却还有人暗里“抬杠”。9 组有个出名的“刺儿头”，他不但不配合，还撂下狠话：“我们组里，谁敢同意拆，就是跟我过不去。”

“刺儿头”在黄石打工，包保他们家的党员干部常吃“闭门羹”，即使在家，也是把人往外轰，搞不好还要追出来骂一路。了解情况后，夏鑫决定亲自登门。

“你不用说这么多，鄂州怎么可能建机场？你们这工程要烂尾的。到时候，我们屋子拆了，安置房也建不起来，我找谁去。”果然是“刺儿头”，气势汹汹。

说了半天，不在一个频道，夏鑫也急了：“在座的人都可做证，我也给你留句话，这工程如果真烂尾了，我立马跳长江。”看着这位年轻干部快人快语，“刺儿头”的情绪终于平息下来。

“你把组里不同意签约的人都叫上，我们约个时间喝餐酒，边喝边聊。”夏鑫说。听见区领导要邀自己喝酒，“刺儿头”受宠若惊，这天送夏鑫出门走了好远。

仅隔一日，夏鑫如约而至，顺路自掏腰包买了两瓶白酒。“刺儿头”把宴席摆在院子里，还把他中风半身不遂的父亲也抬到一旁坐着。见这架势，夏鑫心里明白了几分：这既是跟四邻显摆，能请领导到家里吃饭，又是表明家里条件不好，为征迁要个“好价”。

7月中下旬，到了晚上也闷热，院子里蚊虫多。推杯换盏间，还来了不少看热闹的乡亲。夏鑫知道，“老百姓有时就是图个面子，台阶有了，气顺了，事就成了”。他跟“刺儿头”边碰杯，边海聊，不知不觉间已是半夜。那天，大家都喝多了，夏鑫回到家才发现自己被蚊子叮了一身包。

第二天，“刺儿头”一早就赶去签约，多户村民紧跟。截至7月31日，不到一个月，坝角村367户签订征迁协议，远近闻名的“老末村”终于当了回“先进”。

第三天，此时，鄂城区各个“战区”捷报频传，到8月9日，第一阶段“大干1个月、签约75%、拆除1000栋”的目标任务全面完成：已签约3663户，占机场核心区拆迁任务的77%；已拆除1036户、20.1万平方米。

至此，刘厚文在“军令状”中的承诺全部兑现。

第十三章
拆了走马村，留下走马石

在鄂州市自2017年逐步更新的行政区划地图上，走马村淡出视野，渐成追忆。

走马村因走马石而得名。这是昔时走马村村头一块高达20余米的赭红色巨石，于绿野平畴中拔地而起，就像一部石书铭刻着这座古村落的沧桑往事。

从机场布局看，走马村位于核心区之中心，而走马石正在未来跑道的不远处。为机场建设腾地征迁，涉及燕矶、杨叶和沙窝3个乡镇8个村62个湾组，唯独走马村需整体征迁。

世代口口相传的故事中，这块巨石最早是天庭御赐的镇妖神器。到了后来，光秃秃的石头上竟长出一棵大柘树，枝叶四季常青，颇似骏马奔驰时扬起的鬃毛。于是，巨石有了响亮的名字——走马石。另据中国地质大学李长安教授考证，走马石是一块有1亿多年地质年龄的巨型紫砂岩石。

除了外观的"附会"，"走马石"名字的来历还与一则传说故事有关。相传孙悟空任弼马温时，常聊起人间的草肥水美，引得天马们心驰神往。其中一匹花色斑斓的天马悄悄下凡，来到一片湖边，这里果然奇花异卉、阡陌纵横、鸡犬相闻。那花马留恋人间烟火，无意重返天庭，久而久之，便在湖畔化身为巨石，后人称之为"走马石"，整片湖区也因此有了"花马湖"之名。

以往草长莺飞时节，走马石伫立于连片金黄的油菜花海中，柔美与刚健的反差成就别样风景，受到许多摄影爱好者“追捧”。为纪念一方百姓对机场的奉献，也为了纪念一个因机场建设而消失的古村落，在顺丰集团总裁王卫的支持下，机场设计方案不惜增加成本几经修改，走马石终于被保留下来，“要给父老乡亲留个故园眷恋，为历史传承留住人文之根。”

动员令一下达，时任走马村党支部书记的曹茂云匆匆返回村里，组织村“两委”班子成员讨论征迁方案。“老百姓都看着你，党员干部不带头，别人如何肯拆？”曹茂云当即表态，先从自家房子拆起。

曹家住宅建于 2010 年，面积 400 多平方米。曹茂云的女儿打小生重病，生活不能自理，两个儿子结了婚还没分家。拆房搬家时，小儿媳怀孕才两个多月。

“当年为了盖这个房子，我们一家人在外面搭棚子住了一年。”曹茂云有些哽咽，“我难受，但我不能说，不能哭。开完会第二天就搬家，很多东西拿不走，都丢了。”虽然早在 2015 年就知道走马村被纳入机场征迁范围，但真到了离别故土那一刻，还是难以割舍。

曹茂云当过兵，打过仗，1993 年退伍回乡，他的第一选择就是进村部。“我的偶像是焦裕禄，我想为老百姓做点事。”他从民兵连长、治保主任一直干到村党支部副书记、书记。

熟悉曹茂云的人都晓得他脾气火暴，向来“丁是丁，卯是卯”，谁要是撞到枪口上，他批评人不讲一点情面。不过，他为人实在，做事执着，认准的目标总能办稳妥。

过去，走马村相对偏僻，经济发展条件不太好。在拆迁前的十几年里，曹茂云争取上级资金 26 万元，让全村人用上了自来水；与市农委对接，壮大油菜基地，为农民增收 20 余万元；筹资 30 余万元，建设村级办公场所、老年活动中心和留守儿童服务中心；还新建村卫生室，改造村小学危房，硬化村公路……

既办实事，又为人刚正，曹茂云在村里威信极高。他的房子一拆完，村党支部副书记李海兵、村委会副主任王树明、妇联主任何娇娥……“两委”班子成员接力而上。

“咱家才评估一轮，肯定还有地方没评到位，为啥急着拆？为啥不能去扯？”挖掘机开到李海兵家门口时，他的妻子索性挡在屋前，坐在地上哭，附近村民都赶来看热闹。

“工作要推进，党员干部要先上。我们带头扯皮，风气就坏了。”李海兵红着眼圈硬把她拉走了。

王树明的弟弟一家住在 1982 年建的老房子里，2016 年遭遇特大洪涝灾害，在暴雨持续冲刷下，房子裂了一厘米宽的口子。

弟弟想把老房子拆了，在原有地基上建新房，王树明坚决阻止。“我又不多建面积，为什么就不行了呢！”危房之下，弟媳当然窝火。

“他房子不能住了，为啥就不能建，你大小是个干部，就算是给他帮个忙，怕什么。”眼见两兄弟反目，父母也上门埋怨王树明。

“不能建！曹书记要求任何人不能动一方土，这个时候我家的人新建房子，不是给人抓话柄吗？老曹那人你们又不是不知道，这事到他那里肯定通不过。”王树明好言好语解释，还买了几根杉树木料到弟弟家，自己动手帮他补房子。

房子裂缝虽补好了，兄弟之间却生了怨隙。作为村干部、党员，关键时刻舍小家为大家，不是一句简单的话，家家有本难念的经，但越难也越显出奉献精神的可贵。

走马村拆迁顺利，57 岁的“第一书记”董华林同样功不可没。2017 年 5 月，还在征迁摸底阶段，鄂州市便选派 100 名“第一书记”分驻各村，会同区镇村干部结对联包。起初，名单里没有安排董华林。但李兵要求，征迁核心村“第一书记”要从县级干部中选派一位有丰富基层工作经验的干部。

市委组织部随即找到时任市城管局副局长的董华林，希望他到整村 889 户全部拆迁的走马村任职，同时负责鄂城区第一片区 28 个村的全面工作，协助指导做好核心区 9 个村的征迁工作。已临退休之际，但董华林没有犹豫，火线赴任。

当务之急，董华林先对全村党员情况摸底，把 94 名党员分成 12 个党小组，迅速推进“党旗领航 · 我为建设国际航空大都市做贡献”系列支部主题党日活动。

党旗领航，怎么领？“要由书记举旗、委员跟旗、组长看旗、党员护旗。”在董华林看来，村“两委”战斗堡垒作用、党员先锋模范作用的充分发挥，通过一根标杆与一根标杆连接，一颗心与一颗心碰撞，红色能量才能激荡在这片热土上。

全村党员面对党旗立下誓言，不仅以身作则，更要带动亲属并包保征迁困难户按期完成任务。

“我是党员，对着党旗宣誓过，要随时准备为党和人民牺牲一切，举了几十年的砣子，关键时刻不能说到不做到。”80多岁的党小组长苏和清交出房屋钥匙。

“党员干部都签了，群众心里就没啥顾虑了。”小组长杨干明父子三户同天签订征迁协议。

…… ……

党员干部“一马当先”，决定了走马村的征迁速度，但工作的推进也并非一帆风顺。

6月初，走马村2组有户人家，以确实没有房住为由，深更半夜拉砖沙水泥筑地基。一得到消息，董华林当即带人赶到现场，一面宣传政策，一面把建筑材料拉走。当天下午，李海兵发现湾头贴的工作公告栏上，董华林的相片已被撕坏，而且只撕“双眼”的位置。

李海兵大怒：“这太可恶了，太无法无天了。”他要打110报警，“湾里有探头，一查就知道谁干的。”

董华林淡然一笑说：“无所谓，有人这样做，说明思想疙瘩还没解开，也说明我们工作还没做到位。”

接下来一连三天，他都在2组一户户做工作，还帮那个要强行建房的农户租了房子。第四天，湾里几位老人一起拜访董华林：“您是宽宏大量的好领导，有人做那样的缺德事，不仅不追究，还帮忙解决困难，我们来赔个礼。以后湾里的事，董书记需要我们出面的，尽管开口。”

乡亲们的质朴，让董华林深受感动。他说：“村里要为重大项目腾地，正需要党员和你们这些明事理的老人家助一臂之力呢。”

走马村征迁工作顺利铺开。眼见胜利在望，瓶颈随之而来，最后几家的工作非常难做。

“要不就按他们的要求，把政策放宽点算了，免得影响进度。”屡次受挫后，有位干部深感无奈。

“坚决不行！必须一把尺子量到底。政策是红线，最后一步没守住，前面功夫都白费。”面对原则问题，董华林铁面无私。

起初，10 组村民胡加友发现自家房屋评估价比同样面积的房屋少了近 3 万元，他又急又气地找到征迁专班。专班成员、沙窝乡副乡长熊建国和评估公司工作人员前来逐项核对，却找不到纰漏。

百思不解中，熊建国灵机一动：“你家是不是有防潮层？”胡加友这才想起防潮层未纳入评估，实地一测量，正好估价 2 万多元。

“干部坚持原则，的确不是刁难，反而用政策帮老百姓说话，我心服口服。”几天后，胡加友主动签了征迁协议。

征迁工作走在前，走马村探索出了一套“五步工作法”，可谓“刚柔并济”：老干部敲门，拉近感情；专班进屋，宣讲政策；服务评估，算经济账；司法调解，清理障碍；安全维稳，做好扫尾。

按照“五步工作法”，村里邀请专业司法人员为村民调处问题 180 余起，组建安全维稳专班劝解疏导群众 30 余人次……一桩桩实实在在的小事，密切了干群联系，确保了政策公平，解决了矛盾纠纷，赢得了百姓信赖。

和董华林一样扎根一线的有 700 多名党员干部，其中 200 余人也是征迁户，8 个村涉及征迁的有 4 位村支书，都是第一个拆房。而各村首批参与拆房的，前 10 位都是党员干部。

“那段日子，8 个村的 62 个湾组，我每周要轮流跑两遍，有些村民需要反复做工作。”刘厚文说，党员干部是主心骨，他们拆了，就等于拆了大半，甚至出现了整湾群众排队签约、排队迁坟的感人场面。

10 个月内，走马村 889 套房屋完成签约，5360 处坟墓迁移，共计征地 402 亩，创造了走马村人的“奔马”速度。

苍穹之下，走马石静静守望着四周的“每天不一样”，一如往昔默默注视着村庄过往的喜乐哀愁。根据调整之后的设计，走马石将成为紧靠机场转运中心的一处大型室外景观。

第十四章
种种细节上的温暖之举

走马村、走马石，只是一个缩影。总计6000多户被列入机场核心区征迁安置范围，2万多名村民拆房、搬家、腾地，依依惜别。

回首再回首，离开家乡的千重稻菽；鞠躬再鞠躬，叩别故土的祖辈魂灵。为了建设重大项目，为了福泽子孙后代，为了家乡能抓住实现华丽蜕变的发展机遇，他们最终把国家的需求放在首位，纵然有千般不舍万般难离，还是在泪水中放弃了自己的小家。

故土难离，人同此心。征迁工作强力推进的同时，党和政府也在呵护乡亲们的情感。

当年盛夏，鄂城区特邀市摄影家协会常务副主席严泽宏牵头组建一支摄影团队，进入征迁区为各家各户拍纪念照、全家福，记录难忘瞬间，铭刻珍贵记忆。

“我一接到任务就想到，自己要参与到如同‘三峡移民’一样的世纪工程里来了，非常激动！老屋倒下，新城崛起，替乡亲们留住乡愁，是我们的使命，也是我们的荣幸！”严泽宏是沙窝乡人，对搬离故土感同身受。

征迁高峰期正值酷暑，十多位摄影师几乎每天都奔波在各个村湾间。每天早上6时许出门，晚上过了10时才回到家，紧接着马不停蹄处理当天素材。有一段时间，摄影师们都是通宵达旦铆足劲干。“这些摄影师大都有自己的公司需要经营，但在这段时间，都顾不上了！”在严泽宏和同行们看来，大家辛勤工作带回的那 1500G 影音、影像资料不是金钱能衡量的。

摄影师们的镜头里，记录下了村民征迁过程中的感人瞬间：最后一次在宗祠前聚餐品尝家乡的味道，最后一次在待拆老屋前照一张全家福，最后一次在老坟前告祭先祖和亲人……带上门前的小树，拖走房前的青瓦，捧一抔清香的故土，从此山高水远，魂绕梦牵。

与征迁移民几乎同步，另一场特殊的“征迁”也在紧锣密鼓中。继三峡水利枢纽、南水北调中线后，鄂州机场抢救性考古工作是近年来湖北省规模最大的文物保护项目。

鄂州历史，“三城”可观：鄂王城、吴王城、武昌城。作为西周楚之别都、三国东吴之古都和昔时一级行政中心武昌郡所在地，历来是战略要冲、兵家必争之地，所谓“左控肥（合肥）庐（九江），右连樊（襄樊）汉（汉口），捍御上流，西藩建康（南京）”（见于清光绪版《武昌县志》），地上地下都留下了大量不同历史时期的文化遗存。

2016 年，随着机场建设步入实质性规划阶段，鄂州市文化与旅游局开启了规划初期 33.4 平方公里范围内的文物调查工作；2017 年 1 月，鄂州机场及空港经济区调整规划，湖北省文物考古研究所将调查范围扩至 75 平方公里，确定了 59 处文物点，并重点勘查机场建设核心区内 26 处文物点。几经复查，最终明确机场核心区文物点 27 处，其中颇具考古价值的六朝时期墓群就有 23 处。

紧跟签约、拆房进行的，还有教育面临的严峻考验：征迁区内 5 所学校要撤并，1273 名学生要分流。

“绝不能让一个征迁户子女失学！新学期开学时，一个学生都不能少！”鄂城区委、区政府明确指示。

2017 年 7 月 12 日，大雨倾盆。杨叶镇平石村 7 组村民付涛家中，平石小学教师龚腊香裤腿湿透，满是泥泞。“机场马上动工，村湾要迁，学校要搬。”她顾不上喝口水，当即劝付涛，“过渡安置期间，住房和孩子上学的问题要早做打算，也请你理解和支持。”

结合全市“万名教师访万家”活动，鄂城区教育系统 800 多名干部教师，一周内走遍征迁村湾，摸清学生分流意向。

燕矶中心学校校长曹树青第一个在湾组里签了征迁协议，然后安排全校356名学生分流工作。一天，他正入户走访，接到父亲电话，说家里房子马上要拆，问他有没有时间回来搬家，他愧疚地说："爹，对不起，我现在太忙，一些旧家具实在搬不了就丢了吧……"

第二天，他和父亲站在废墟前，老人家看着自己亲手一砖一瓦盖起的房子瞬间夷为平地，禁不住涕泪交流。曹树青心里也不好受，但他哪有时间伤感，转头又扑到了学生分流工作中。

征迁家庭孩子的择校意见被搜集上来，其中到主城区的有171人，涉及市直学校22所。鄂州市教育局要求所有市直学校开启"绿色通道"，无条件接收分流学生。

到2017年秋入学季，仅分流到实验小学的就有17人。"平时想尽办法都进不了的好学校，没想到因为征迁，我的孩子顺利入学了。"有位家长不由感叹。

古塘村和平石村的许多家长在黄石打工，要求帮助将孩子转到黄石读书。这时许明允已从鄂城区政研室调任区教育局局长，他带队先后5次到黄石协商。当时，黄石的一些学校正改扩建，部分学生在临时搭建的板房上课，许多学校存在班级超员现象。但在教学资源紧张的情况下，黄石方面仍表示全部接收分流学生，支持鄂州机场建设。

9月1日一大早，杨叶镇街道锣鼓喧天、鞭炮齐鸣，镇村两级干部和群众一起，欢送43名征迁户的孩子赶赴黄石读书。

新学期，全区1273名征迁户子女全部顺利入学，被给予"更高看一眼，更厚爱一分"的特别照顾。

对沙窝乡黄山村征迁户袁德红来说，当初决定交房迁出，是为了"抓住发展机遇，给孩子一个好未来"。但他最担心的也是孩子，"怕她入学难、跟不上、受排挤"。

"老师同学都很好，听不懂的地方，下课会帮忙辅导。"女儿的评价，让袁德红心安。

学生一个不少顺利入学，不代表这一仗已完胜。1052 名学生在鄂城区内分流，涉及 6 个乡镇 24 所学校，基层教育资源能否匹配？

一次外出调研途中，许明允无意中发现，杨叶、燕矶两镇街头小餐馆里挤满了孩子，看着许多孩子围着满是油污的桌子，吃着简陋的午餐，有的孩子还因为排队吃不上饭，有的孩子只是泡碗方便面充饥，他的心像被人揪了一下。

“孩子吃饭问题必须迅速解决！”许明允连夜起草报告，向区委、区政府寻求支持，调拨资金 600 多万元，对承接分流的学校加大投入。

一天，区教育局接到群众反映，分流到车湖小学、平石小学的学生，交通十分不便，有的要步行 1 个小时左右才能返家。

“孩子上学的路有多难，我们去走一趟，脚底板最有发言权。”许明允与相关负责人一起，4 次走进燕矶镇坝角村石板冲、加桨径湾，深入杨叶镇平石村谈家湾、邵家里头湾，用脚丈量路程远近，体验行走艰辛，最后拟定“新增校车、加固现有道路、建错车平台”的方案。

一个个问题解决，一个个点赞涌来。许明允说：“建机场是百年大业，教育是百年大计。我们搞教育的，要挑好两副担子，才能无愧于心。”

“利民之事，丝发必兴。”想在前，谋在前，种种细节上的温暖之举，令老百姓感受到党和政府维护他们切身利益的诚意。孩子们的问题解决了，老弱病残等弱势群体的问题也不容忽视。

鄂城区指挥部联系城区房屋租赁中介机构、搬家公司，搜集相关信息，为群众租房搬家搭建信息平台，提供方便。同时，摸底、调查并统计全区公租房房源信息，帮助征迁群众解决租房难题。

“你看我家这种情况，怎么能拆嘛！”坝角村村民曹树荣的儿子摆着手，对前来劝说的干部抱怨道，80 岁老母亲身体硬朗，也明事理，最初村干部说要拆房腾地支持大项目，她带头签了字，但一家人很快面临难题。

“七十不留宿、八十不留餐。”这是乡村自古就有的习俗。曹树荣原本一直跟着儿子生活，但要租房搬家时，听说老人 80 岁了，没有租户愿意租给他们。

“人家怕我们这些老东西死在他们屋里不吉利。”曹树荣叹了口气。“我婆婆这么大年龄了，如安顿不好，叫我们如何腾房子？”儿媳妇忧心忡忡。

“乡亲们为了支持大项目，把自家房子腾出来，这份大义令人感动，我们要尽己所能为他们解决生活难题，让老百姓搬得放心，住有所居。”鄂城区房产管理局局长邵国锋说，464套临时过渡安置房建设与征迁工作同步进行，这些房子主要是为了照顾重病户、重度残疾户、精神疾病患者、智力障碍患者、无劳动能力和生活来源的低保户以及80岁以上的孤寡老人。

2017年10月，位于燕矶镇燕矶村的临时过渡安置房一期投入使用。10月23日，曹树荣乔迁新居。“妈，这房里有独立卫生间，用水用电都方便，周围路好走，您能常出去转转。”儿媳边打扫房间，边跟她聊天。

“好好，这安置点在集镇上，生活方便，离你们租的房子也不远，你们有空就回来看看。”曹树荣笑着说。安稳住下后，曹树荣和儿子主动上交两套房的钥匙，房屋顺利拆除。

到安置点参观后，许多老年人都愿意搬进来了。2018年农历腊月二十一，还有几天就到春节，杜湾村6组村民汪道平却忙着帮父母搬家，来不及备年货。

“我劝爸妈过完年再搬，可他们都等不及了，说想早点和你们挨着住。”汪道平提前到安置点打扫卫生，一边忙活，一边跟老邻居张少珍说话。

“我也挺挂念他们，昨晚还梦见跟你妈一块纳鞋垫、拉家常。”张少珍是3个多月前搬来的，她为汪道平介绍情况，“这里条件蛮好，有专人管理，组织看演出，政府还常派人来慰问，住户间也能相互照应。我们平时总聚在一起说说笑笑，乐趣蛮多呢，你爸妈肯定喜欢这里的氛围。”

汪道平是个孝子，一直跟父母生活在一起，是不是让老人住安置点，前期他考虑了很久。为了支持机场建设，他家老屋是第一批拆的。汪道平在黄石买了房，可老人在黄石住了半年就不想住了。

“我每天把饭端到他们手上，什么活儿也不让他们做，在外看见啥好吃的，都买回来哄二老，可他们就是不开心。”汪道平说。

“我们想去安置点，老邻居住在一起，有人说话有人玩，多好！”父母亲十分执拗。

“你们八九十岁了，住在那里我不放心。”汪道平一再劝说父母。更让他觉得好气又好笑的是，老父亲跟小孩一样躺在地上撒泼打滚。

汪道平知道父母是想家了，他开车接老人回杜湾村再看看。90 岁父亲已不能行走，汪道平背着他沿村子转，老人的泪水打湿了儿子的肩膀。

“他从来没说过自己舍不得，但我晓得他心里难受。”当初，汪道平受镇里委托，来做父母工作。老人沉默了 3 天，说了一句话：“咱们都是党员，这是党和政府的决定，我懂。”后来，在老人带领下，汪道平的姊妹、叔父家 6 栋房屋都是第一批拆除。

父母对家乡的眷恋让子女们心疼，但他们担心安置点条件不好，特地“暗访”几次。“一室一厅一厨一卫，设施挺齐。”“每个房间装监控探头、火灾报警器，挺安全。”……就这样，汪家儿女才放心帮父母搬家。

第十五章
新梦想，在腾空的土地发芽

机场核心区征迁任务中，花湖开发区古塘、平石两个村 2562 户，占了总数近一半。人口密集、毗邻街市，这里的工作难度可想而知。

起步阶段，各小组都不愿带头，工作很被动。这时，每周一次的鄂城区指挥部征迁碰头会上，沙窝乡汇报他们率先动拆，形势大好；燕矶镇汇报他们后来居上，势如破竹。时任花湖开发区党工委副书记陈国璋与杨叶镇党委书记余锦军都坐不住了——得赶紧找突破口啊！

经反复商议，他们决定登门拜访古塘村 1 组组长老潘，想从他这里打开突破口。陈国璋寻思着，几年前，老潘因为土地纠纷拔别人树苗被行政拘留，自己专门去拘留所门口接他，算是有些交情。

“你敬我一尺，我敬你一丈！”几轮沟通下来，老潘显出仗义的一面，然后又说服老婆孩子，在全村组长中率先签约，带头拆房。从此，古塘村征迁工作走上正轨。

党员也是人。利益面前，少数党员患得患失，影响了群众，如何打动他们，唤醒初心？

平石村邵某是里头湾的养猪个体户，也是一名党员。他的房子一直没签约，做了几次工作，效果都不好。陈国璋安排村支书和几个老党员，带上党章和一块印着入党誓词的两米长展牌，送到邵某家，和他一起重温入党誓词。村民们都赶过来围观，邵某当场脸红了，事后给陈国璋打电话："陈书记，非要这样逼我吗？"

"你是党员，党员就要带头！下次我把'共产党员八项义务'送到你家去，跟你一起诵读。"陈国璋的激将法奏效了，邵某在一周内带头拆了房子。后来，在他的发动下，全湾征迁工作快速推进。

征迁政策虽刚不可破，但做群众工作需春风化雨，温言暖语胜过千军万马。

平石村6组的老满在广州打工，前年把房子装修一新，准备给儿子结婚用，可是婚还没结，就要征迁，这家人一直躲着不配合。2018年春节后，听说老满在广州突发脑溢血，陈国璋派村里干部专程赶往广州，带去问候。

真心换真情，老满见到家乡人感动不已，还没出院就叮嘱儿子回村签约交房。

以情感人的同时，以理服人。征迁不能"专拣软柿子"，只有均衡推进，才能赢得群众信任。有少数人投机钻营，栽树苗、埋管子、铺路面、盖违建房等时有发生。这些问题不制止、不打击，群众就觉得不公平，征迁不可能顺利推进。

仅几天时间，平石村6组在农业基地旁盖了6处违建房，面积近2000平方米。全村总共13个小组，6组因此被群众揶揄为"平石村14组"。听说要强拆，有的干部担忧影响后续工作。此时，区领导严令一周内全部拆除，决不姑息。

平石村10组刘某有堂兄弟9个，2017年夏天，他将本湾土石路面硬化近2公里，陈国璋发现后坚决要拆毁。有人说，刘某是湾里大户，得罪了他，10组一户都拆不动。就在安排行动的头天晚上，刘某还打电话威胁陈国璋。"敢做我就不怕，明天我在现场等着你。"第二天，陈国璋组织机械铲除了全部水泥路面。而刘某不仅当天没露面，事后也没敢索要补偿。

古塘村12组邓某有一处违建库房，还在湾里带头阻挠征迁。"对这样的歪风邪气绝不能手软！"陈国璋说，让违法者看到底线与决心，让守法者看到公平与正义，才能真正凝聚民心。

平石村9组的豪装别墅户主胡国球在签约时感慨："我这么好的房子真不愿拆，但看你们是真心为群众办事，我拆了算了。"打动乡亲们的不是补偿政策，而是党员干部的作风与精神。

自2017年7月始，陈国璋坚守征迁一线，一年间累计休息不超过5天。父亲肺癌术后6次化疗，他从未陪护过；母亲重病复查，他总不在身边；答应暑假带儿子学游泳，一拖再拖；因为回家少，出生已数月的女儿竟然认生，不让爸爸抱……

“在父母亲和老婆孩子的眼里，我是个有事靠不住、家里坐不住、说话不算数的人。”陈国璋尴尬地笑着，言语间有些哽咽。

“能作为发展的见证者和创造者，我们的付出很值得。”陈国璋在工作日志里写道：“作为一名乡镇党委书记，为党的事业倾心尽力、无私奉献，是初心；为民谋划、殚精竭虑，是使命；加快发展、促进转型，志在必得，是担当。”

当大家心往一处放，劲往一处使，都明白自己在参与一项伟大的事业时，便能无往不利。为群众及时解难、消除顾虑，党员干部们用实际行动赢得了群众的理解和支持。

胡发明，杨叶镇平石村9组老党员，2016年做了肺癌手术。征迁刚启动时，他的病情正在恶化，可他仍一边化疗，一边走村入户做工作。

杨叶镇的房子不比其他村镇，这里经济发展程度较高，许多房屋造价不菲，而且地段好，征迁标准远未达到群众预期。为了打破众人观望的僵局，胡发明率先拆了自己的两层老屋。在他的带动下，9组征迁进度在全村一直领先。但他还有栋新房在省道旁没有拆，个别人对胡发明带头拆房耿耿于怀，借机生事，向上告状。

可许多人不知道的是，此时胡发明的病情已到晚期，出行不便，加上在外租房比较困难，所以他住的这套房子暂时没拆。看到因为自己的事，村里征迁工作被耽搁，胡发明一咬牙，让女儿去请征迁队。

“爸，不行呀，你现在身体这个情况，拆了房住哪里，您经不起折腾啊。我去求一求村镇领导，请他们出面帮我们解释。”女儿泣不成声。

“不准——不准去……我——我——我快不行了，不要再给领导们添麻烦。拆——拆了吧，这也是我临走前最大的愿望，我们早一天拆，机场早一天建成……”胡发明紧紧拉住女儿的手，气喘吁吁。

拆掉唯一的房屋，胡发明蜗居在一间柴火房里，半个月后不幸离世……不忘初心，向死而生，他用实际行动践行了党旗下的庄严承诺。

李少珍原是古塘村4组组长，2014年被查出肺癌。在外打工的邵新民回乡照顾妻子。“我劝她多休息，可她热心惯了，哪家有事都要去搭把手。”2016年，建机场的消息传来，4组在征迁区。李少珍很兴奋，她告诉邵新民，自己能出点力，这辈子做成这件大事，也算死而无憾了。

房屋评估、入户宣传、鼓励签约……要做的事越来越多，邵新民担心她身体吃不消，可老伴的性子他明白。“我会陪着你，只要你开心。”于是，组里征迁工作专班中，多了这对老夫妻的身影。

可就在李少珍亲手签下自家的征迁协议后不久，病魔将她的生命残忍地画下了句号。“我是真的舍不得拆，3栋房一砖一瓦都有我俩在一起的回忆。可少珍说咱自己都不带头，咋好意思去给别人做工作。”签了协议后，邵新民还在琢磨带着少珍去哪里租房子好，可她人却突然走了。

邵新民交出了房屋钥匙。“少珍答应的事，我不能反悔。”机械车来推房子的那天，他在邻村待到天黑。他说，不去看，心里或许好过些。

李少珍去世后，村里乡亲请邵新民接任组长，他拒绝了。他想离开村里，怕触景伤情。“这是少珍最在意的事，你不想替她完成？”长辈的一句话戳中了邵新民的心。

邵新民全票当选。“想她的时候，我就去忙村组里的事，感觉她还陪着我。”这个七尺汉子眼眶红了，借口点烟，转过身去。在古塘村，4组签约、拆房、迁坟的速度都排第一。

“征迁越往前推，越容易感到疲劳！”刘厚文想到了一个办法，将总目标“切块推进”，发起一轮又一轮攻势，从“穿短袖”一直干到“穿袄子”。2017年12月16日，机场前期建设用地已腾空。4天后，这里将举行湖北国际物流核心枢纽八大基础项目集中开工仪式。

就在10天前，时任沙窝乡新湾村党支部书记张文中接到了一项重任。为确保开工仪式如期举行，市区征迁指挥部要求新湾村3天内完成开工区域400余亩的腾地任务，一周内完成3500余座坟墓的迁移任务。“这是不可能完成的任务，得向上级请示多给一点时间。”村里有干部低声建议。

“军令如山！岂能讨价还价，别耽误时间，干！”张文中态度强硬。“可迁坟总要设道场、看日子、选时辰、搞仪式，肯定没法在规定时间完成任务。”一位老村民说。

“那就不搞这些，移风易俗。”张文中和村委会成员商量，决定先和几个组里有影响力的年轻人商议，做通他们的工作后，再请他们回家做家里老人的工作。

方法得当，推进很顺，整组集中迁坟方案最终敲定，仅用 4 天即提前完成坟墓迁移。

行至村口，在家的族人烧香、叩拜、默念，没有请哀乐队，甚至没有放鞭炮，祖坟迁移仪式都简化了。“心里的确有些不好受，毕竟迁祖坟是件大事。后来想通了，这是国家发展的大项目，也是我们鄂州百年难求的发展机会。仪式虽简，孝心不减，把日子过好，让家族兴旺，是最大的尽孝。”村里的李氏族人说。

这次“突击”，张文中带着大伙顺利完成，为整个核心区接下来的大面积迁坟提供了借鉴。在核心区 8 个村里，新湾村房屋拆除也是第一个“清零”，这正是市区领导到了节骨眼上敢于下任务的底气。

把不舍留给故土，把故土留给未来。新的梦想，在腾空的土地上发芽。

自 2017 年起，王晓东都选择从鄂州机场施工现场开启一年的经济建设推进工作。“非常了不起！机场建设最难的事就是征地拆迁，把这个问题解决了，没有比这更难的事。”他在多个场合对机场核心区征迁安置工作提出表扬：不仅短时间内完成近 6000 户村民征迁，为机场建设节省工期至少一年时间，而且实现了“零上访”“零炒作”和“零事故”。

后来，随着工作推进，征迁安置的“鄂州模式”又多了一个“零”：全程未发生一起干部违纪。工作一开始，市区两级指挥部明文规定，任何人不允许单独承诺优惠政策，不允许优亲厚友，不允许弄虚作假，不允许“以拆谋私”。

“如果没有风清气正，很难激发群众发自内心的共鸣，更难得到他们的鼎力支持！”刘厚文说。

中篇

新动脉——筑梦长空

2020年，中国提出要“逐步形成以国内大循环为主体、国内国际双循环相互促进的新发展格局”。

从大江大河，走向海洋与天空，建设一座连接海陆空的新枢纽，打开货运“空中出海口”。鄂州花湖机场助力中国快速重塑全球航空物流网络，统筹衔接“一带一路”，为更好地配置全球资源、融入全球市场、参与全球竞争打通了新动脉。

探路工程机械管理数字化，尝鲜无人驾驶压路机，研发全域智能跑道，试水“少人机坪”，首次深度推广中国乃至世界上最先进的BIM（建筑信息模型）技术……花湖机场建设进程中，一系列关键性、颠覆性高端前沿技术的大规模投用，印证了生产力从量变到质变的跃升，逐步形成以高科技实现高效能，以高效能创造高质量的全新产业模式。

第十六章
“这是‘人民版’的开工仪式！”

随着机场建设核心区的土地逐步腾出，鄂州上下全情投入，特别是进入2017年最后一个季度以后，那段时间里，全市参与备战机场项目开工的人员，无论职位高低，鞋底上都沾满了泥土。

“我们创造了机场选址阶段的国家纪录，现在看来也一定能创造机场审批阶段的国家纪录，下一步我们还要创造机场建设阶段的国家纪录。”李兵的话语风格总能燃烧那些想干事、能干事、敢干事的干部们的信心和激情。

“不能等到万事俱备，错失发展良机，必须主动创造条件。”“机场开工不是单个项目开工，也不是象征性开工，而是全面、实质性开工！”湖北省政府领导多次召开会议量化工程进度，强调核心枢纽项目务必年内开工。

此时，民航项目后续审批还有可研、总规、初步设计三个程序要走，时间存在不确定性，而机场地基以及软土处理至少需要两年，即施工期半年到一年，沉降稳定期一年半左右，这是最制约工期的因素。

开工前最让湖北省、鄂州市头疼的，就是土石方挖填量超过预期。由于当初留给设计单位的时间过于仓促，场址水系改造即“填湖”有许多困难没考虑到位。场址比选阶段，专家组预计土石方挖填量将排在中国在建工程第一位，这曾是影响最后决策的突出问题之一。

原来，燕矶场址有两座小山，一座名为“黄山”，另一座则称“嵩山”，恰与我国两座名山同名。如果场址往江边靠，丰水期时就对行船桅杆高度限制更多，飞机飞行要高于行船桅杆最高点400米以上，越往江边靠则限制越严；而往两座山靠，就需要“移山”“填湖”，同时涉及500千伏吉磁线4座通信铁塔外移2公里的问题。

起初，鄂州承诺承担土石方挖填10亿元以外的投入，但进入实际操作后，地形和位置都发生了变化，经大量测算后，机场跑道间距由1750米调整为1900米，场址在原场址基础上南移650米、西移100米，总面积由12.04平方公里调整至14.37平方公里，占湖面积和地形均发生较大变化，当然就增加了土石方量。

“在和顺丰的谈判中，不怕付出一次性成本，但要保护我市连续性利益。”按此原则，鄂州将履行承诺限定在空军设计局选址报告的范围内，即填方量4980万立方米、挖方量4000万立方米，土石方工程共计8980万立方米，所产生费用超出10亿元以上部分由鄂州承担。“我们给了21亿元的上限，此外由顺丰承担，这样是为了防止扯皮耽误工期。”李军杰说。

经过调整的土石方工程方案，则包含净空处理、土石方提供、地基处理和场道建设等，挖填土石方1.33亿立方米，总投资初步核算达47.6亿元。其中，合资公司要承担27亿元，压力自然也不小。

这里还有一个插曲：当王卫听说一开工就涉及“填湖”时，专程带着随从悄然赴现场了解情况，随后决定拿出300万元请鄂州方面在动土前将湖鱼打捞放生。

“我只收了40万元，一来这笔经费够用了，二来多收费的消息一旦传出去，无形中会‘拔高’征迁标准，给后续工作带来困扰。”尹彬此时的职务是市政府副秘书长，在一线主抓机场建设配套工作。

为了推进机场项目的环境影响评价工作，在物流机场公司尚未成立前，原鄂州市环保局自担甲方，通过招投标引进中南安全环境技术研究院展开环境影响前期研究，并组建以监测站站长郭小冰为组长的51人环评监测工作专班，为机场项目具备审批条件做了大量基础性工作。“为了抢进度，调查人员酷暑季节都在跑现场，足迹遍及机场核心区及周边的黄石、黄冈两地！”时任鄂州市环保局局长胡太平说。

机场项目开工迫在眉睫，可建设用地批复尚差最后环节。怎么办？“我们建议采取先行用地申报。”原市国土资源局规划科科长廖伟说。这是权宜之计，资料、流程都相对精简，可以保证关键节点、影响工期的项目提前动工。经耐心做工作，多家业主单位从起初不理解到积极配合，为依法开工提供了保障。

2017 年 12 月 13 日，鄂州市政府向省发改委呈报《关于组织举办湖北国际物流核心枢纽项目系列工程集中开工仪式的函》，明确称“已具备主体工程正式开工条件”。

函中提到的系列工程，即“1+6+1”关键性基础工程项目：1 项主体工程的先期项目，指走马湖水系改造；6 项配套工程，包括综合防洪排涝、区域配套市政污水处理、500 千伏智能变电站、净空保护电磁监测站、安置小区工程和机场快速通道；最后一个“1”即在施工现场以土地收储方式先征 400 亩地，用于土石料堆场或施工单位临时用地。

对于走马湖水系改造工程，官方书面解释是“枢纽项目实施的前提和关键环节，为后续顺利推进机场建设创造条件，争取时间。同时，统筹考虑水生态环境的保护作用，维持走马湖水系的连通”。简而言之，就是“填湖”。这是机场场道施工的基础性工程，但在长江大保护日趋严格的氛围中，要竭力避免出现这样的字眼，更何况项目环保评估还没有办完手续。

同一天，王晓东省长会见王卫，湖北省政府与顺丰集团签署《关于湖北国际物流核心枢纽合作协议》《湖北国际物流机场有限公司合资合同》。湖北国际物流机场有限公司（以下简称“物流机场公司”）由湖北省交通投资集团公司与深圳顺丰泰森控股（集团）有限公司、深圳市农银空港投资有限公司按 49%、46%、5% 的比例出资组建，注册资本 50 亿元，在鄂州注册成立，省交投党委委员肖跃文出任董事长，总经理是代表顺丰集团方面的冯晓平。

后者的亮相让现场许多人感到意外，只有李兵等少数人深知缘由。原来，这位机场选址曾经的“裁判员”，早已进入鄂州求贤视野，几乎同时也被顺丰集团“盯”上了。这年初，冯晓平正式向民航局提出辞职申请，此时他已从民咨公司党委书记、总经理调任民航局机场司副司长。李兵请挂职结束、已回到公安部的吴涛前去做工作时晚了一步，民航局领导批复同意冯晓平的辞职申请。4 月，在调至三沙机场扩建工程岗位工作不久，冯晓平正式加盟顺丰集团，并很快来到他已经踏勘多次的鄂州机场场址指挥建设工作。

当晚，年初借壳上市的顺丰控股发布公告，顺丰集团将与湖北省政府和第三方国有股东共同出资成立合资公司，作为湖北国际物流核心枢纽项目的项目法人，负责枢纽项目的规划、设计、投资、建设和经营。按董事会决议，建设期国有控股，运营期顺丰控股，即飞机起飞时农银空港有限公司 5% 的股份将优先转让给顺丰集团。“鄂州机场将是中国第一个混合所有制机场、第一个建管结合的民用机场。”肖跃文说。

12 月 20 日上午 10 时许，沙窝乡走马村一片腾空的地面上，在一个以鄂州市中心城区洋澜湖为背景的幕墙前，时任湖北省副省长周先旺宣布：“湖北国际物流核心枢纽项目开工。”随后，他和省发改委、顺丰集团、省国土资源厅、省环保厅、省交投集团相关负责人以及鄂州市领导李兵、王立、熊明新等人，一起走上前，围绕奠基石一圈，共同填上鄂州机场建设的第一抔土。

和政企领导一起参加挥锹填土的，还有一个颇为醒目的人群：燕矶、沙窝、杨叶三个乡镇的 12 位征迁户代表。85 岁的走马村村民杨干明也站在队列中，他是全村第一个群众征迁户，一早就来到开工现场，满心欢喜地戴上了大红花，“这辈子还没有近距离看过大飞机，更没想自家土地上将崛起一座大机场”。

“这是‘人民版’的开工仪式！”鄂州市领导几经斟酌，在头一天晚上才拍板邀请征迁户代表出席：不能忘了这片土地上的父老乡亲，他们为建设国家重点工程拆房、搬家、腾地，很不容易！对于闻讯赶来的各大媒体记者来说，不到半小时的极简开工仪式，面对四周空茫一片的场面，这恐怕是当天唯一值得一提的细节。

李兵在致辞中称：“在省委、省政府的有力推动下，核心枢纽取得了落户湖北、纳入国家规划、获得军方支持、选址获得批复、立项上报国家、合作协议签署、合资公司成立等实质性进展，用 3 年时间实现了同类项目 5 年才能达成的目标。”

活动现场，他婉拒了湖北广播电视台记者的专访，而推荐鄂城区委书记刘厚文代为“出镜”，“多讲老百姓为机场建设征迁所做的牺牲和贡献”。鄂州市委宣传部在提供给媒体的新闻通稿中提到：“有关方面称，该核心枢纽的开工建设，是我省落实十九大精神关于建设交通强国战略的实际举措，是融入‘一带一路’建设和长江经济带发展的重要支撑，对湖北打造内陆自贸区、加快构建开放型经济新体制、完善现代综合交通运输体系、促进产业结构升级具有重要而深远的意义。”显然，“有关方面”并不是一个很有说服力的消息来源，但在当时相关手续尚待办齐的背景下，还没有权威人士愿意出来表态。

事后，鄂州市发改委还透露了一个细节：原计划在开工仪式后，还准备举办“武鄂黄黄航空产业联动发展报告会”。鄂州在致函中称：“为贯彻落实省委十一届二次全会提出的‘武鄂黄黄联动发展’的战略要求，较好地发挥湖北国际物流核心枢纽项目对武鄂黄黄城市产业协同带动作用以及形成与武汉天河机场客货‘双枢纽’功能，我市拟在开工当日下午，邀请相关专家和武汉市、黄冈市、黄石市政府分管领导以及主管部门负责同志，举办武鄂黄黄航空经济联动发展报告会，请有关专家介绍世界航空经济发展态势，正式发布鄂州市航空都市区规划和航空产业规划，并就项目建设的战略定位、武鄂协同发展、促进武鄂黄黄区域联动发展等方面内容进行交流座谈，以形成共识，共同发展。”

然而，同样出于“敏感期”的斟酌，省政府最终定调“一切从简”，只派出副省长周先旺出席开工仪式，而这个筹备已久的报告会也在项目开工前夕被取消了。到了 12 月 25 日，湖北省政府网站发布消息透露：“鄂州机场项目建设工期为 4 年，目前已被国家发改委立项，并上报国务院和中央军委，批复在即。下一步，我省将全力冲刺核心枢纽机场项目立项报批工作，完成配套规划编制，抓好项目落实。”

读者稍稍有心，对比前后新闻一看便知，机场建设工期比原计划“2020 年实现大飞机起飞”的目标推迟了整整一年。

第十七章
机场“准生证”正式获批复

欲成非凡之事，必用非凡之功。

在前期筹建的1000多个日日夜夜里，湖北省委、省政府领导多次听汇报、现场调研，专题研究项目推进工作，粗略估计仅协调会就开了40多次，为项目推进化解了不少难题。

2018年1月24日，“加快湖北国际物流核心枢纽建设”被写入《湖北省政府工作报告》。接着，李兵在湖北省十三届人大一次会议分组讨论会上发言：“机场建设是一个系统工程，报批程序尤为复杂，从规划、选址到项目批复，需要国家相关部委审批的手续多达数百项，审批的门槛之高、程序之严、编制之细、难度之大都超乎寻常。”

他深知这是自己最后一次代表鄂州向省里汇报工作，特别表达了致谢之情：“项目前期取得的成绩，离不开省委、省政府的坚强领导和鼎力支持，离不开省领导的关心和支持。在项目选址阶段，省委、省政府秉持尊重科学、尊重规律、尊重市场的理念，决策项目落户湖北、选址鄂州；项目推进中，省长亲自带队赴国家发改委、赴广州军区开展工作，奋力争取；在2016年抗击特大洪水的关键时刻，省长一手抓抗洪，一手抓发展，7月3日会见中部战区空军司令员庄可柱中将，7月9日陪同中部战区司令员韩卫国中将视察鄂州，给予鄂州人民巨大的鼓舞和支持；项目落户后，省长也一直持续关心和大力支持项目，并亲自担任项目建设指挥部指挥长，多次召开会议研究推进项目建设，付出了很多心血。特别是推进项目开工，更是在省长和各位领导解放思想、科学谋划、依法合规的决策和推动下，项目才得以克服重重困难，顺利实现了2017年开工的目标。”

2月11日，李兵出席鄂州市纪委七届三次全体会议并讲话。会议间歇，他向与会的市委常委领导班子成员口头传达了一个喜讯：鄂州民用机场可研报告及相关附件两天前已获中共中央总书记、国家主席、中央军委主席习近平批复同意。在中国，对于民用机场的建设来说，这无疑是至关重要的批文，相当于“准生证”或“绿卡”，意味着货运枢纽机场完成正式审批。市长王立此时正陪同省考察组一行赴现场调研以鄂州民用机场为主体的核心枢纽项目建设情况，他也在第一时间得到了这条尚未公开的消息。

3天后，李兵正式调任湖北省政协常务副主席、党组副书记。“哪怕是白发三千，我也会策杖而来！”他的离别感言令人动容。尽管要到半年后的8月，李兵才一一卸下鄂州市委书记、市人大常委会主任、鄂州军分区党委第一书记、市委党校第一校长等职，但自此时起，王立开始全面主持鄂州工作，物流核心枢纽项目建设正是其中头等重任。

获批消息对外界公开一直要等到2月23日，即春节长假后上班第一天，中国政府网在显要位置发布《国务院、中央军委关于同意新建湖北鄂州民用机场的批复》，各大媒体纷纷迅速转发。

这一天恰逢顺丰控股A股上市一周年，其股价随后几天出现了短暂的上扬之势。作为中国A股上市物流企业中唯一一家完全直营的民营快递公司，王卫身价随之暴涨而跻身胡润富豪榜，很难再像以往一样完全隐身幕后。

“我们上市之后必须要不断提醒自己，什么是不变的，什么是变化的。不变的是我们创业的初心，不变的是我们对事业的执着，不变的是我们对员工的关爱，而唯一变化的，是要给我们的客户提供更好的服务。”他对机遇和挑战都有着异于常人的敏锐和警惕。

此时，菜鸟网络与中国航空、圆通速递联手，投资120亿元在香港建设航空物流枢纽。几乎同步，喻渭蛟又带领圆通速递趁热打铁，独自在浙江嘉兴选址规划建设自己的全球航空物流枢纽，但相比顺丰进展缓慢。

竞争对手的这些大动作对于一向以空运之快为优势的顺丰集团来说，无疑是潜在的巨大威胁。多年来，经历了创业、发展、创新和上市，顺丰的发展壮大有目共睹，但随着科技发展和同行追赶，顺丰的优势空间也在一步步缩小。

然而，这并不是最让王卫头疼的地方。早在几年前接受央视财经频道采访，王卫就对顺丰速度做出了客观且中肯的评价。他非常清醒地认识到，速度上的快并不是顺丰固定不变的优势，随着运输手段的多样化和全面提速，在未来，甚至在当下，企业之间的速度差异已经越来越小。真正让王卫感到担忧的，是在优势空间缩小的同时，伴随着上市带来的不适应感，顺丰的短板正逐渐暴露。

和其他快递公司不同的是，顺丰的先天不足很难在短时间内快速逆转，“烧钱”的直营模式在很大程度上挑战着顺丰的经营管理水平。作为我国民营快递行业龙头，顺丰 2003 年首开航空运输先河，大幅提升派送速度。在很长一段时间里，顺丰几乎成了“快”的同义词，但高昂的运输费用和自有航空梯队的运营与维护，都在很大程度上提高了运营成本，导致快递价格上涨。自然而然，顺丰也就成了国内速度最快但也是最贵的快递公司。

而初创时确立的“中高端客户小件物流派送”的定位，也在后来的市场布局和业务扩展方面为企业发展带来了一定制约。最为致命的是，随着电子商务时代的到来，顺丰除了自身素质过硬以外，在业务依托上很难和其他快递公司匹敌。在电商的崛起过程中，顺丰是唯一一家没有电商平台支持的快递公司。

放眼当时和现在的国内，无论是“四通一达”还是京东物流，都有淘宝、天猫和京东商城做依托。就连此前曾借道菜鸟网络的拼多多，也在自建物流系统，拼多多创始人、CEO 黄峥曾表示，公司将采用轻资产、开放的模式，通过技术手段为商家和用户提供最优的解决方案，开发拼多多自己的“新物流”技术平台。

这些变化对刚刚上市的顺丰来说并不算是好消息。行业对手自建航空物流枢纽加速竞争白热化，看似为了缩小速度差异，本质上还是在抢占市场和客户。与此同时，电商巨头也纷纷布局自建物流系统，如果王卫再不做出一些改变，仅顺丰自身的短板就足以让自己陷入被动局面。

熟悉王卫的人曾说，顺丰只要 3 个月不创新，他就睡不好觉。公司上市前后的几年时间里，一方面要推进货运枢纽机场建设，另一方面要应对新业态挑战并找到突围的路径，可以说是王卫自 1993 年创业以来感到压力最大的阶段。

更令人感到担忧的是，经历了 20 多年的快速发展，国内快递市场趋于饱和，行业风口期正在消退。以顺丰集团为首的几家老牌快递公司虽然站稳了脚跟，但在同行们纷纷筹建航空货运机场的 2018 年，中国快递业务量增幅却已开始回落。

2016 年，我国快递业务量增幅还曾经保持在 51.3%，2017 年就迅速降低到 28%，至 2018 年时，已经进一步放缓到 22.2%。业务量的不断缩水和企业维持经营管理的支出不成正比，致使快递公司的毛利润也在缩减。数据显示，从 2007 年至 2018 年，我国快递行业的毛利润空间已从早期的 30% 一路降低到 5%。

这些问题在顺丰上市后集中暴露，多方面压力让王卫陷入了前所未有的困局。顺丰的上市转型之路不可避免地在刚起步时就迎来了空前的瓶颈，无论是行业隐疾还是企业自身的病根，都很可能成为未来某一天威胁企业根本的隐患。这一次，王卫必须尽快想出应对之策。

顺丰的第一个计划是打破“小件货、中高端”的市场定位，以 17 亿元收购广东新邦物流 71% 的股权，向重货业务市场开疆拓土；接着和美国硅谷的飞协博（Flexport）合作，顺利快速切入美国或其他国际市场，既为顺丰国际业务铺路，也助力提高供应链管理水平；随后，先后和美国夏晖集团、招商局和中国铁路总公司合作，在冷链、海运及铁路运输等方面精细化布局，尽全力夯实基础。

最为令业界震惊的是，顺丰集团以 55 亿元的大手笔直接收购德国敦豪集团（DHL）在内地、香港、澳门的供应链业务。王卫对此也作了解释：“与敦豪集团（DHL）这家全球领先的公司合作，会帮助我们达成全球发展的愿景。”

“时来易失，趁机在速。”如果说从成立公司到借力 2003 年抗击“非典”全面提速是王卫和顺丰的“第一个十年”，那么从顺丰航空获准运营到成为坐拥 60 架全货机的国内快递航母，就是他们的“第二个十年”。而今，“第三个十年”自 2013 年开始，是王卫最“天马行空”的一步。

特别是上市后，顺丰由王卫“一个人的企业”转变为公众公司，但他持股近 60%，仍是顺丰的实际掌控人。一年多时间，王卫带领顺丰继续探索新的业务边界，加大研发投入，不仅拓展了电商、金融、冷链医药和供应链等业务，而且实现了天网、地网和信息网“三网合一”。

天网，是以航空为代表的空运物流系统，主要覆盖距离大于 1000 公里的区域；地网则以铁路、公路、快递柜为代表，覆盖 800 ～ 1000 公里、800 公里以及最后 100 米的配送问题；信息网是指顺丰自主研发的智慧网平台，用以推动物流全链路的信息互联互通。经多年布局，顺丰集团开始拥有“天网 + 地网 + 信息网”这一独特且稀缺的核心资源，很快在行业内抢占先机。

正因为综合物流服务网络资源悄然成形，超级物流平台初显成效，王卫才有底气表明，顺丰的最终目标不是针对 4000 亿元传统快件市场，而是 12 万亿元的大物流市场。如他所言：“做企业的目的不是赚钱，而是做成一个平台，通过这个平台可以实现我的价值和理想。”

在他看来，作为顺丰创立以来投资最大的一笔单体项目，正在建设中的货运枢纽机场同样也是链接广阔市场的重要平台之一。未来在这里，不仅仅有快递，而且顺丰会将快递的能力注入不同形态的行业中。

第十八章
投资架构和设计方案相继亮相

如果说李兵完成了鄂州民用机场的战略层面部署，那么王立带领的新一届领导班子要面对的，则是项目建设中一系列战术层面的具体问题，挑战既繁杂，又艰辛。

“钱！”“钱！”“钱！”这是首要难题。初步估算，鄂州仅配套建设就需投入约150亿元。工期问题也是“硬骨头”！由于种种事先未预料到的因素，核心枢纽项目原计划2020年实现大飞机起飞的目标已出现不确定因素，多方研讨决定推迟一年。

当务之急是如何理顺物流机场公司的管理体制和推进机制。鄂州市政府在向湖北省政府汇报时称：“恳切希望物流机场公司能尽快实质性运行，缩短磨合期，优化决策机制，建立超常规决策体制，推动项目实施提速提效……”

这个问题的缘起，不得不说与当初顺丰集团的选择有关。建设机场前要成立投资主体，顺丰集团选来选去找到省交投，却不想当时省交投占股49%却拿不出足够的现金流。最后，省政府、省发改委商议将49%的股份按6∶3∶1分配，其中“6”为省交投所有，“3”是管理经营武汉天河等机场的湖北机场集团有限公司，鄂州城市建设投资有限公司代表市政府则占了“1”。在此基础上，省国资委在投资主体中设立两位独立董事，即湖北机场集团公司和鄂州城市建设投资有限公司。

2018年7月12日，省委组织部安排专人到物流机场公司宣布：肖跃文不再担任物流机场公司董事长一职，该职务由湖北机场集团公司副总经理、党委书记、副董事长陈国华接替。

事实上，陈国华与鄂州民用机场早有机缘。2015年8月，他以天河机场三期建设工程建设指挥部指挥长、党委书记的身份应邀到访鄂州。他向鄂州市领导表达了三点意见：从空域和临空经济发展的条件看，天河机场的未来可能赶不上鄂州机场；鄂州机场不是鄂州的，也不是湖北的，而是世界的；鄂州机场将带动鄂东地区腾飞。

陈国华，1961年2月出生于湖北省公安县，从部队转业后一直在民航系统工作，主持过天河机场第二航站楼、神农架机场以及天河机场三期等项目建设，是业界资深的专家级领导。他的“把脉”，无疑给当时还因机场场址比选而饱受质疑的鄂州决策层注入了“强心剂”。当晚，李兵刚送客上车，便将陈国华关于鄂州机场的评价编成手机短信，转发给一位省级领导，并特别注明说这句话的人来自天河机场。

客观讲，肖跃文掌舵虽然仅半年多时间，但也做了一些铺垫性工作。2018年1月，对走马湖工程展开全场详细勘察，2月形成初步成果;3月启动设计和施工招标;4月至7月上报可研修编报告及洪水影响评价报告、水土保持方案报告、社会稳定风险评估报告、环境影响评价报告等四项要件报告，并全部获批复。至此，设计和施工总承包单位进场，并完成前期准备工作。

陈国华曾和王立、李忠禄在多个项目建设中有过合作，彼此十分熟悉，履新不久很快进入角色。盛夏季节，烈日如火，空气干燥，正是机场露天施工的黄金期。相对开工半年多来略显冷清的场面，各类大型机械和运输车辆往返开始频繁起来……此时，环绕机场全场区的施工便道建设步入尾声，但比原计划还是晚了两个多月;4000多台工程车开进走马湖项目现场，展开大规模土石方施工。

机场场址核心区最终核定为11.89平方公里，其中飞行区场道工程400万平方米，相当于560个标准足球场的面积，正处于花马湖流域的走马湖中部。整个场道工程分“两步走”：地基处理工程和道面结构层施工。地基处理工程即“走马湖水系综合治理项目”，既是机场核心区的先导性重点项目，也是机场场道建设的基础性工程，由中建三局和中铁北京工程局承建，各承担一半左右的施工量，先抽水、清淤，再进行回填。

眼前的施工现场，遍布沼泽、荒坡，淤泥平均厚度达 5 米，最深处 17 米。按项目计划安排，未来这片土地上的项目工程将主要分两条线有序推进。

一是前期工作方面。9 月，可研报告获国家发改委批复；10 月，总规获民航局、省政府联合批复；12 月，初步设计获民航中南局、省发改委联合批复；2019 年 3 月，完成机场主体工程施工、监理招投标。

二是工程建设方面。2018 年底，走马湖水系综合治理即机场场道工程完成总工程量的 50%；2019 年 6 月，场道工程全面完工，主体工程施工全面展开；2020 年 12 月，机场跑道、航站楼及附属设施建设基本建成；2021 年 9 月，完成设备安装调试和竣工验收，取得机场运营许可，实现飞机启航。

时任中建三局项目党支部副书记骆良用“大禹治水”“精卫填海”“愚公移山”和“夸父追日”这四个神话故事形象展示了机场建设过程的壮观场面与宏大叙事。

“大禹治水”——为将损失的湖面补回来，走马湖水系综合治理工程成为机场开工最早的工程。这个工程中的花马湖水电站，在 2021 年经受住了重大汛情考验。

“精卫填海”——鄂州花湖机场水系改造所需要的土石方挖填量远超预期，有专家估算，体量接近一个三峡工程。

“愚公移山”——为了移走机场净空区的 3 座山体，万人鏖战，3 个多月完成了近一年的工作量，最高峰时，一天挖走的土石方可装满 130 列百节火车。

“夸父追日”——半年内完成核心区征迁，为机场建设节省一年多时间；战疫、度汛，2020 年疫情之后复工后，最高峰 2 万人同时施工，争分夺秒抢工期。

2018 年 9 月 27 日，民航领域鼓励民间投资项目推介会在北京召开，鄂州机场位列 8 个推介项目榜首，王卫也出席了推介会签约仪式。

此前不久，湖北公共资源交易中心信息网发布《新建湖北鄂州民用机场工程项目报建公告》。该公告称，鄂州机场一期建设建筑面积约 68 万平方米，远期规划建筑面积达 117 万平方米，包括机场工程、转运中心工程、供油工程和顺丰航空基地工程 4 个部分。

推介会上，鄂州机场的投资架构首次“亮相”。

机场主体工程投资约 183.6 亿元，占总投资的 49.2%。这部分建设内容主要指东西两条远距跑道、1.5 万平方米的航站楼、135 个停机坪、21 个维修机位以及 1 座塔台和 5000 平方米的航管楼；配套建设空管、通信、导航、气象、消防救援等附属设施。

转运中心工程投资约 135 亿元，顺丰航空基地工程投资约 46.2 亿元，这两个项目均由深圳顺丰泰森自行解决；建设供油工程的 7.8 亿元资金，由中国航空油料有限责任公司和物流机场公司组建的合资公司筹措。同时，国家发改委、民航局对鄂州机场的客运支线功能将安排中央预算内投资和民航发展基金予以支持。

接着“亮相”的，是鄂州民用机场作为航空货运枢纽最为令人关注的地标建筑——转运中心设计方案。到了年底，民航局公布首批“四型机场”（即“平安机场、绿色机场、智慧机场、人文机场”）示范项目，鄂州机场建设规划名列其中。

借此机会，顺丰向社会首次公布鄂州机场主体工程转运中心设计方案：这是一个“王”字形指廊结构的工业建筑群，如同一个巨大的飞行器悬停在机场上方；跑道两端，长江与花马湖两个水系前后呼应；转运中心正面，“山”字造型建筑巍然屹立；转运中心内部，可供货物拖车无障碍往返。

两年前，顺丰集团对外发布了货运枢纽机场的设计招标文件，中南建筑设计院与荷兰范德兰德物流公司、美国兰德布朗航空规划公司组成联合体递交了应标申请。自那时起，中南建筑设计院大楼里的灯光常常彻夜通明。

“规模超大，近 30 个专业学科综合交叉，这种挑战对我们是史无前例的。”曾经主持设计武汉天河机场 T3 航站楼的熊文超，担当起了鄂州机场总设计师的重任。对她而言，设计以货物分拣为目标的转运中心还是头一回。

最终，中南建筑设计院牵头的跨国组合在竞标中脱颖而出。“这意味着中国设计企业在大型专业航空货运机场领域实现了零的突破，项目设计横跨航空规划、多式联运、物流分拣、建筑工程、市政工程等多个领域，设计要求极为复杂。”中南建筑设计院副总经理刘常明说，这个项目设计首先要满足时效性。顺丰集团对货运机场的设计有明确要求，那就是实现快件的“次晨达”，当天下午 6 时前收寄的快件，要在次日上午 11 时前完成投递，“快”成为设计的核心要素。

转运中心，被业界称为货运枢纽机场的“发动机”。飞机到达机坪，就开启了货物的分拣流程：卸货，装运到转运中心，上载分拣系统，扫码识别，路径分配，落格集包。快件在转运中心分拣时间的长短，是影响货运机场效率的关键因素。

“我们这个链条里面，其实有三个‘快’，第一是飞机往返要快，第二是货到转运中心怎么快，第三是货在中心内分拣如何快。”熊文超带队考察美国路易斯维尔回来，收获满满。凭着设计师的职业敏感，他们很快抓住了货运机场以“快”为核心的运行规则。而在众多条件中，转运中心构型对货物转运效率至关重要。

按照货邮吞吐量 2030 年 330 万吨、2045 年 750 万吨规划设计，转运中心一期建设建筑面积 75 万平方米，远期规划建筑面积达 117 万平方米，相当于 2.4 个天河机场 T3 航站楼，规模可谓超大。

然而，货运量、货件目的地及类型会因环境、市场的变化而变化，仅凭大数据很难预测精准，这就要求设计可以随着市场需要调整转运中心设置。经过 30 多轮论证，转运中心构型设计方案逐渐清晰。众多方案中，设计团队选择了以方正平直为构型基础的“王”字形方案。

“大道至简，设计策略就是要实现飞机接驳中心、全场货机位中心、分拣设施中心‘三心合一’。”中南建筑设计院第二设计院总建筑师张韵波介绍，“王”字形指廊结构，竖线部分为货物传送分拣区，所有货物在此处理；横线部分为分区管理的指廊，分别服务来自不同方向的航线。这一结构能实现中心到各个远端距离均衡，且最大限度压减飞机滑行时间、拖车运输时间、转运中心处理时间工效比最优。

效率优先的同时，这还是一个可以不断“生长”的设计方案。也就是说，转运中心构型可满足不同阶段需要，分阶段建成“T”字形、“工”字形、“干”字形、“王”字形等不同构型，且每一种构型都具备完整的运行链条。经过美国机场研究中心一个月的多轮仿真模拟，测算出中南院团队方案的综合时效排名第一。

第十九章
第一力度抓“头号工程”

由于征迁困难，花马湖上下湖连通渠工程需延后完成通水。为争取工期，物流机场公司修建临时导流渠将北部湖区与下湖连通，先保障主湖区排水施工，到2018年底排干主湖区水体后，正式从回填展开永久性施工。

对于机场工程来说，2019年是承上启下的关键年。按省指挥部年初要求，全年要实现审批工作全面收官、项目建设全面开工、重点问题逐个突破。

第一，计划完成投资近50亿元，其中走马湖工程17亿元、机场工程30余亿元。其中，机场工程细分为征地拆迁、土石方工程、飞行区工程、航站区工程等。

第二，确保走马湖工程如期完工。6月底，走马湖水域跑滑系统、转运中心区域完工;8月底，走马湖水域飞行区其他跑滑系统、航空公司基地及其他建筑物区域完工;12月底，工程全部完工。

第三，全面完成前期工作。3月底，完成施工图设计，同步启动机场项目临时工程、水电工程建设;6月初，机场土石方工程、市政网管工程、航站楼工程、货运区工程、供水供电工程全面开工。

“特别到了下半年，还要完成航站楼、货运区等项目主体结构，如此才能实现年内出形象的目标。”陈国华说。

陈国华上任半年，项目推进发生根本性变化，把过去耽误的进度抢了一大半回来，除了建设现场的直观感受外，最直接的变化还有机场可研报告、机场初步设计方案等相关申报一一过关。

鄂州机场的主要功能是货运枢纽，特点是夜间飞行量大，夜间正是居民休息时间，而在机场跑道南面，恰是居民较密集区。然而，由于机场场址的东向、北向都是长江，往西是燕矶镇，南边则是铁路、公路穿过，可以调整的空间十分有限。

为此，省市生态环境保护部门经反复研究，向设计单位提出了进一步优化调整飞行程序的建议：确保 90% 以上数量货机由南向北起飞、由北向南降落，同时尽可能采用连续下降进近程序，从而有效降低飞机噪声影响。

“如遇极端天气和特殊情况，可以调整起降方向，并从夜间转至白天起降。”鄂州市生态环境局（原鄂州市环境保护局，在 2019 年机构改革后更名）审批科科长曾玉生回忆，物流机场公司最终采纳了省市生态环境部门关于噪声预判的建议，并写入了预可研、可研报告中。

“我们在规划建设前期听取了多方意见，采纳生态环境部门的建议尤其多！”物流机场公司一位负责人表示，正是基于生态环境许多细节的周全考虑，机场建设才赢得越来越多老百姓的支持。

2019 年春节长假后复工第五天，2 月 14 日，王晓东、黄楚平一行赶赴货运枢纽机场项目工地调研。驱车驶入机场建设核心区，毗邻黄山的 1 号便道钢栈桥桥头的简易门楣上，是蓝底白色字样：湖北国际物流核心枢纽花马湖水系综合治理近期工程。再往前走就是施工区，外围空地停放着施工方中建三局的各式铲车、挖掘机、碾土机、载货车、洒水车等车辆设备。另一旁，数台铲车正张开铁臂，铲土修补道路。

王晓东先走上机场核心区 1 号便道钢栈桥，详细了解项目建设进度和存在的实际困难。得知征地拆迁平稳有序、项目审批取得重大进展、前期建设顺利推进，他高兴地说，项目建设进展快、效率高、局势稳，实现了“2018 年打基础”的阶段性目标。

沿施工便道东行，不时碰到运江沙或石料到工地的大卡车，一趟趟来回穿梭。约 5 公里后，驶抵花马湖水系重要组成部分的走马湖畔，几十台工程机械忙着铲砂、清淤，轰鸣声此起彼伏。在 2 号便道钢栈桥，他仔细察看走马湖水系改造等配套工程建设情况。

“走马湖清淤难度很大，最深处的淤泥深达 17 米，常规履带机械一下子就陷进去了，只得调来专用水上清淤机。”陈国华介绍，待清淤全部完成后，预计回填及地基处理共需近亿立方米土石料，目前仅填了 200 多万立方米。

“坚持 4 年建设目标不动摇！”“切实解决用地、筹资、环评等实际问题。”随后，王晓东在现场办公会上指出，核心枢纽项目是补齐航空短板的“国字号”工程，是湖北高质量发展的关键支撑，对增强湖北省在中部乃至全国发展格局中的竞争力具有重大意义，“着力把国际物流核心枢纽打造成稳增长的关键工程、竞争力强的长板工程、培育中部强大市场的标志工程、高质量项目建设的示范工程”。

“新年伊始，省政府一把手在第一时间用第一力度抓‘头号工程’，向全省释放了干事担当、抢抓机遇、苦干实干，以项目投资促进湖北高质量发展的强烈信号。”王立在一周后的市委常委会上强调，在如此好的势头中，要进一步坚定信心，消除一切障碍，把机场建设推向高潮。

“已没有一个单位对鄂州机场建设再持怀疑态度或不同观点。”王立回顾过去一年的明显变化，特别是武汉海关给予了大力支持，分管关长先后 4 次到鄂州手把手指导报批，使得鄂州海关很快获批设立。就在年初，来自武汉海关的方涛、倪雄武、邓晗、吕骤、周志程等人，与原鄂州出入境检验检疫局 13 位本地干部一起，共同开启鄂州海关前期筹备工作。

会议还议定：在 2 月 13 日省长签字同意鄂州市临空经济区实施方案的基础上，加快推进报批工作，并要求鄂城区牵头负责制订还建房分配、土地征收、被征地农民市民化、企业征收搬迁、维护社会稳定等具体工作方案。同时，由市自然资源和规划局与省自然资源厅沟通联系，协调解决市临空经济区建设用地问题。

4 月，鄂州市临空经济区获批设立，顺丰航空物流产业园被纳入其管辖范围。作为全程参与货运枢纽机场选址、投资、建设和运营的股东，顺丰集团当然要在临空产业这块大蛋糕的竞争中抢占先机。还在场址比选期间，顺丰集团便将参选地的临空经济发展空间置于重要考量范围，最终将其规划面积10平方公里的航空物流产业园（起初称“鄂州国际空港城”）选址在城际铁路鄂州东站周边。

然而，航空物流产业园占地10平方公里，对于本身地域不广的鄂州而言，需要化解的困难的确不少，调整优化用地结构首当其冲。

鄂州市发改委联系协调省直部门调整铁路综合交通干线规划，取消了原武九—京九联络线方案，优化用地3570亩，节约用地1815亩。由武汉地空中心编制完成的《园区用地布局》中，合作区域内可出让城市建设用地面积522.53公顷，占总面积的52.25%。其中，规划商业、商务、居住用地268.56公顷，占比26.86%；物流仓储、工业用地253.97公顷，占比25.40%；公共服务、市政设施、铁路、道路、绿地、水系、农林用地477.47公顷，占比47.75%。建设用地及可出让城市建设用地面积均控制在双方框架协议约定的范围内，最大限度兼顾现有的基本农田、林业生态用地。

“这片区域仍需要征迁，涵盖新庙、燕矶、沙窝等3个乡镇3872栋房屋，建筑面积约112万平方米，涉及人口1.8万余人。”尹彬自带队筹建鄂州市临空经济区起，便从鄂城区接过了这一体量不小的征迁重任。

几乎同时，隔江相望的黄冈和主城区距离机场更近的黄石也在紧盯“临空产业蛋糕”。黄冈市浠水县主要领导在一次顺丰集团考察座谈会上说：“货运机场正在规划建设，请充分考虑浠水沿江47公里的巴河、兰溪、散花三个乡镇，这里方圆150平方公里，可以成为顺丰的仓储分拣区、员工生活区。”

一直以来，河道砂掺和普通石料资源加工而成的砂石骨料是基础设施建设用量最大、不可替代、不可或缺的材料。但在长江大保护趋严的背景下，砂石的可采区、可采量均大幅缩减，进而造成回填备料日益紧张，价格自然“水涨船高”。

按此前与顺丰集团签订的协议，鄂州市政府连续3年每年从市财政拨款7亿元补贴回填，如今成本已远超预期。情急生智，各方出谋献策：物流机场公司建议利用长江弃砂，“转废为宝”；鄂州市自然资源和规划局则指出，机场跑道南侧3座山丘（黄山1、2、3号）需降高净空处理，正好可产生大量土石。

2019 年 1 月，鄂州市政府成立长江航道疏浚弃砂综合利用工作领导小组，由两位市领导担任领导小组正副组长，已调至物流机场公司工作的李如峰以对外协调和审计监察两重身份参与具体工作；3 月，物流机场公司捧回“尚方宝剑”——《水利部长江水利委员会关于鄂州市长江航道疏浚砂综合利用意见的函》，明确 2019 年度利用总量 235 万立方米，确保航道疏浚砂用于湖北国际物流核心枢纽建设；4 月，鄂州利用政府平台公司购得土石开采权，为机场建设无偿提供价值 10 亿余元、近 2000 万立方米的土石。

弃砂利用主要成本在于运输，如采用传统汽车运输方式，转手环节多，费用高，且监管漏洞多。于是，物流机场公司决定在江边建临时码头，通过 3.8 公里管道将弃砂直接吹填到施工区，如此结算，一吨砂只要 23.35 元，比市价低上百元。

弃砂利用将触动个别既得利益者，难免暗潮涌动。为此，李如峰呈送报告建议弃砂利用要遵循“十六字原则”：指定地点、管理清晰、事前约定、通过监理。特别是量的管理，一要 1 对 1，每次只有一个标负责接收转运弃砂，日吹日收日清，轮流接收；二要有单据，EPC、长江航道局、监理、发包人各执一联；三要用数字化手段加强现场施工记录。

“千万不要搞出糊涂账来！”陈国华在报告上批示，这是警醒，也是保护。

第二十章

多项前沿领先技术探路尝鲜

2019年6月底、7月初，鄂州出现大雨，位于花马湖水系上湖区域的青山截流港水位一度涨到17米，达到警戒水位。

7月4日，核心枢纽的控制性工程——花马湖水系综合治理花马湖二站两台机组开机试运行，宣告花马湖水系综合治理近期工程全线贯通。当天正值暴雨，位于燕矶镇付家湾的泵站向长江抽排水仅1小时，青山截流港湖面水位便下降了60厘米，防汛警报很快解除。

花马湖二站泵房（含地下部分）约40米高，矗立在花马湖与长江的交汇口，泵房内安装有两台机组，泵房后还有一道闸门。泵站设计流量为每秒75立方米，当月还将新增4台机组，其主要功能是暴雨时将花马湖内的水抽入长江，同时通过调节闸门防止长江涨水后倒灌花马湖。

花马湖是一片湖泊密织的湖群，流域面积291平方公里，由花家湖、走马湖和黄山湖组成，当地人称为上湖、中湖和下湖。鄂州机场则像一个不规则的长方形位于中湖水域，阻断了上湖与中湖之间的连通。花马湖二站在上湖的最上方，靠近长江；原已建成的花马湖一站则位于中湖的最下方，靠长江更近。

花马湖水系综合治理包括河道整治、新建闸站、退垸还湖和水系连通，这正是骆良所说的“大禹治水”。负责施工的中交二航局项目部副总工程师龙行介绍，河道整治是通过清淤等措施将近21公里的河道拓宽，将上湖的水引到青山截流港，如遇暴雨水位过高，则通过花马湖二站将水抽排长江；水系连通则是在上湖与中湖间新建一条长 6.69 公里的连通渠，保持水系畅通；如果中湖水位暴涨，花马湖一站可抽水排入长江。

“机场首尾两个泵房，可保机场运营安全。”龙行介绍，待花马湖水系综合治理近期工程全部完成后，届时机场可抵御五十年一遇的洪水。

头顶烈日，沿湖走还可看到，连通渠两岸边坡上长满花草，郁郁葱葱，生机盎然。半年前，这里还是一片裸露的岩土，随后铺上了混凝土。混凝土护坡，怎么可以长出花草？

“我们采用了一种新型的生态环保混凝土，进行环境美化。”中交二航局项目部副经理王松介绍，连通渠护坡最低 10 米，最高 40 多米，如采取传统模式护坡，直接浇筑混凝土，将是一片寸草不生的光秃秃景象，与周边湖光水色极不协调。出于生态环保考虑，最终放弃了传统模式。

经多方走访，该项目部选择与武汉一家专业公司合作，针对当地的地形、地质、土壤、气候和植被等现状，研发出具有自主知识产权的“植被混凝土生态护坡技术”。这项技术以水泥为黏合剂，加入植被混凝土绿化添加剂、有机物以及砂壤土、植物种子、肥料、水等，组成一种混合料混凝土，经均匀搅拌喷在护坡上，留有一些细微的孔，利于花草、灌木生长。

4 月喷洒护坡，到了 6 月就长满花草。王松表示，生态护坡早期以草本植物为主，形成绿色屏障；后期演替为灌木为主，形成错落有致、长期稳定的生态系统，既有四季常绿的效果，又可利用植物根系稳定岸坡。不过，这种生态护坡投入费用要比传统护坡高 30% 以上，长 2 公里、面积 4 万多平方米的连通渠护坡投入超过千万元。计划在年内，还将对花马湖二站、花马湖航道整治水域全部按此模式护坡，共计长达 24 公里。

8 月盛夏，经过 10 个多月的抽水、清淤和地基处理，走马湖昔日水面渐渐成了广阔地面，数百台工程机械正在其上进行强夯作业，这就是“精卫填海”的场面。与此同时，一排排塑料排水板间隔有序，插入低洼的回填地面。

淤泥易产生不均匀沉降，不宜做天然地基，而且淤泥深度不同，采取地基处理的方式亦不同。“深度小于 3 米的区域较为简单，关键在回填之后的强夯处理，而深度大于 3 米的区域占了 80% 左右，要采用‘排水固结’方法。”中建三局走马湖项目技术负责人郭宇航说。

“类似于在‘豆腐块’上插吸管，将水吸出后压成‘豆腐干’。”他以“挤水分”来解读这一过程：抽干水后，在湖底先铺土垫层及砂垫层作为水平排水层，同时起到提高地基承载力的作用，再往上覆盖 75 厘米以上的江砂，将塑料排水板竖插到底，然后通过填筑土石对淤泥施压，慢慢将水“挤”出。为缩短“挤水分”时间，施工人员在面积近百万平方米的地面又堆载高 6 米、约 500 万立方米的土石。从抽干水后到加载土方填筑完成大约需要 4 个月时间，然后进入沉降期。

“‘排水固结’达到地基处理设计要求需耗时半年。”郭宇航说。最后是约 2 个月的卸载期，即将多余的土石方移除，达到全场统一的 20 米设计标高。整个过程持续一年有余，中建三局承建部分预计要到 2020 年 4 月完工。

每隔一段时间，中建三局、中铁北京工程局两家承建单位的工程师们都要为机场工地上的碾压机、插板机、强夯机等设备调试数字化终端。通过卫星定位接收信号，这些工程机械产生数据上传，业主、监理和施工方均可通过平台实时交流，便于及时掌握施工的质量、计量、进度等，提高项目管理效率。

“你看，夯点出现偏移、漏击，一目了然。”在中建三局项目监控中心，工程师余和刚指着电脑屏幕上的导航图说。排列整齐的圆点即夯击轨迹，如出现偏移或空白则表明未达标。此外，还有运送次数、碾压时速、填筑力度等指标，“出现异常情况，监控人员很快可从移动终端收到警报”。

机场工地已有 600 余台工程机械实现数字化统一管理，采集各类关键施工运行数据。“这也是中国建筑集团在湖北省内首次大规模使用数字化终端设备。”余和刚说。

“国内机场建设中，无人驾驶压路机技术也是首次使用。”近年来国内大大小小机场建设，中铁北京工程局多有参与。项目负责人杨京说，该公司研发的这项技术可设定最优化的振动频率和行走速度，以取得最佳的压实效果，既降低了劳动强度，又实现了节能环保。

“核心枢纽工程系列项目建设中，少则需投资数十亿元，多则上百亿元，而且要同步推进，这在建市以来可以说史无前例，任务相当艰巨。”随着工作日益深入，时任鄂州市市长刘海军渐渐感受到了资金压力。

此外，全球最大的锂离子电池正极材料生产基地、全球首个大规模基于第三代半导体的光电芯片项目先后开工，再加上地铁葛店段、电厂扩建三期、5G商用网络、半导体产业园以及系列临空型项目等，鄂州在建工程总投资额达300亿元以上，创建市以来历史新高。

破解用地指标不足的问题，更是颇费周折。为此，鄂州市政府成立工作专班，负责机场建设用地报批工作，力争手续尽快到位，用地全面合法。截至2019年8月，机场建设累计获批先行用地5000亩。“鄂州上下倾情倾力确保无障碍施工，但仍不断有重难点问题亟须化解。”刘海军说。

9月20日，湖北省生态环境厅批复同意物流机场公司提交的《湖北鄂州民用机场项目环境影响报告书》。“的确可以说，是鄂州机场的运气好！”时任鄂州市生态环境局副局长吕尚英感叹道。原来，2019年初，生态环境部调整环评分级审批权限，鄂州机场项目环评审批权被下放到省生态环境厅。

一般而言，重大项目的环评报告主要包括“三线一单”：环境质量底线、生态保护红线、资源利用上线和生态环境准入清单内容。货运机场占地面积较大，易对生态环境造成影响。“环境准入清单一列出，我们就一一想办法将影响降到最低，如河湖水面的占补平衡。而在调整生态保护红线时，我们也想了不少办法，多次到厅里和部里汇报，一接到相关意见当即督促优化调整。”吕尚英说。

做正确的事情，专注目标，心无旁骛，时间就会给你合理的答案。“真的是柳暗花明！”时任鄂州市生态环境局局长胡太平说。环境影响测评一直是重大项目申报的难题之一，过程往往漫长而艰难，他们甚至一度感觉看不到希望，“正当不知从何突破时，机场项目环评审批权下放至省级部门，这无疑为环评报告在主体工程正式开工前得以通过缩减了审批流程，降低了沟通成本”。

随着机场工程建设推进，数字化指挥中心已日益完善，这里是机场建设真正的核心和大脑，采用了中国乃至世界上最先进的BIM（建筑信息模型）技术，这项技术不仅在湖北工程建设中是首次应用，而且在中国民航机场建设中也是第一次深度全过程应用。

这项技术由中国科学院院士刘先林领衔，国家测绘技术研究院主导研发，已多次应用在高架、铁路等工程项目建设中，体系比较成熟，水平引领全球。武汉建设天河机场三期时本想用BIM技术，后来考虑到只建一条跑道，不划算，但鄂州机场要开山填湖，并处理大面积路基，而机场跑道工程对地基处理和场道平整度的要求是所有工程项目建设中标准最高的，运用这项技术可精准把握进展，总体控制质量，提高建设效率，减少物料损失和人员伤害。

“土石方回填作业由前期每天2万立方米左右，提高到目前每天26万立方米左右，这相当于一个地铁站厅层的总土石方量，意味着一天要挖出一个地铁的站厅层，30天就可挖出一段地铁线路，整体施工正步入快速期。”多次陪同省市领导现场调研，陈国华的介绍非常形象，令听者印象深刻。

到了年底，机场建设进度宣传片更新出炉，8分钟内浓缩了鄂州机场建设两年的努力：

——仅用8个月完成机场核心区及其配套工程范围内6219户2万多人的征迁任务，为机场建设开工提前一年时间。

——提前启动燕矶、杨叶两个安置小区一期122栋主楼已全部完工，首期分房的被征迁群众即将喜迁新居。

——花马湖水系综合治理工程的水系连通一期、河道整治、闸站、度汛通道等项目基本建成，确保安全度汛。

——机场核心区走马湖水系综合治理工程，涉及净空区取土、花马湖上下湖连通渠、主湖区水体排放、湖底清淤等，施工便道、打插塑料排水板和填筑土石方等，按年度施工计划有序推进。

——除机场净空保护无线电监测站已于2018年底投入使用外，再生水厂、500千伏变电站、203省道改造工程、机场高速、鄂州长江大桥（后改名“燕矶长江大桥”）等项目稳步推进中。

第二十一章
关键时刻的“最美逆飞”

昨天半夜你临时接到了被抽调前往雷神山医院项目的通知，一家人突然沉默，静静地为你准备口罩、手套、药品等物资。两天前，你从鄂州机场项目工地带回来的衣物还没来得及清洗，如今又塞满行囊准备出发。

跟我和肚子里的宝宝道别后，明明有好多话要嘱咐，却什么也没说出口。作为电视工作者，我也有无数同事奔波在抗疫一线，我理解你的选择，我知道你最需要的是我这个强大的后盾。这个城市生病，我们都希望用自己力所能及的方式去治好它。

原谅我昨晚的泣不成声。宝宝，你的爸爸去当英雄啦，我们一起等着他平安凯旋。

2020 年 1 月 26 日，农历大年初二，武汉奥山世纪城家中，郑乐目送丈夫骆良一大早匆匆出行，随后含泪在微博写下心迹感言。

这是关键时刻的关键抉择——面对中华人民共和国成立以来，传播速度最快、感染范围最广、防控难度最大的一次重大突发公共卫生事件，武汉这座千万级人口的特大城市史无前例按下了“暂停键”。

就在 3 天前，农历除夕的前一天，当家家户户门前代表祝福与喜庆的大红灯笼和对联还在营造喜悦的氛围时，武汉市疫情防控指挥部发布 1 号通告：自当日上午 10 时起，全市公交、地铁、轮渡、长途客运暂停运营；机场、火车站离汉通道暂时关闭。

未知的病毒与恐慌的情绪一道，向全省、全国蔓延。随着感染人数统计曲线陡然上扬，武汉本地医疗资源全面告急……参照 2003 年“非典”期间的小汤山版医院急需建起来，中建三局重任压肩，骆良是应召驰援的逆行者之一！

骆良，广西柳州人，1986 年出生，中南大学毕业后到中建三局工作。找人员、找材料、找机械……作为公司的团委书记和机场项目的党支部书记，他要为公司的年轻人树立榜样，更要为一同奔赴建设一线的同事们做好后勤保障。

第一个晚上，一切都还在筹备中，实在累得不行，他在工地附近找了一家宾馆休息，幸好还有最后一间房。打开空调，刚睡了 2 个小时，房间还没有暖和起来，电话骤然响起，他又赶忙冲往现场。第二天，睡了 3 个小时，第三天还是 3 小时。起初那段时间，他常常半夜被电话叫醒，当即安排车辆去接从四面八方前来援建的工人。

这是一场需要举全国之力应对的严峻挑战，打乱了几乎所有中国人的过年乃至生活、学习和工作的节奏！鄂州比邻武汉，确诊率和死亡率仅次于武汉，关闭进出口通道的时间也仅比武汉晚 1 小时 20 分钟。自此，王立、刘海军及全市干部群众都投入到这场前所未有的抗疫战役中。

骆良说，他们公司负责医务宿舍、专家楼、后勤保障房的施工。工人上千，管理人员上百，建设现场异常嘈杂，每个人必须扯着嗓子沟通。每天要协调处理各类繁杂事务，他讲话不得不加快了速度，几天下来，已感觉自己的嘴巴不是用来吃饭、喝水的了，因为忙得根本顾不上。

1 月 28 日，当骆良看到妻子发出的微博后，眼泪瞬间就控制不住了。这条微博刚发出两天，阅读量已有 12.6 万，还收获了 200 多条评论和 1500 多个点赞。1 月 31 日，人民网、央视网、凤凰网等多家媒体刊发或转发报道《宝宝！送给你最好的出生礼物，就是爸爸亲手建的医院》。此时，骆良妻子怀孕 9 个月，宝宝即将在 2 月底出生。

主城区禁行机动车辆，社区封闭管理持续升级，复工几度延期……非常措施先后紧推，如何保障民生成了首要，如何保障物流成了关键。作为中国快递物流行业的民企龙头，顺丰集团一举一动备受关注，“春节停收”“口罩截流”等负面舆情满天飞，让一向沉默低调的王卫也在内部办公平台表达了心情。

4天前，顺丰航空两架全货机分别从杭州、深圳顺利飞抵武汉。很多媒体用“最美逆飞”形容此举，颇有些灾难片中的悲壮意味。随后8天内，顺丰向湖北运送救援包裹2415万个。持久战氛围渐浓，顺丰复工面临三大阻碍：交通管制返工难、防护物资紧缺上岗难、区域互卡收转难。

国难当头，誓向抗日战争时期的著名爱国实业家、中国航运业先驱卢作孚看齐——王卫决定倾顺丰之力为战疫“护航”。他除了对除夕到大年初二加班的快递员直接翻5倍工资外，还为了继续保持全体员工疫情期间的工作积极性，将其工资在大年初三翻3倍之后继续2倍奖励。

同时，顺丰集团不计成本地为快递员配备各种防护装备，尤其是防疫必需的口罩和护目镜，还有“三防”（防尘、防水、防震）手机、“迷你”打单机、各类包装和耗材……粗略一算，人均1天至少两个口罩，每人月需60个，按2019年上半年公布的29万余名快递员数量和当时到岗率70%计算，一个月口罩消耗量为1200万个。

2月9日晚12时前，全国大多数疫区只有邮政（含EMS）、顺丰和京东不打烊，除了有邮政局陆运通行证“护体”，顺丰空运力量也起到了支撑作用。疫情初期，顺丰快递日均票数达1000万单，已恢复到节前水平的近60%，其中陆运恢复不到年前水平的二分之一，但以空运为主的时效件业务量已恢复至四分之三，到2月中旬已确保每日5架全货机、130余辆干线车开往湖北，通过空运和陆运通道分发医疗、生产、生活等方面物资。

物流机场公司党委副书记熊新文和副总经理李爱民带着十几名鄂州籍员工值班，家在武汉的陈国华也设法赶了回来。“省委组织部考虑到公司党委班子都是外地人，我是鄂州人，曾在当地长期工作，还有国企工作经历，而且擅长沟通。”熊新文去年年底到岗，分管党建和组织人事，主要负责协调机场和鄂州之间、股东之间以及建设单位、施工单位之间的关系。

这段时间，陈国华、熊新文和李爱民天天带人往机场工地跑，一方面请乡镇派出所支援，防止机械设备丢失；另一方面确保留守施工人员日常生活，同时竭力推进各单位复工，“一天不知要打多少次电话，力争省市防疫指挥部和铁路部门安排列车临时停靠，然后从火车站点对点将返岗人员直接拉回工地”。

然后，搭建临时民工宿舍，每间房面积不低于24平方米，入住不超过6人，定期消毒，封闭施工。“好不容易从乡里奔到了城里，现在又从城里返回乡里了。”接到李兵从仙桃“战疫”现场打来的慰问电话，熊新文这样调侃道。“人的一生能做点有意义的事，很值得！”李兵是被派往仙桃“督战”的省领导。

国有征召慷慨行，仙桃上下将其无纺布产业的优势发挥到了极致，许多企业成了全省防疫的“兵工厂”，贡献了全国40%、全省80%的防护物资；危难时刻显担当，顺丰货运枢纽项目部求助支持防护物资时，仙桃方面尽释“前嫌”，抓紧优先安排。

李兵的肺腑之言似乎打开了熊新文的“思路”——鄂州历史应记住两个历史事件：一是孙权迁数千余江东富户开拓荒蛮之地，有“凤凰翔集”的寓意；二是杨叶镇近期挖出东晋知府墓，有“三足乌”出土，这是“凤凰腾飞”的预兆，证明当初决策者全力争取机场落户鄂州是正确的。话一说完，电话里传来爽朗的笑声……

2月13日，上海市市长应勇、山东省济南市委书记王忠林“临危受命”，同时分别调任湖北省委书记、武汉市委书记。“中央安排我到湖北任省委书记，这是以习近平同志为核心的党中央对我的高度信任，省委书记这个职务是沉甸甸的责任和千钧重担，对我也是重大的考验。”应勇戴着口罩做履新表态，“从踏上荆楚大地的那一刻起，我就成为湖北的一分子，与湖北人民同呼吸、共命运。我将和全省广大干部群众一起，同心同德、众志成城，坚决打赢疫情防控阻击战，不负党和人民的重托和期望。”

“鄂州之于武汉，类似昆山之于上海……这使得鄂州输入型感染病例多，疫情防控压力大。”2月16日，王立在视频调度会上向应勇汇报时说，“往最坏处准备，往最好处努力！”全市正调动一切资源，持续增强收治患者能力，奋力实现应治尽治。

进入3月，湖北省疫情防控初现积极变化。3月5日，应勇到鄂州检查督导疫情防控工作；3 月 6 日上午，中共中央政治局委员、国务院副总理孙春兰率中央指导组到鄂州深入了解新冠肺炎防控救治和企业复工复产等情况。接连两天，中央、省两级领导到访鄂州并从这里发出信号：在咬紧牙关抓防控的同时，各地可根据疫情动态鼓励企业探索分区分级分类分时复工复产。

3 月 10 日，习近平亲赴湖北考察，为“战疫”把脉定向、加油鼓劲。他在听完汇报后指出，这次疫情，短期内会给湖北经济社会发展带来阵痛，但不会影响经济稳中向好、长期向好的基本面。要求中央和国家机关各部委要继续加大对湖北的支持力度，帮助湖北解决实际困难和具体问题，早日全面步入正常轨道。

全民齐心抗疫，措施及时得力，形势随之慢慢转好。鄂州“战疫”最艰难期间，共计 2578 名本地医护人员投入救治一线，并有 862 名贵州医疗队队员、46 名北京大学医疗队队员和 4 名山东疾控检测员先后参战，累计启用市中心医院、市中医医院、市二医院、鄂钢医院、雷山医院、优抚医院 6 家定点收治医院，共开设 1808 张病床。

3 月 20 日起，鄂州调整封控管理措施；3 月 30 日下午 2 时许，鄂州最后两例新冠肺炎确诊患者治愈出院，全市累计治愈 1335 例新冠肺炎患者；截至 3 月 31 日晚 12 时，鄂州连续 28 天无新增确诊病例和疑似病例，达到了疫情低风险区域标准。

第二十二章
把耽误的时间夺回来

2020 年 3 月 28 日，王晓东一行直奔鄂州机场项目施工现场办公。两个月内，他三次视察鄂州，这一次恐怕是心情相对放松的一次，但工地上略显冷清的景象，还是令陪同人员感到了压力。这次现场办公原定和前两年一样，都选在春节长假后上班头几天，但因疫情而被迫推迟。

“我有个特点，也是我一贯的工作方式，一旦定下来的事，就要抓到底、要干成。枢纽项目从争取、谋划、落户、建设，当时提了四个目标，第一年打基础，第二年出形象，第三年主体建成，第四年投入运营，我就按这个目标每年至少来开一次现场办公会，直到把项目建成为止。”王晓东的开场白铿锵有力。

在项目建设指挥部，王晓东与王卫视频连线，感谢顺丰集团在医用物资捐赠和物流运输保障方面为湖北疫情防控所做的贡献。王卫表示，顺丰结缘湖北后，始终与湖北心连心、背靠背，支持湖北疫情防控和经济社会发展义不容辞，在携手抗疫过程中更坚定了扎根湖北发展的信心和决心，希望与湖北共同加快完善鄂州机场产业布局、提升枢纽功能。

借此难得机会，王卫还建议湖北以货运枢纽机场牵头建设“国家级应急物资供应链平台”，并尽快研究高铁货运与机场对接方案。

“防疫是底线，安全是红线，质量是生命线。”王晓东的话语风格简单明了，闻则易记。他说，一个好项目就是一个提质发展的增长点、动能转换的支撑点、就业富民的立足点，“鄂州机场项目加快复工建设，向全社会释放出我省奋力夺取疫情防控和经济社会发展双胜利的积极信号，进一步增强了社会各界和企业家投资湖北的信心和预期”。

疫情突发，无疑令机场建设本已紧张的资金问题雪上加霜。“缺口上百亿元！”王晓东在听到相关数据汇报后说，鄂州现有财政实力已尽了最大努力，省里同样也要尽最大努力统筹，项目建设不能因资金不到位而停摆，“要根据工程每个阶段需要调动资金，确保机场建设不掉链，这是必须明确的原则”。

当天下午，省指挥部办公室召开枢纽项目成员单位专题会，部署2020年任务。加上此前已安排的项目建设、问题研究、政策体系打造等工作，鄂州市政府很快梳理出任务清单，并分解到各个单位加快推进。

以当前全省“头号工程”复工提振信心，显然是对4天前国务院常务会议精神的积极回应。有力有序复工复产提上日程，人员和物资的流动自然成了重要前提。这次会议指出，当前受疫情冲击，国际航空客运萎缩，导致客机腹舱货运大幅下降，对我国产业的国际供应链带来较大影响，“要采取有效措施提高我国国际航空货运能力，既着力保通保运保供、支撑国内经济，又推动增强我国物流行业国际竞争力”。

3月29日，国家发改委基础设施发展司一级巡视员任虹在国务院联防联控机制新闻发布会上表示，鄂州机场的功能定位是货运枢纽和客运支线，按2030年完成货邮吞吐量330万吨规划设计，是中国第一个引入社会资本的机场项目，同时也是中国第一个以货运功能为主的机场项目。她说，鄂州机场建设虽因疫情有耽搁，但现已复工，预计在2021年底或者2022年初能够投入运行，“‘十四五’规划期间，我国将在鄂州机场建设基础上，在有市场潜力的地方加快推进以货运功能为主的机场建设”。

这是鄂州机场获批建设以来，首次在国家层面获得公开推介。任虹还公布了一组数据：到2019年末，我国已投入使用的运输机场共计235个；2019年完成的旅客吞吐量是13.5亿人次，同比上年增长6.9%，同期货邮吞吐量达到1710万吨，同比上年仅增长2.1%。而且，235个机场都是综合性机场，国内外货运量接近50%集中在北京、上海、广州的机场，国际货运量则有近90%集中在北京、上海、广州、深圳和郑州 5 个机场。

3 月 30 日上午 9 时许，货运机场首个地上建筑——空管塔台工程开建，包括塔台、东西场监雷达、天气雷达、二次雷达站、3 座场外导航台等 8 个单体工程，总用地面积 2.4 万余平方米，总建筑面积 6132 平方米。其中，塔台高 89 米，由地上结构 20 层和地下结构 1 层组成，顶部花瓣造型灵感源于鄂州市市花——蜡梅，朴素淡雅，简洁大方。

空管塔台建起后将是机场内最高点，是飞机起降的“中枢神经”，但在边抗疫边复工的此刻，它是提振精神的“定海神针”。冒着大风大雨，中建三局项目部工人们一起将巨幅标语牌——“撸起袖子加油干，把耽误的时间夺回来”竖在施工便道旁。“精神状态到位了，产能才能快速恢复到位。”骆良带队十余天建成火神山应急防疫医院的那段战斗经历，促使他想将这种“挑战不可能”的精神带到机场工地。

疫情突发后，可自动化操作的抽水、吹沙以及只需要少量工人和车辆的土石方堆载工作并未停止。早在 2 月 4 日，物流机场公司走马湖项目部成立防疫复工工作小组，鄂州市临空经济区复工复产专班到走马湖项目驻点办公；根据疫情变化，项目管理人员、一线施工人员陆续返岗，到 3 月 19 日共计 900 余人次；当天早上，走马湖项目部举行春节后第一次升国旗仪式暨项目复工动员会。

被疫情耽误的两个月，让本就紧张的工期更为迫切，逼着大家必须调整到饱满状态，“开场就是决战，起步就要攻坚”。随着人员复工率和车辆设备进场率逐步回升，土石方回填量也在逐步增加。施工现场，机械轰鸣不绝于耳。“目前，中建三局和中铁北京工程局两家施工单位的车辆、设备进场率均达 95% 以上。在确保质量的前提下，正通过追加人员、设备等方式，加快施工进度。”物流机场公司飞行区部部长陈珩介绍，飞行区场道施工及监理招投标已按照疫前计划启动，当前工程中的部分地面施工条件成熟后，将提前交付后续施工单位，两端同启，抢回工期。

“质量事关生死，不能盲目抢工期，土石方填筑必须在干作业环境下操作。我们利用雨天排水修路，晴天全力推进，及时灵活调整，加快恢复产能。”骆良介绍，气象部门预判今年雨水天气要比去年增多。

早在 2019 年初，为了应对雨水对施工便道造成的影响，中建三局项目部工地还新增了一个职位——便道维修负责人。27 岁的叶冬挑起了这一重担，工友们戏称他为“道长”。到了雨季，特别是 3、4 月份，叶冬的巡路时间明显增加，“保证运输车辆和机械设备畅行无阻，也是保证工期的重要因素。特别是 70 多吨的拖沙车容易把路压坏，我们要及时地挖土填石。”他每天早上骑着摩托车，穿梭在各个便道上“找碴儿”，忙的时候要到深夜才返回驻地。这一年来，他已骑坏了一台摩托车。

中铁北京工程局负责的 2 号标段面临同样问题。雨天作业条件受限，且作为料源区的黄山 3 号山斜坡面从 165 米降到 85 米后，道路陡峭，雨后湿滑，上山取土不能保证绝对安全。“3 月 23 日至 3 月 30 日，一周共完成 12 万立方米，而在 2019 年，高峰期一天可完成 15 万立方米。”项目部总工程师黄维说，眼下整个工地只有 500 多台设备在运转，为正常情况的三分之一。

除了天气，一手抓防疫，一手抓复工，对推动项目建设进度也是严峻考验。每个返岗工人都要接受核酸检测、CT 和咽拭子测试，通过后配发袖章，才可进入工地。“每日消杀、测温必不可少，而且，我们重新规划工人生活区，每个宿舍减少 2 ～ 3 人，降低居住密度，饮食由项目部食堂统一配送。”说话间，鄂州市卫健委前来调查防疫情况，骆良急忙赶去汇报。

在中建三局项目部食堂，厨师邓汉伟从腊月二十六忙到现在，一直没有回过家。炒菜、打饭、装盒，一套工序下来要两个多小时，“做完这一顿就接着忙下一顿，工作量是平时的 1.5 倍以上。”“以前大家分灶吃饭，现在为了严格防控疫情，全部由我们负责提供，高峰期要保障 600 多人进餐。”后勤管理员张茂菊说，天气晴好时，后勤人员会将盒饭送到工地上，从一分一秒里抢工期。

“我们已做好增加班组准备，除了极端天气，24 小时作业。”中建三局项目部工程师马杨说，疫前正常情况下，两班倒，每天作业 13 个小时左右，现在增加到三班倒，尽快恢复疫前产量，加紧抽排水，大部分施工面已符合移交条件。

为做好疫情期间的居住安排，中铁北京工程局项目部分设 3 个区域，其中一个是租用旧厂区的 5 层办公楼，改造为员工临时宿舍。“盒饭由后勤人员送到各个居住区和工地上。”项目部综合办公室主任马沛迪说，每次送餐分配和中转时间需要一个半小时以上，比平时烦琐许多，但在非常时期，这也是确保安全的非常之举。

“只要天晴，太阳晒上半天，上山的路就会干，取土就没问题，我们延长工作时间，人歇机不停，争取在4月底完成堆载施工。”45岁的黄维参与过石河子机场、若羌机场、天府机场等多个机场项目建设。常年在外奔波，让他看起来比实际年龄老成许多，言语沉稳。

事实上，工期对中铁的压力不仅仅来自疫情耽搁。原计划这部分堆载工程在2019年9月底完工，但由于料源地——黄山3号山因办理申报手续，到7月才交付使用，加上203省道附近企业征迁、光缆处理等问题，影响了施工进度。

抢工期会不会对施工质量产生影响？“现在数字化监测代替了人为监测，杜绝了偷工减料钻空子。无论施工单位怎么抢工期，工程最后都必须通过长江勘测规划设计研究有限责任公司的第三方检测。”陈珩对此并不担心。

第二十三章

绿色通道保障建设“加速度”

一场非同寻常的大疫，暴露了中国国际航空货运的短板，也凸显了顺丰航空的担当，以及中国第一座以货运为主的机场落户湖北、选址鄂州的潜力。

统计显示：2020年1月24日至3月底，顺丰航空在国内支援武汉这条航线上执飞航班260架次，运送物资近6300吨。民航局发布消息称，3月国内全货机货运量逆势增长，共完成25.3万吨，较上年同期增长28.4%。

“和去年同期相比，顺丰航空的国际航线数量已从两三条猛增至20条。”顺丰集团副总裁、顺丰航空总经理李胜在接受国家邮政局主管的《快递》杂志采访时介绍，与国内客航航班削减形成鲜明对比，2月底顺丰航空一周的航班量突破2019年“双十一”业务高峰的运行规模。

“刚开始是从国外往国内拉，现在是从国内往国外拉，辐射东南亚、触达欧洲的国际航线密集开通，运力一度吃紧。”李胜说。在全球疫情持续恶化形势下，很多国家基本进入封闭或半封闭状态，国际航班数量下降幅度惊人。反观国内整体现状，全货机运输相比客机腹舱运输还处在起步阶段，所以客机一停下来，各个机场、港口就积压大量出口物资，这使得顺丰航空的货运量陡增。

着眼未来，中国应急物流枢纽走向何方？话题最终还是落在了鄂州机场。李胜说：“刚开始做规划时，也是基于国内机场货运功能规划相对滞后的状况。在国内货运网络建设中，尤其是航空货运网络建设，一定要有一座机场充当中转分发的角色，既是枢纽，又是门户。”

在他看来，鄂州机场投入运营将发挥诸多优势，可保证一个半小时内覆盖占中国 GDP 80% 以上的区域，24 小时内快速把物资送到绝大多数省会城市，未来将作为货运国际门户连接国内和国际的供应链网络。

施工企业在抢工期中“较劲”，正是作为业主的物流机场公司乐意看到的场景。相隔不到一个月，走马湖项目两个标段同时传来日产创新高的消息：由中铁北京工程局承建的 2 标段单日土石方填筑量达 20 万立方米以上，超上年单日峰值；中建三局负责的 1 标段施工任务接近尾声，预计 5 月底可基本完成西跑道全部填筑任务。

全面复工跑出“加速度”的同时，各个项目审批也开始享受到了国家针对湖北疫后重振一揽子扶持政策的红利，绿色通道相继打开。“好！你们做得很好！”3 月的一天，当从手机上看到机场工程建设用地通过自然资源部会审的消息时，李忠禄这样回复鄂州市自然资源和规划局副局长汤国斌。他长长舒了口气，这是机场项目的最后一项国家层面手续，此时距离民航局批复机场选址已近 4 年，而且主体工程全面正式开工在即。

选址获批，项目核准，紧接着的难题就是建设用地如何保障。这对于地域面积小、可供开发空间有限的鄂州而言尤为突出。“我们坚持按规办事，先行用地审核和正式用地申报同步推进，一路顶着压力走来！回看虽然艰辛，但没有走弯路。”祝健时任鄂州市自然资源和规划局局长，后调任鄂州市人大常委会副主任，他回忆全局上下跑审批的情景时说，往武汉、北京跑是家常便饭，而且省、市领导还在关键时刻参与进来。

“2020 年春节前夕最后一次往北京跑时，距离疫情暴发仅一周时间，稍晚一点肯定动不了身，一度还担心被感染。”汤国斌事后回想还心有余悸，他 1 月 14 日下午接到通知，晚上就带着市国土资源调查规划处副主任王剑飞等一行 5 人，乘火车赶往北京。原来，机场工程正式建设用地经省政府上报后，其中土地现状调查的地类数据与国家 2018 年第二次全国土地调查的入库数据有 880 亩存在冲突，急需向自然资源部调查监测司补证说明情况。

王剑飞将带来的高清图与数据库的图一叠，发现确有 121 处不一致，于是当场给出专业解释：一是全国土地调查卫星影像精度是1∶10000，而今现状调查是1∶500，相当于用了放大镜，更精准；二是数据库的像素分辨率在5～10米间，大范围内的一些地块如水坑、坟地被“综合”了，也被认可为耕地，现状调查划分相对更精细；三是花马湖水汊多，1998年、2016年两次特大洪水后，经退田还湖、退垸行洪，水田变水面，地类已发生很大变化。

5人一返回，即开始加班写补证资料，原定2月中旬上交。全局上下在参与防疫的同时，也不忘推进机场建设用地申报工作，每一步都掐着算时间，时刻绷着弦，“如果在任何一个环节耽误，就可能错失这一轮报批机遇”。

特殊情况下，部里要求湖北省自然资源厅进行前置审查，采取现场视频连线核实。但限于防控管制，想了许多办法都走不通，最后是施工单位将无人机拍摄的施工现场前后影像对比拿了出来，得到认可。由于是高分辨率影像存储量大，线上无法传出，市局工作人员只好准备几个大容量U盘分别拷贝，然后和省厅工作人员在高速公路武汉和鄂州交界的龚家岭收费站进行交接。

4月1日，经国务院批准，自然资源部正式下达新建湖北鄂州民用机场工程建设用地的批复，由前期先行用地转入正式用地。“由于工期紧，省级核减指标需等国家批复为依据，市级统筹调整又千头万绪，在确保土地利用总规和永久基本农田主要控制指标‘数量不减、质量不降’的前提下，鄂城区、梁子湖区为机场核心区建设调规的基本农田相当于全市过去10年为重大项目调规的总和。”汤国斌说。

在此前后，先是中国航油鄂州机场供油工程航油码头使用港口岸线获交通运输部批复，这标志着鄂州机场项目顺利打通水上油料供应的关键环节；接着，湖北省住房和城乡建设厅召开鄂州机场顺丰转运中心工程特殊消防设计评审会，采用现场会议和视频连线相结合的方式，形成专家意见；4月22日，鄂州市政府就弃砂继续综合利用出具再次延期请示函送湖北省水利厅，请求延期到5月1日至5月15日、9月1日至12月31日。

到访鄂州的部门、企业亦日益频繁。4月9日，民航中南地区管理局领导带队实地调研机场建设情况；4月29日，中国铁路武汉局集团公司领导带队到鄂州调研推进多式联运示范工程；4月30日，武汉航空港发展集团领导带队到鄂州推动武阳高速项目建设，并期望双方携手，利用航发集团在临空经济区建设中积累的资源、优势和经验，创新合作模式、拓宽合作领域，打造天河—鄂州航空客货“双枢纽”。

2020 年 5 月 21 日，在国内疫情趋于稳定、国际疫情继续蔓延的背景下，全国“两会”在推迟近两个多月后，终于在北京召开，会期压缩至 8 天。“两会”顺利召开，无疑为中国经济疫后复苏注射了“强心剂”，尤其在湖北展现了明显的积极变化。

6 月 4 日下午，应勇、王晓东在武汉与中国东方航空集团公司党组书记、董事长刘绍勇和党组副书记、总经理李养民一行座谈交流。总部设在上海的东航是由中央直接管辖的国有独资公司，2020 年对外公布的上一年营业收入 1208.6 亿元，在全球航空公司中位居第七。

刘绍勇表示，湖北是疫情防控的主战场、核心地、最前哨，湖北人民、武汉人民用抗击疫情的实际行动诠释了中国共产党领导和中国特色社会主义制度的显著优势。东航集团将进一步加大在湖北的投资力度，支持湖北建设国际航空客货运“双枢纽”，加快疫后重振发展。

6 月 11 日下午，交通运输部与湖北省委、省政府召开视频连线会议，研究继续加大对湖北疫后重振特别是交通运输事业支持力度，加快建设交通强国示范区和交通强省。全国政协副主席、交通运输部党组书记杨传堂，交通运输部党组副书记、部长李小鹏以及应勇、王晓东出席会议并讲话。在交流中，交通运输部高层领导均表示将结合中长期规划和“十四五”规划编制，支持湖北打造国际性和全国性综合交通枢纽。

6 月 12 日上午，应勇、王晓东与中国国家铁路集团有限公司党组书记、董事长陆东福一行会谈。陆东福说，湖北铁路建设需求紧迫、发展潜力巨大，国铁集团将进一步加大对湖北复工复产和铁路项目规划建设的支持力度，充分考虑湖北经济社会发展的长期需求，持续完善路网规划，支持长江沿岸铁路集团落户武汉，统筹谋划江铁、公铁、空铁等多式联运，增强沿江大通道客货运能力，提升湖北“连接东西、辐射南北”地位，强化武汉交通枢纽功能，将湖北打造成为长江经济带重要枢纽。

“交通枢纽”是应勇、王晓东在8天内3次重要活动的关键词，而且核心内容都绕不开货运机场建设。6月23日，应勇赴鄂州调研统筹推进常态化疫情防控和经济社会发展工作，并首次来到鄂州机场施工现场，察看项目进展和有关规划情况。

“鄂州机场是打造湖北国际航空客货双枢纽的重大项目，对提升区域功能、推动产业升级具有重要意义。”应勇提出，要注重科学规划，通盘考虑机场整体功能布局与周边功能配套，促进资源要素在更大范围内合理流动。他还特别提到，要提前谋划机场建成后的运营管理工作，以软实力、好环境吸引更多货源。

应勇视察机场项目后，省指挥部调度会召开频率调整为半个月一次，加快推进相关问题解决。半月内，指挥部相关负责人先后登门联系武汉铁路局、省商务厅、武汉海关等单位。在办理具体事务过程中，各单位“一把手”都有一个共同感受：来自上海的应勇为湖北注入的最大动力就是思想动力，“只有更深层次的开放和创新，才能快速拉动湖北经济社会发展”。

推动疫后重振，营商环境的重要性越发突出。7月8日，湖北省新冠肺炎疫情防控工作指挥部召开第119场新闻发布会，介绍部分市州落实《弘扬“店小二”精神“十必须十不准”》文件的具体举措。代表鄂州发言的是李忠禄，他刚刚结束常务副市长公示，这自然也是他职务调整后第一次面对媒体亮相。

耐人寻味的是，这次有关营商环境的新闻发布会中，鄂州被安排首先发言，而当天同台的兄弟城市还有黄冈、咸宁和仙桃。原因不言自明，这是“头号工程”带来的连锁反应，货运机场的关注度显然更高。李忠禄在答记者问时主动抛出“干货”：“加快鄂州机场建设，确保明年6月建成、明年年底投入使用”。受疫情影响，“机场建设进度或延期半年”的说法在此得到了印证。

第二十四章
在抗洪防涝中与时间赛跑

庚子年时运多舛，疫情阴霾稍稍消散，梅雨季汛情迅猛来袭。这一年梅雨期 43 天，较往年平均多 19 天；湖北入汛以来平均降雨量超 692 毫米，居中华人民共和国成立以来同期第一位。特别是 7 月 7 日至 9 日三天，鄂州地区降了 508 毫米的雨量，刷新历史纪录。

原来，花马湖水系曾是梁子湖水系的一个分支，后因围塘养殖、围垸造田等人类活动影响，与自然外排的河港隔绝开来。花马湖电排一站 1975 年建成投用，4 台机组每秒抽排能力 32 立方米，可应对平常年份降雨季节的抽渍排涝之需。

在过去，遇到大汛年份，花马湖一带不在确保范围，但有了机场就不同了。机场核心区施工现场所在的走马湖，是花马湖水系的一部分，修跑道前必须先启动水系综合治理项目，其中包括位于走马湖上游的花马湖电排二站，汛前建成后，6 台机组每秒抽排能力为 75 立方米。

从 6 月 15 日起，新老电排站的 10 台机组开始全力抽排。7 月 11 日，由于站外水位已超过站前峰底高度，担心长江水倒灌，老站被迫停用，后续抽排全部依靠新站。到 7 月 15 日，花马湖一个月间抽排了 9100 多万立方米，相当于抽排了一个花马湖的蓄水量。按规划，下一步老站扩容后，每秒抽排能力将提升至 96 立方米，与二站协力，可保花马湖水系在同样雨量下不会再超保证水位。

“目前花马湖水系的抽排能力只能保证20年一遇，今后将达50年一遇甚至百年一遇。”机构改革后，“水务局”更名为“水利和湖泊局”，叶斌继续担任总工程师，他介绍，由于机场本身还有20米左右的高度，已经检核通过300年一遇的洪水标准，建成后投入运营是绝对安全的。

作为全省Ⅱ级应急响应城市之一，鄂州防汛交出了有惊无险的答卷，这主要得益于近4年间补短板工程及时且扎实。据统计，全市2016年汛后以来共启动重大防洪排涝项目及供水、排水民生项目22个，工程总投资达138.85亿元，除争取到中央、省级资金6.49亿元外，地方自筹资金达132.36亿元。

即便如此，机场露天施工原本“喜热不喜湿”，要说不会影响工期肯定不符合实际。中建三局、中铁北京工程局两家施工单位好不容易刚从疫后复工复产的艰难中走出，可就在场子刚有些热、准备大干一场时，又被连绵多日的暴雨浇了个透。

“内防内涝、外防倒灌。”汛前，鄂州市临空经济区提前谋划，会同物流机场公司、各项目单位研究制订机场项目防汛应对方案，结合现场实际和施工进展，对已达到填筑设计标高的工作面，严格按图纸开挖排水沟，对未达到设计标高的填筑面则开挖临时排水沟，彼此相连形成整体排水网络。

机场施工范围共设置9个防汛排水口，每个排水口都备有挖掘机、推土机、潜水泵、沙袋、应急用土。当外围水系水位超过标高时，就及时封堵排水口，采用水泵抽排方式将积水排出，达到防洪水位时马上联系花马湖电排站抽排。

“要全力以赴，坚决保障机场项目安全度汛，最大限度降低汛情对项目施工的影响。”王立还专程到机场项目现场指导防汛工作。他查看了机场项目作业区域积水情况，并现场会商研究解决问题，要求各部门配合加快实施西流港临时排水渠工程。

西流港是燕矶、杨叶两镇连通外围湖泊的重要水系通道之一。起点位于古塘村潘家桥湾旁放鹅池，经过吴小桥、万家咀，一路蜿蜒向西流入花马湖上湖区域。如今，随着机场项目快速推进，花马湖上湖区域已全部完成回填，土石方标高达23米，成为机场核心区的组成部分。汛期，由于西流港水系受阻，大量雨水无法排出，导致机场施工现场积水较严重。

一路向西的西流港变成了向南流，改道经满家咀到乌鱼塘，再到窝尔塘，最后通过一个小型泵站排入花马湖。该项目负责人满艳明说：“接到市政府指令，我们立即安排设备进场，从 7 月 9 日开工，工人们争分夺秒、日夜奋战，5 天后通水。机场靠东边、北边区域，所有的水都从向南的管道排出去。”

在中建三局施工区，土石方回填进入收尾阶段，并正将完工的四分之一板块移交给具备机场跑道施工资质且刚刚中标的民航机场建设工程有限公司（以下简称“民航建工”）。“目前 6 工区还有积水，需要继续抽干，约有 226 万立方米，然后再将卸载堆料回填其中。”工程师马杨来自吉林通化，1994 年出生，毕业于兰州理工大学。

航站楼项目工程师陈璐同样是“90 后”，武汉大学毕业后参加工作，老家咸宁距离机场建设地不远。整个中建三局机场项目有 10 余名技术人员在现场工作，除了曾参与建设天河机场 T3 航站楼的总工程师舒红斌是“85 后”外，其余都是不满 30 岁的年轻人。

“汛期对塔台的施工影响较大。”陈璐介绍，现在跑道地基已填到了 20 米以上，比周围低洼处要高 1.9 米，水位最高时与施工作业面持平，这时需要数十台泵机一起抽排，危急时中铁北京工程局项目部还派出 5 台泵机增援，防止洪水倒灌。

整个走马湖项目按规范要求处理渍水，达到作业标准就迅速复工。到了 7 月下旬，远期规划区已处于复工状态，并逐步推进碎石垫层。“32 天打通 6 公里施工便道，爆破开挖 1 座山体，抽水清淤约 590 万立方米。”这是中建三局走马湖项目部交出的“成绩单”。和中建三局不同，具有多个机场建设经历的中铁北京工程局只需完成内部交接，并在已完成土石方回填的地面上继续施工。

7 月 2 日傍晚，物流机场公司网站发出一条信息：湖南洞庭资源控股集团一行 6 人到访，商讨为机场建设提供结构用砂事宜。结构用砂一般用于机场道面层混凝土，这条信息在机场公司高管看来，如同放出一条鲇鱼，意在搅活一池秋水，进一步化解困扰机场建设的难题——用砂。

随着长江“645”航道整治工程（武汉至安庆段）的疏浚弃砂逐步用于鄂

州机场建设，以及鄂州市政府就弃砂继续综合利用出具再次延期请示函获湖北省水利厅批准，机场项目所需长江弃砂量已达到要求。

将疏浚弃砂用于机场等基础设施建设并非新鲜事。早在2008年，30多万立方米的河沙便被用于建设昆明新机场；2017年起，荆州市航道疏浚弃砂共计26.6万吨，被用于机场、公路等重点工程建设。

这时，市场供需变化悄然显现：结构用砂出现多头供应，价格大幅下降。物流机场公司判断砂价还会再降，“疫情导致地方财政吃紧，结构用砂多产于中小河流，依靠卖砂可以补贴财政”。

以往砂商坐等顾客求货的画风也在转变，这便有了湖南砂商上门推销的消息。“点砂成金”源于2018年初一次业界座谈会上关于“统筹利用航道整治弃砂”的建议，可谓“一举多得”：突破砂源瓶颈、平抑鄂东地区砂价、保证项目进度、减少建设成本。

7月底8月初，蓝天白云的晴朗天气持续多日，同时也伴随难耐的高温。8月7日晚6时，湖北省防汛指挥部将防汛Ⅲ级应急响应下调为防汛Ⅳ级应急响应。

施工现场，数千名工人挥汗如雨，或驾驶机械夯实固土，或深入基坑埋头打桩。场面似乎一如既往，但新的变奏已在酝酿着……

相较国际上多国疫情几乎失控的局面，中国较长一段时间的新增确诊病例大多来自境外输入。经受住疫情、汛情的轮番考验后，随着少雨天气来临，鄂州机场航站楼从7月24日首根试桩开钻，到8月27日96根桩基全部施工完成，分明让人感触到了建设者与时间赛跑的脉搏。7月26日，总投资约24.26亿元、主线里程约13.1公里的机场高速公路一期工程开建，起于鄂州机场南出口，终于鄂州市汀祖镇以北，以枢纽互通形式连接武黄高速。

“这实质上是以项目名义开工，由于前面时间耽误差不多一年，只能打政策‘擦边球’。”从省交投下派挂职的副市长岳劲说，起先想将机场高速和203省道打包招商，但这一思路是有偏差的，“机场高速等级高，立交互通和桥梁都多，路程又短，一期只有13公里，而且与货运机场连通，相当多流量都在机场内运转，不确定因素很多。203省道造价26亿元且不收费，而机场高速投资需

24 亿元，两项目加起来要投 50 亿元，这如何能找得到投资方？”

岳劲，1979 年出生，武汉人，2000 年至 2006 年在利物浦大学本硕连读，后回武汉大学攻读管理学（市场营销专业）博士，2019 年初从省交投物流集团总经理任上调到鄂州挂职。显然，他的专业能力很快用于指导有关方面找到症结所在，并提出调整方案：先分摊，由中建三局垫资建 203 省道，再通过平衡建设用地路径来化解资金缺口。

2019 年下半年，203 省道开始前期工作。“一般同类项目前期工作需耗时 1 年半至 2 年，我们只花了 10 个月时间，可研、初步设计、设计图上报相关部门都是超常规推进。虽然是二级公路，但地面按市政标准，加上地下有管廊，机场管线都预埋其中，同等级同距离建成一般只需要 2000 多万元，但 203 省道要耗资 26 亿元。”岳劲说，机场高速主要由省交投负责建设，要实现盈利得靠二期建设，并优化路线以满足客运需要。

8 月 28 日，顺丰航空在湖北开通首条国际全货运航线，一架全货机满载货物从武汉天河机场起飞，前往日本大阪。同一天上午，鄂州机场的两大重点配套工程——顺丰培训中心及生活配套中心在黄冈市白潭湖畔开工。

“国际货运机场即将启航，黄冈临空经济区蓝图已然呈现。”顺丰集团副总裁、顺丰航空董事长刘良浩在开工仪式致辞时说，在新的历史背景下，顺丰坚持高标准规划、高质量建设，偕同合作伙伴助力黄冈腾飞。

顺丰培训中心占地 271 亩，规划建筑面积约 19 万平方米，拟建设飞行培训、机务培训、综合培训、应急培训、产业发展以及飞行员公寓、学员宿舍、体育运动场馆等功能设施。顺丰生活配套中心主要为在培训中心、货运枢纽机场工作的员工和家属提供生活空间。

第二十五章

施工现场轮廓愈加分明

2020年“十一”黄金周刚过，秋高气爽。在空管工程塔台项目施工现场，数十名工人正捆扎塔台主体第三层的钢筋，挖掘机、塔吊不停运转，配合作业。

“空管塔台位于机场中轴线上，目前已完成塔柱第一、二层的施工，高度达到9.8米，塔台爬模系统安装工作也全部就绪，第三层主体完成后，工程将进入‘5天一个标准层’的液压爬模施工阶段。”项目总工程师舒红斌介绍，项目开工以来，工地每天配备20台施工机械，100多名施工人员抢晴天、战雨天，加快施工进度，力争年底实现结构封顶。

顺着塔台工地一路往南，航站楼主体结构正拉开全新的建设周期：1.1万余平方米的基坑里，施工人员在浇筑混凝土；还有一些工人分散在各个角落，忙着绑扎钢筋、安装模板。“此次浇筑的基础梁位于A1地块航站楼北侧区域，总浇筑面积约为1500平方米，混凝土用量600立方米。”舒红斌说，其他相关配套工程如综合楼、员工宿舍、市政综合管廊、场内道路等也在施工中。

10月18日，燕矶长江大桥在黄冈侧大桥锚碇施工区开工。燕矶长江大桥先前有过“鄂黄第二长江通道”“鄂州长江大桥”等称谓，各方几经利弊权衡，为了方便工作，暂以机场所在地的燕矶镇命名。项目建成后，机场到达黄冈主城区只需15分钟，而且服务临空经济的鄂黄第三长江通道也已开始规划。

燕矶长江大桥全长26.1公里，为双层过江桥梁，预计总投资125.61亿元，建设工期 4 年半，由省交投投资、中铁大桥局和中交二航局等单位参建。作为湖北省推动新一轮过江通道建设以来第一座开工的长江大桥项目，燕矶长江大桥是全省已建成通车和在建的第 39 座长江大桥，采用主跨为 1650 米的双层钢桁梁悬索桥结构，是当时全球已建在建的第二大跨度悬索桥。

此时，鄂州机场施工现场的轮廓愈加分明，各功能区雏形可见。土石方填筑和地基处理接近尾声，备受关注的场道建设即将全面铺开，分四个标段：一标段由民航建工承建西跑道和 2 条平滑道；二标段由中铁北京局承建东跑道和 2 条平滑道；三标段体量最大，由北京中航空港建设集团有限公司承建南站坪；四标段则由中铁十二局承建，包括北站坪和飞行区综合管廊。

一标段和二标段的道面结构施工主要分三个步骤：水泥稳定碎石基层作业（以下简称“水稳基层”）、沥青封层和混凝土浇筑。其中，混凝土浇筑的水平误差须控制在 3 毫米以内，这对施工人员和技术人员都提出了更高要求。

“混凝土浇筑将从南北两端同时启动，一块一块对向浇筑，再‘靠仓’和‘填仓’，这样既省模块，又便于控制标高和坡度。”民航建工项目副总经理韩李介绍，混凝土一般分普通混凝土和干硬性混凝土，机场建设用后者，感觉像米饭，而前者感觉则像芝麻糊。

“由于荷载情况不同，混凝土厚度在跑道的两端和中部是不一样的，起落点要厚几厘米，快速出口滑行道与跑道中部相同。”中铁北京工程局项目经理刘鲁宁表示，因东跑道主体位于原走马湖水域中心，涉及堆载预压区域，项目施工采取先建平行滑行道后建东跑道的方式。近 400 万平方米飞行区场道浇筑混凝土后，还要灌缝、刻槽，以提高摩擦系数，接着画标志线，至少需要 1 个多月。

早自 7 月起，中铁北京局项目部已着手为二期施工做准备。到了 10 月底 11 月初，该公司负责的二标段已完成水稳试验段以及倒槽期平整 13 万平方米，并进行褥垫层填筑，接着分步验收土基，开始水稳基层建设。

机场跑道对混凝土硬度要求很高。为此，项目部设计了 29 组混凝土配合比，进行筛选。混凝土试验就是要验证配合比和施工工艺以及混凝土的现场工作性。按筛选出的配合比进行混凝土浇筑，观察 7 天后视其抗折强度能否达到设计值的 70%；随后再观察 28 天，验证其抗折强度能否达到设计值的 1.15 倍以上。

二标段工程量为混凝土25万立方米、水稳26万立方米。为了确保下一阶段工作顺利开展，中铁北京局项目部一手抓结构层基础建设，一手抓备产备料，3台混凝土搅拌机每小时可出料800吨。“按计划，水稳层施工两个半月可完成，混凝土每天浇筑2000立方米，4～5个月可完成。”中铁北京工程局项目总工程师黄维说，虽然前期准备工作多、用时久，但打好基础，“磨刀不误砍柴工”。

他根据最新施工进展判断，机场主体工程可在2021年9月底10月初基本建成，经过工程验收、行业验收，以及校飞、试飞等程序，预计2022年6月前后可投运。现阶段，中铁北京局项目部还在进行另一项重要工作——建设整个场区的永久性排水工程。

“工期，工期，工期！”11月4日下午，在市委、市政府办公楼五楼会议室，王立主持召开核心枢纽项目建设鄂州指挥部指挥长会议，贯彻始终的话题均指向“工期”。此前，省指挥部会议、省指挥部办公室会议先后召开，强调“2020年是项目建设极为艰难之年，也是极为关键之年”，重点研究机场噪声处理、海关监管方案、项目融资贷款等事项。

三级指挥部召集各单位部署督促已成常态，而且省委、省政府领导每季度均安排现场调度会，足见“头号工程”的分量！先是物流机场公司汇报，副总经理陈璋主讲。讲到疫情、汛情对工期的影响，他认为机场场道建设大致会推迟4～5个月，而总体工程则比原定时间要晚10个月以上，“具体来说，土石方沉降原本预计到8月底可实现稳定，但目前看要到年底”。

陈国华补充说，由于场道建在抽水、清淤、排空、再回填土石方的走马湖原址上，稳定不均匀沉降的困难超出预期，所有的办法都想尽了。另外，东西跑道的贯通问题也影响工期，建议根据不同情况分段分块施工，符合条件的就先干，正好可节约时间。他说，近一周内土石方沉降已稳定在0.3～0.5毫米间，但工程质量要求在0.3毫米以内。

鄂州市临空经济区管理委员会主任尹彬由于要陪同李军杰联投一行考察，由副主任王杰代为汇报。王立多次插话提问，并问及“顺丰集团有没有人来”。物流机场公司副总经理李爱民当即到会场外电话联系，对方回答确有事务不能脱身。对于配套工程，王立担心拖延工期易受次年雨季影响，当他问及最后两处厂房拆迁何时清零时，“11 月中旬！”王杰的回答很肯定，因湖北鄂州长江容器机械厂（简称“长江容器”）涉及 200 多人就业，等新厂房建成投用即拆。

王杰还汇报说，海关监管有两套方案，包括与现行政策法规突破较大的方案一和突破较少的方案二，并已将方案一上报海关总署待论证，“为加快推进转运中心监管体系建设，当前要按照海关监管方案二开展转运中心的设计、行业审查和建设，并已做好向方案一转换的设计预留”。

王立一听，便打断问：“鄂州海关来人了吗？”接到临时通知，关长方涛匆匆赶来，此时已是下午 5 时。“方案二还沿用 20 世纪 90 年代初政策，进出口流通和国内流通是分开的，而方案一正拟变革和调整，即‘同场共线、混合分拣’。”方涛介绍说，9 月底，在海关总署考察期间，武汉海关提出要在鄂州机场打造世界上最先进的通关机制，即突破现有法规，实现监管前移，该方案正在申报中，但还有不同意见。

听完，王立还关心各项工作衔接问题，要求在确保质量的前提下，尽可能往前赶工期。“为了不影响转运中心建设，可先按方案二建设，届时要转成方案一时，不用改结构，只是在后方的分拣线上做调整。”方涛对此做了详细解答。

陈国华建议要进一步加强统一指挥，要将耽误的时间尽量赶回来，目前进度不一样，有快有慢，整个工程各个环节要做好统筹，有的可交叉进行，否则 2021 年建成投运很难实现。他还透露，机场公司正和相关航空公司对接，提前研究国内外航空政策和航线扶持。

“11 月 15 日是重要时间节点，怎么快，怎么搞，只要现场施工互不干扰。”李忠禄说话总是温文尔雅、威而不怒。物流机场公司恳请加快水电气配套设施建设，省指挥部要求机场建设不能出现逢雨即涝现象，“市指挥部办公室每 15 天要通报一次落实情况，要有通报简报。”他两次提到要抓紧设计建设进展横道图，分主体工程和配套工程两个部分，挂出来一目了然。

最后，王立总结讲话：“机场建设要用什么样的成果来回应疫后重振？我感到压力越来越大。沉降问题尽管采取了先进工艺，但仍然超出了预期，比原计划滞后。从现在开始，建设期就要考虑运营期，齐头并进。要充分认识机场建设对湖北乃至国家的重要性，是对全局起重大影响的项目，不能一拖再拖！”

讲到筹建顺丰技术创新研发中心时，会场当即有汇报称“已有地市在插手”，陈国华笑言这是“鸡窝在鄂州，可鸡蛋却不一定下在鄂州”。王立说，鄂州用尽了“吃奶的劲”，恨不得“砸锅卖铁”，可有些项目还是留不住！他请李爱民向顺丰集团转达他的观点，双方要围绕建设、运营、发展和创新来共同做好产业布局，再不要为小利扯皮拉筋，切实拿出解决问题的办法。

他还强调顺丰集团承担的各项建设任务要纳入省市指挥部统一调度中，特别是转运中心，“我隐约感觉到这可能会是将来影响机场正常运营的关键环节。机场有了场道还不行，还要有转运中心，这相当于机场的发动机！”这非常符合王立未雨绸缪的一贯风格，“如何将鄂州的综合交通优势转化为高效的物流优势？结合国家布局供应链应急管理中心，如何协调武汉天河机场和鄂州机场之间的关系？今后研究鄂州，一定要研究武汉城市圈。”

集群；协助鄂州引导产业进入枢纽综合保税区已达 23 家；规划设计顺丰集团仓库网络中心落户鄂州。

“机场开建以来，配套设施与主体工程始终同步推进，甚至超前。主体工程总计耗资 300 多亿元，而周边大大小小配套项目累计投入已超 600 亿元，仅征迁土地一项，除了机场内征拆 6000 多户、场外征拆 1000 多户外，噪声影响区需迁 5000 多户，还有各类道路施工涉及 6000 多户，这些投资量将是大家眼前所见沙盘的两倍以上。”王立脱稿讲了 5 分多钟。

会场投影的鄂州卫星图上，呈现一个东北至西南方向斜放的长方形轮廓，这正是机场雏形。而在 3 年前，这幅图所显示的范围还是山陵丘壑、河港湖汊、村居厂房聚集的地貌。“我们要坚定信心，现在面临的困难和往日面对的都不可同日而语，要科学谋划，共同开创中国民航史上的新纪元，保质保量打造样板和标杆。”王立很是动情。头天下午，他还带领市区两级主要干部聆听中国民航大学曹允春教授的讲座，并“学以致用”：作为中国第一座专业航空货运枢纽，鄂州机场与国内现有的 230 多座民用机场不同，从选址、审批、开建直至投运都没有先例可循，都将面临严峻挑战！

掌声中，王卫扶了扶黑框眼镜，说着一口不太标准的普通话。就在这次会议的一个多月前，10 月 28 日，也就是他 50 岁生日的第二天，“2020 年胡润百富榜”出现了备受商界关注的一幕：王卫以 2400 亿元身价超过李嘉诚，首次位列香港富豪榜首位。

“一开始我说想干这个项目时，到处听到的都是‘不可能’，跑了许多部门都碰壁，现在看来，我们每走一步都在创造奇迹，而且已创造了许多第一……我们一定要做不一样的事业，在座的每一个人都是拓荒者。明年机场建成投运，是非常有意义的事，对湖北和国家都是全新的平台，有不可估量的价值，是值得子孙后代为我们感到骄傲的项目！”王卫的发言简洁有力，直抵人心。

“很为王卫总裁的家国情怀感动，他上午会谈时提出‘三化’，即平台化、产业化和国际化，这包括了鄂州机场的建设标准和建成之后的功能，是非常准确的定位。”在座领导中不少人都有干过大工程的经历，但他们今天到现场一看还是感到震撼，“管理手段之先进已超过三峡工程，像 BIM（建筑信息模型）

等技术的熟练应用，可以见证中国‘基建狂魔’的称号不是吹出来的。”

20世纪90年代，为应对亚洲金融危机，拉动内需，发展经济，中国开始大规模推动基础设施建设，一个个举世瞩目的大型工程在此后20多年间依次登场，其中与湖北有关的包括从长江流域向华北调水的“南水北调”工程和总库容达393亿立方米的长江三峡水利枢纽工程。

“砰！”2020年12月17日10时，一声巨响后，机场跑道规划建设区域，一栋40米高、8800平方米的9层长江容器综合楼在3秒钟内轰然倒地。这意味着机场核心区企业征迁完成“最后一爆”。

长江容器机械厂是鄂州市一家年销售额过亿元、在业内颇具影响力的企业，拥有压力容器设计、制造、安装等国家级资质认证，产品用于国内诸多重点工程建设项目。由于该厂地处鄂州机场核心区，占地170亩的厂区被纳入征地拆迁范围。

“支持国家重大工程建设，我们义不容辞！”长江容器董事长曹祥胜介绍，拆旧厂、建新厂同步进行，通过一年多协调，企业已在相距不远的花湖开发区筹建新厂，预计2021年3月投产。为确保企业平稳过渡，他还在甘肃兰州承接中川机场3号楼桥梁结构工程，帮助180余名电焊工就业。同时，该企业正申请美国ASME认证和桥梁钢结构一级资质，力争将业务拓展至国外。

鄂州市临空经济区自筹备期即提出服务机场大规模无障碍施工的目标，到2020年4月机场建设用地正式获批前，已提前完成核心区5596户居民房屋征迁工作;8月，核心区剩余的22家企业已拆除21家。长江容器厂房拆除后，累计分期分批交地1.7万余亩。

“如果提前了解了你们要面对的人生，不知道你们是否还会有勇气前来。”这是电影《无问西东》的开场白。

“如果当初的决策者知道我们近些年已经克服以及正在面对的种种困难，不知道他们是否还会不辞劳苦、倾尽心力将货运枢纽机场引进鄂州落户。”这是建设者们在现实中发自肺腑的感慨。

“鄂州相当不容易！”王晓东在2020年底召开的全省经济工作会议上讲，鄂州面积1596平方公里，人口刚过百万，相当于一个大县，财政收入总量不过百亿元，却要承建总投资上千亿元的大工程。

中国首座货运枢纽机场落户，大家怎会不知道这是千载难逢的发展机遇？！但等到机场建成并且发挥效益时，许多全程参与的骨干人员都年近花甲甚至早已退休赋闲。人类历史的进程，往往与这些既脚踏实地、又仰望星空的人有关。如果只着眼当下，航海家何必冒险耗费数年时间去远航，科学家又何必穷尽一生去寻找某个未知的物质。

“这是管长远的国家战略工程，是为子子孙孙打造的良心工程！越到攻坚冲刺之际，越要有功成不必在我、功成必定有我的情怀！我们之所以拼尽鄂州十年家底，自掏腰包 600 多亿元，就是要给这座城市一个更具竞争力的未来！”王立在 2021 年初的动员令情真意切。

想要实现跨越时代的梦想，或许就要冒着暂时透支未来的风险！一旦挺过来，大道开阔无限。鄂州市政府研究室一份课题研究报告表明：“鄂州机场、鄂咸高速、武阳高速、机场高速、燕矶长江大桥等大型工程共占用我市基本农田 5813 亩和耕地 11097 亩，机场建设配套项目和产业项目也需占用大量用地指标。为此，我市 2016 年至 2018 年购买耕地占补指标 15900 亩，价款 18.6712 亿元；2019 年购买城乡建设用地增减挂钩指标总面积 5961.8395 亩（其中耕地 5255.3795 亩），价款 19.234 亿元，给财政增加了巨大的负担。”

“当初一腔热血承担下来，如今更需要艰苦努力和勇敢面对，这是我们这一代人的光荣和使命。在伟大的时代，恰好遇到了伟大的工程项目！6000 多万湖北人乃至 14 亿余中国人，不是每个人的一生都会有这样的机遇。”此时，王立想必已知道自己即将告别这座工作近 5 年的城市。

梦想总是燃烧激情，热血总是难以冷却！但最终考验所有参与人员的，是定力、智慧和耐心。自助者天助之，一座即将起飞的城市，正靠自己的努力逐渐走到和世界对话的舞台中央。

第二十七章
BIM 技术探索进入“深水区”

2020 年末至 2021 年初，鄂州机场内 24 家施工单位交出了“零返工”成绩单。“这与数字技术首次在我国机场建设中全程深度运用密切相关。”物流机场公司总工程师朱方海说。

他提及的数字技术主要指 BIM（建筑信息模型）技术，该技术以建筑工程领域的各项基本数据为基础，利用相应软件完成模型搭建，从而达到以数字信息场景模拟真实建筑场景的目的。

BIM 模型需在施工前完成，再经模型自审、关联方审查、咨询方审查、综合会审以及物流机场公司总经理组织的模型审核会。机场动工以来，全国三分之二以上的 BIM 专业人才陆续集聚，设计单位包括民航机场规划设计研究总院、中南建筑设计院和北京市市政工程设计总院，咨询单位是中国电建贵阳勘测设计研究院，还有清华大学、同济大学、武汉大学等高校的 10 多位院士参与指导，300 多位业界知名专家参与论证。

这是建筑领域的一项重大突破。一边是数百名工程师正按设计方案“建模”，机场的每一个构件，都在电脑上以“三维”图像的方式清晰呈现；另一边是数千名一线工人按“模”施工。

在这里图纸已成为历史，机场正以另外一种方式悄然生长。朱方海说，工程师现在拿到的图纸，不是传统的平面二维图，而是立体图纸，一个钢筋构件在图纸层面只是画了一条线，或标了几个符号，但在建筑信息模型中，这一构件的长、宽、高以及和其他构件的搭接长度，甚至包括其损耗，都在三维切图所对应的位置有清晰记录。

自 2019 年 11 月起，每天上午 8 时半，物流机场公司总经理冯晓平准时走进数字化中心会议室，召开准时“审模会”。施工单位的工程负责人打开“数字模型”，进行现场讲解，参会代表对“模型”进行审核，一旦获得通过，施工即将展开。后来，氛围逐渐被带出后，“审模会”根据具体内容由物流机场公司分管领导主持：陈璋负责土建、跑道；李爱民负责配套基础设施建设；朱方海辖管的规划发展部分管设计和航站区建设；有空军工作经历的刘立新当然成了空管的“把关者”。

令设计单位、咨询单位稍感意外的是，有同济大学博士学位、42 岁的朱方海也是操作 BIM 的行家里手。作为经常被公司安排接受媒体采访的负责人，他要尽量以通俗的表达方式解读 BIM：机场建设近亿个构件都是基于 BIM“生”出来的，各个方案通过计算机直接导出，有利于管理者进行分析和决策。

“制作数字模型构件与机场建设同步，一起步即达百万级，并不断深化和细化，然后升至千万级，竣工时将达近亿级。”物流机场公司信息技术部主管潘乐说，每一个构件都有编码，待鄂州机场建成时，近亿个构件将实现“合模”，一个与实体机场完全对应的“虚拟孪生机场”随之诞生。

“机场工程由内到外，BIM 模型不仅可以精准复制，而且可以精准复核。”潘乐以跑道道面为例解读，由于跑道模型被切割成若干块，每一块都有编码，一旦发现问题，立刻可通过智能跑道监测和外来入侵物探测（FOD）两项技术找到位置，而在过去则要靠工作人员开车去现场寻找。

相较传统的二维模型，BIM 模型实现了可切剖、可透视、可追溯，既能解决施工中空间排布等问题，又能加强质量监理和进度管控，有利于后期运营维护。“上千台（套）车辆机械和累计近万名各类参建人员都安装了数字芯片。”机场工程数字服务商——北京四维远见信息技术有限公司项目负责人刘磊介绍，登录智慧工地管理系统，就可掌握施工现场的人员、机械、配料和环境的实时动态。

“高精度模型指导高质量工程设计，进而支撑全过程工艺仿真。”作为鄂州机场 BIM 咨询顾问，电建贵阳院项目常务副总经理严沾谋介绍，包括基坑支护、钢筋、吊顶、龙骨、电缆等都做了模型，“妙到毫巅”。同时，设计阶段深度运用 BIM 技术，利于从源头解决传统设计中的错、漏、碰、缺等问题。

深度运用 BIM 技术，也让施工单位有了压力。“干得很难受，光请十几人的专业团队就花了数百万元！”民航建工项目副总经理韩李一开口即显出天津人的直爽。这位 36 岁的技术骨干多次向物流机场公司领导直言：“BIM 技术用于高楼、市政公共设施等建设相对成熟，用于机场建设的地面施工似乎有点小题大做。特别是常规范围内、可以看得见的部分没有必要，BIM 建模应解决看不到、摸不清的部分，现在是一律下‘笨功夫’。”

“由于系统刚开发，需调试的问题很多，从 2020 年 7 月开工到现在，计量刚有点眉目，至少比以往施工多了 4 个月。”韩李介绍，除了画模耗时，审模需多长时间往往不确定。待模型通过后，由于提交时像素较高，还需轻量化处理，也就是一一切剖，再上传至质量验评系统。不仅如此，施工过程中的影像资料、纸质资料等也要上传系统。

中建三局将 BIM 应用覆盖至空管塔台施工管理的各个环节。由于进场较早，项目总工程师舒红斌对“艰难磨合”的体会更深。正值疫情期间，舒红斌和 BIM 软件提供方只能线上讨论，一开始争执激烈，怎么都谈不拢。后来才弄清，双方对“检验批”这一概念的理解不一致，造成前期“各说各话”。

遇到新生事物，让你感到难受时，或许正是从中学习受益的时候。“在过去的二维设计上，根本看不到不同施工单位的交叉部分，而三维设计则一目了然，可以及时修改，避免返工和重复施工，最后算总账是节约工期的。”黄维从土基到场道一直在工地指挥作战，对此感触不同，“影响工期的利弊权衡有待深入研究”。

“BIM 技术自 2011 年起逐步用于国内机场建设，但像鄂州机场这样贯穿于勘察、设计、施工、质量验评、清单算量、后期运营维护等方方面面，多亏了冯总坚决力推。”物流机场公司计划合同部部长助理刘琦娟是天津大学在读博士，师从国内“工程造价鼻祖”——尹贻林教授。这位来自福建莆田的“90 后”

女工程师说，鄂州机场是我国目前唯一一个运用BIM模型清单计量计价的管理试点项目，而“这正是我2019年3月来这里的原因”。

鄂州机场参建方正参与编制民航局《民用运输机场建筑信息模型应用统一标准》的施工标准分册，已拥有13项基于BIM技术的著作权。“深度运用BIM技术，鄂州机场在这一领域的探索已进入‘深水区’甚至是‘无人区’。”中国工程院院士、北京四维公司董事长刘先林说。

智慧工地并不仅限于机场主体工程。2021年1月7日，随着桥梁桩基础施工、主线清表和清淤换填、便道施工及1号拌和站陆续启建，湖北省首条智慧高速公路——鄂州机场高速公路全面开工。同一天，民航局批复同意鄂州新建机场正式命名“鄂州花湖机场”，英文名称为“EZHOU HUAHU AIRPORT”。

“机场高速设计了车路协同、路网运行监测与预警等十二大系统，将充分运用5G、北斗定位、量子通信、物联网、云计算等新技术、新设备、新工艺、新材料，构建以数据为核心的高速公路协同管控与创新服务体系，保障机场运营期间的网络安全，成为国内最‘聪明’的高速公路之一。”省交投鄂州机场高速公路项目总经理熊巍说。

中南勘察设计院高速公路机电部负责人牛朋超透露，机场高速按每公里近2000万元标准用于智能化建设。其中，运营商会在沿线建设至少15个5G基站，每个基站覆盖半径800～1000米，满足无人驾驶等多种功能场景应用。“利用5G技术，可以实现货车无人编组自动高效运行。”他描述道：10辆5G智能重卡在机场装好货后排成一列，只需一名司机在最前方驾驶车辆，其他车辆无须人工操控，即可自动识别线路，安全有序通行。

“无人驾驶车辆在机场高速通行，一旦通信网络遭到干扰，有可能发生重大安全事故，引入量子保密通信技术可有效化解这一风险。”牛朋超介绍，量子保密通信技术是当前唯一得到严格证明、能从原理上确保通信无条件安全的通信技术，能大幅提升党政军、交通、金融、医疗等领域的通信安全等级。

农历辛丑牛年的脚步越来越近。原本以为大家都可以返乡团圆、走亲访友了，万万没想到，河北、黑龙江等北方省份岁末年初暴发的疫情，让全国防控形势又陡然紧张起来。

“不停工，不停产，产能不能降！党员干部外出假一律不批，也希望工人们能留则留，特别是来自高风险地区的。”王立在2021年第一场核心枢纽项目建设鄂州指挥部指挥长会议上发出倡议。

因为疫情，许多中国家庭春节团圆连续两年受到影响。对于机场而言，工期压力始终如山。过去一年“任务清单”涉及的36项重点工作中，机场安置小区工程、配套500千伏输变电工程、军民融合发展研究等19项已完成，但机场工程、转运中心和顺丰航空基地工程、供油工程等17项任务尚未按期推进。

明眼人一瞧便知，未完成的恰恰是更为重要的主体工程。其中，口岸、综保区、国际货站等受困于“老大难”——土地调规；顺丰航空物流产业园则受土地调规、投资等多重因素影响；机场噪声处理因资金来源没有明确，无法启动征迁工作。

“核心问题是工期和资金，等不起，慢不得……除了主体工程建设，还有运营筹备、配套建设和临空产业培育三大任务。”从光谷调到鄂州履新不久，市长陈平首次亮相指挥长会议。她有意抬高嗓门，强调省指挥部办公室1月6日召开年度工作专题会议划定的三个关键时间节点：6月30日前，机场工程全场土石方完成，航站楼、货站、塔台进入精装修；9月30日前，场道基层、面层完成，航站楼、货站交工验收；12月31日前，全场建设项目交工验收，启动校飞。

“鉴于过去一年疫情、汛期对项目建设造成了不可抵挡的影响，省指挥部办公室综合考虑各方意见，结合实际将2021年的年度目标修订为‘建成校飞’，就是整体工程建设完成，可以起飞。”陈平特意对目标调整做了补充说明。

第二十八章
东西两条跑道施工同步冲刺

2021年3月25日清晨7时59分，王立从鄂州站登上开往宜昌东站的动车，赴任宜昌市委书记。不到三个小时的车程中，他一一回复同事们的惜别之词和朋友们的温情祝福。

对于这一天，他早有准备。一周前，市委办通知鄂州处级以上干部“非必要不外出”。但也感到有些突然，因为他精心部署、盛情邀请的贵州援鄂医疗队队员代表即将在当天下午搭乘飞机重返鄂州。遗憾的是，就在鄂州重启一周年之际，他不得不和千里之外赶来赴约的抗疫战友们擦肩而过。

“我们这代人都是铺路者，这是历史赋予我们的使命！”春节长假后在鄂州上班的最后一个多月，王立在多个会议场合讲话时都已隐隐约约在和这座他为之奋战了近5年光阴的城市告别，“以一个县级板块的财政力量来支撑一座大型货运枢纽机场的建设，这是史无前例的，体现了鄂州的担当和胸怀！”

在王立看来，比机场投运更重要的，是构建城市治理现代化体系。自2019年3月起，他力推全市作风建设三年行动，明确主题——“治庸、提能、问效”。“抓干部队伍建设，既要宗旨不偏，又要融入现代理念，这才能打基础、管长远。”王立说，随着人的成长和文明进步，鄂州这座城市一定会发生深刻变化，建货运枢纽机场只是顺应历史机遇。

临别前一段时间，王立和陈平携手掀起了新一轮产业布局热潮:2月5日召开全市招商引资大会;2 月 27 日参加全市一季度重大项目集中开工活动;3 月 15 日出席招商引资暨招才引智现场推介会临空经济区专场。

其中，他一直牵挂的顺丰航空物流产业园正式启建，规划面积约 10 平方公里，综合总投资估算 400 亿元，重点引进电子信息产业、生物医药产业、航空产业、智能装备制造四大主导产业，同步发展现代物流、研发设计、生产性租赁服务、信息大数据服务、商务及居住配套五大支撑产业。

产业园以 PPP 项目模式展开，由中交第二航务工程局有限公司、深圳顺丰泰森控股（集团）有限公司和中交第一公路勘察设计研究院有限公司三方合资，成立鄂州中交顺丰空港产业园投资发展有限公司，注册资本 4 亿元，股份占比分别为 48%、36%、16%，合作期限 30 年。

一子落，满盘活。“湖北要建成促进中部地区崛起的重要战略支点，这一使命以何为‘支’？这个支点不能插在松土中，花湖机场就是当前最佳的支撑和落点。一座城市要找准自己的比较优势，把自己放到区域里，摆到全国大局中，往高处看、往远方找，就能认准自己的方位，寻到突破的机会。”王立深情嘱托，近 5 年育能蓄势，鄂州已迎来了新的机遇，这是真正要长期面临的挑战，“谁率先突破，谁就能获得新的优势！”

4 月 9 日，久雨逢晴，机场工地继续演奏忙碌的乐章。上午 9 时 38 分，西跑道南端，民航建工项目部开始浇筑第一仓道面混凝土。“这意味着机场开建 3 年后，场道建设迈入最后一个环节——道面混凝土浇筑，这也是今后飞机起降直接接触的道面。”朱方海正在现场指挥。

鄂州本地摄影家何景星一大早赶到一旁守候，不停按下快门，捕捉精彩瞬间。此刻，三辆考斯特车从他身后不远处依次缓缓绕行驶过，事后才知道，这是为王晓东一行考察特意安排的。相比往年，省长赴机场工地办公已推迟近两月，却恰好见证了这一重要施工节点。由于时间紧，他们没有下车即赴物流机场公司数字化中心会议大厅。

王立调走，陈平暂时接过鄂州掌舵重担，每日行程又满又挤，常常忙至子夜。为了这次汇报，她几番修改讲稿，直至凌晨 1 时。但数小时后，她又精神饱满地亮开了嗓子，借此难得机会提出“几点工作请求”，重中之重仍是综保区申报涉及的近千亩永久基本农田调规难题。几天前，她刚刚和武汉海关一行深度交流，共谋综保区尽早获批之策。

“在我心中，国际物流核心枢纽项目一直是最高位的，这个项目我全程参与，始终抓在手上，每一年都来摸底，每一次来都有很大变化，都有新的面貌，我非常高兴。”王晓东一开场即表明他对机场建设的重视，“构建新发展格局的关键在于经济循环的畅通无阻，要把我省‘九省通衢’的区位优势加快转化为商贸物流优势。”

“小城市支撑大项目，体现了大局意识、担当精神和务实作风，不简单！”“鄂州当初争取时是非常积极的，如今建设时是非常尽力的。”他在发言中两次表扬鄂州，同时强调各方都要鼎力支持。

“陈平当市长，我认为她在工作上是‘女强人’，但从‘财政’上讲则是‘弱女子’，对不对？”王晓东表面上是说陈平，实质是为鄂州“站台”，他的幽默引起现场一阵笑声，“一个弱女子能有多少钱啊？所以我们要尽最大努力支持鄂州。”

“核心枢纽项目是全省打造‘双枢纽’、融入‘双循环’的重大标志性工程。任何问题都不能影响机场建设，这是一条硬要求。”王晓东讲了20多分钟，最后他要求省指挥部会后对各方提出的问题认真梳理、逐条研究、细化落实，全力推进“如期高质建成机场”，“为全省集疏运体系建设树立标杆”。

此次考察结束半个月后，湖北省十三届人大常委会接受王晓东辞去湖北省省长职务的请求。在省级层面，王晓东无疑是对货运枢纽机场项目关注时间较长的领导之一，自任职常务副省长指导选址工作起已有7年半时间。如不是疫情延误了工程进度，他本可在此时见证机场建成投运的一刻。

5月23日，新任省长王忠林将自己到湖北省政府掌舵后的基层调研第一站选在鄂州，花湖机场自然是重中之重。“鄂州块头不大，但发展潜力巨大。”他强调，要着力推进武鄂同城化发展，积极对接武汉、服务武汉、融入武汉，在重大规划、基础设施、产业布局、市场合作、公共服务、生态环保等领域深化对接联动，努力把地理优势转变为发展胜势。

3天后，距离王立调任宜昌整整两个月，鄂州迎来新的市委书记——55岁的随州人孙兵。当天下午，孙兵带队调研全市重点工程项目建设，并来到临空经济区产业展示中心，与机场项目现场负责人视频连线。“夙夜在公为报国，雄心壮志犹未酬。曾经少年鬓已秋，功过评说待身后。”这一天他一直忙至深夜，临睡前在微信朋友圈以一首七言古体诗表达心迹。

6月2日下午4时许，鄂州花湖机场东跑道第一仓混凝土开始浇筑，标志着机场飞行区工地迈入东西两条跑道同步冲刺阶段。“还是比预定时间稍晚，主要困难是跟天气做斗争！”身着一身白色T恤的黄维显得格外精神，他的小孩去年考上位于武汉市江夏区的湖北水利水电职业技术学院，夫人从宜昌赶来陪他同住工地。

自孩子出生刚满4个月起，黄维便天南地北参与工程建设，一家人聚少离多，如今夫妇俩好不容易在一起了，而且儿子就读学校离鄂州也很近，休息日得空就可探望。整个工地像黄维这样的家庭还有很多，为他开车的司机赵德进来自陕西汉中，一年内和儿子在一起的时间往往就是春节长假的几天。

鄂州市应急管理局报告称：“1月1日至5月31日，我市今年以来降雨量538.7毫米，较常年同期略偏少。”“雨不是很大，下的时间却较多，这对沥青封层有影响，导致重复作业多，3月晴了一周，4月仅10多天施工时间，5月雨天超过半个月，6月的预报也不理想。”黄维说，东跑道区域地基处理工程4月15日通过验收，比原计划提前约两个月进入道面施工环节，但由于征迁等原因，还是比西跑道施工进场晚了4个月，而混凝土浇筑则晚了53天。

跑道混凝土面层是飞机直接接触的跑道面层，也是跑道建设中最复杂的一项，对平整度、耐磨性和强度有极高要求。跟西跑道一样，东跑道道面混凝土施工也要添加高强改性聚酯纤维，该纤维材料在抗拉强度、弹性模量、抗碱保留率等指标方面性能优异，将提升跑道混凝土的抗裂及抗冲击性能，减少机场运营期间道面混凝土裂缝、掉边、掉角等病害，有效保证机场运营安全，提高机场混凝土使用寿命。

此时，西跑道正逐步完成水稳层浇筑，雏形清晰可见。现场正在施工的是在上水稳层铺设光纤光栅传感器。光纤，被称为“人造神经”，当光波在光纤中传输时，外部的压力、温度、湿度等因素的变化会对光波的光学特性产生影响，因此，光纤可用于感知和测量各种物理变化。

“这是不是走过了，往前面走走看看。”作为机场智能跑道项目的负责人，乐骏日在工地上来回巡查，不敢漏过任何一个环节。“航空界一直存在一个难题，就是如何监测跑道隐患，我们正好利用建设阶段检验新技术。”他边巡查边介绍，道面层一旦开始浇筑，传感器将被 40 厘米厚的混凝土所覆盖，出现任何问题，将不再有弥补的机会。

作为机场最为重要的组成部分，跑道道面长期承受着飞机的冲击碾压，加之气候和温度等诸多因素的影响，易导致道面结构发生改变，对飞机安全起降构成威胁。鄂州花湖机场在设计阶段，就提出了实现跑道的智能化运行和监测的目标。

而在全球多家传感器研制单位的竞标中，武汉理工大学光纤传感技术国家工程实验室制造的光纤光栅传感器，获得了鄂州花湖机场智能跑道项目建设权，这也是光纤光栅传感器首次在机场跑道应用。实验室主任、中国工程院院士姜德生在光纤传感技术领域深耕 40 余年，由他主导的试验基地在全国率先实现了光纤传感技术的产业化，打破了国外技术封锁，形成了具有我国自主知识产权的成套生产技术与装备。

根据设计方案，横纵的伸缩缝将东西跑道分割为 2.4 万块混凝土板块，并借助物联网技术在场道下铺设 10 根光缆，总长超过 140 公里，每根光缆上结合了 5000 多个光栅传感器，一旦铺装完成，将保证跑道全域每一混凝土板块相关信息实时采集上传，智能检测飞机运行轨迹和道面健康状况。这将是迄今为止世界上传感器规模最大的智能跑道系统，也是世界第一条实现全域智能感知的跑道。

随着东西两条跑道施工同步冲刺，一个个建设节点捷报频传：东场监雷达站土建结构封顶，转运中心钢结构封顶，航站楼、综合楼、塔台、货运站、宿舍楼等主体建筑进入全面装修阶段……

第二十九章
“愚公移山”挑战不可能

所谓“行百里者半九十”，就是说，最后十里往往需要付出和前九十里一样的努力。换言之，到了冲刺阶段往往要啃“硬骨头”。对于鄂州花湖机场来说，净空区碍航山体降高就是这么一块难啃的“硬骨头”！

然而，在业界人士看来，净空保护是机场建设最该先行的工作之一，如今却成了实现建成校飞目标的一大难题，而且迫在眉睫。“南方某机场，花了大价钱升级改造，但最终每天只增加了一个班次。为什么？因为周边高楼破坏了机场净空，再怎么改造也无济于事。”早在选址阶段，顺丰集团副总裁屠蔚就曾在一次内部会议上提醒——他有在香港机场工作的经历。

有资料显示，广州新电视塔“小蛮腰”起初建设高度为 610 米，然而，由于它正好位于广州白云机场的两条降落航道下方，飞机经此的飞行高度为海拔 900 米，按规定飞行高度周围 300 米内不能有障碍物。因此，“小蛮腰”建成后被要求“削”去 10 米，为此耗费上千万元。

鄂州花湖机场净空保护区跨越鄂州、黄石、黄冈三市，超高障碍物仅鄂州地界就有 78 处，其中 42 处需要校飞前处理到位。到了建设冲刺阶段，最为棘手的是位于机场跑道南端的 3 座山体，即黄山 1、2、3 号山体，总面积 2.33 平方公里，降高土石方量约 4900 万吨，折合约 2522 万立方米。

还在预可研阶段时，技术人员给出了“标高 23.5 米、净空最高点 67 米”

的概数，后来可研报告拿出了更为精准的实施方案——“标高调至 21 米，净空最高点随之调到 65.3 米”，这意味着 3 座超过百米的山体要集体被“削”成最低点 21 米、最高点 65.3 米的斜面地形。

前期，由于山体周围或是基本农田或是湖泊，修外运通道一不小心就会触及生态红线，导致净空降高进度整体滞后。2020 年 11 月起，鄂州市政府及市机场建设指挥部明确由鄂州市昌达资产经营公司（以下简称“昌达公司”）承接净空区碍航山体降高任务。按国土部门签署、民航部门认可的机场净空一体化图测算，此时接手需在一年内完成降高土石方总量约 4900 万吨。

“再加上永久连通渠、机场高速等需机场配套工程爆破开挖外运土石方 1500 万吨，共计 6400 万吨。”时任昌达公司董事长孟宪群算了一笔账：每年正常施工时间不会超过 220 天，这意味着每天要外运 29 万吨，按每车载重量 50 吨，则每天要达 5800 车次，“完成任务时间紧，施工强度大，而且施工范围内设施繁多、项目叠加。”

如此大的挖运量，首要难题还是“无路可走”！随着取土工程收尾，机场开启封闭施工模式，原来的路已不能再走，需新建外运通道。思来想去，只有借力“四好农村路”政策。然而，整个项目涉及用地审批、林地审批、环评、迁坟……每“闯”一道关，都在与时间赛跑。

最后，昌达投资 5700 余万元，在两个月内抢建了一条宽 8 米、长 4.1 公里的外运临时便道，新建 5 条环山施工便道。“这几条‘夹缝’中修出的便道仅可供两辆车小心翼翼错车，按此进度恐难如期完成任务。”孟宪群仍心急如焚。

为抢抓工期，尽可能减少外运，降高施工还采取场内场外结合的方式，对山体“削峰填谷”，就近就地填筑土石方。然而，更大量的土石方还需外运到 7～9 公里外的堆场内。起初，海拔最高的 3 号山体是难中之难，其工程量达 1502 万立方米，占净空降高工程总量的 76%。现场施工由昌达公司旗下的昌能矿业推进，副总经理余舒泓带着张连杰、张晓建等一帮年轻人奋战一线，“晴天迎扬尘、雨天泡泥浆、白天顶烈日、晚上披月光”，数月间“一介书生都变得又黑又瘦了”。

剩下的工程量要在半年内完成，而且各项投入将在10亿元以上。正当“难”

何以堪时，中国农业发展银行鄂州市分行行长朱玲丽果断向昌达公司放贷5亿元。“这项工程完工后，可形成近3000亩面积土地，为后期临空经济区产业发展腾出了用地空间，这就是我们敢于支持的底气。”她说。

2021年7月15日，花湖机场主体建筑进入全面装修阶段。“既是‘拦路虎’，也是‘牛鼻子’！”同一天，孙兵在核心枢纽项目建设鄂州指挥部指挥长会议上再次强调，净空区碍航山体降高要“锚定目标不放松”，否则会影响南部连通渠、燕花路、机场高速等项目进程。

“目前，外部堆场A仅能堆放约30万吨土石方，堆场B已经饱和，西产业园堆场尚未发生作用，而内部堆场已全部饱和。”孟宪群为此建议，多个难题要统筹解决，主要指土石方堆场不足，拆房、移坟、征地、高压线及铁塔迁移等工作进度不快，土石方外运通道运能不够等。到7月底，净空降高工程继续提速，土石方施工量完成515万吨，较上月增长32%，较5月翻了一番。

北京时间2021年8月5日3时21分，美国约翰斯·霍普金斯大学发布的新冠疫情统计数据显示，全球累计新冠肺炎确诊病例超2亿，距此前破亿仅时隔190天，抗疫形势继续焦灼。

经全面摸排，现阶段有80家单位、18360人参建鄂州花湖机场及配套工程，外来流动人口占80%左右。“扫码、测温是前两道关，还有最后一道关——‘数字工程助手APP’。”物流机场公司保卫救援部主管肖遥现场演示操作，“每一位进场人员通过这款APP进行人脸识别，系统自动登记显示岗位、健康、进出时间等信息，为后期防疫溯源提供了保障。”

防控力度转紧，施工进展难免受影响。“净空降高工程1000多名施工人员做了四轮核酸检测，每三天一轮，每一轮要停半天工。”孟宪群说，疫情偏逢连日雨，8月过半时只有一周正常工作时间，月计划外运1495万吨土石方完成不到五分之一，原本就很大的压力顿时加码。

“愚公移山”可以子子孙孙无穷匮，但留给机场净空降高的时间越来越少。“讲困难不是不可以，但不能有畏难情绪，而要找到解决问题的办法。”李忠禄赶赴现场调研时提出，尽快将临时施工便道由8米加宽至16米。

此时机场最繁忙的工地，不在机场内部，而在跑道南端的黄山工地上:738

台工程钻机、挖机、铲车、渣土车，分别在 9 个工作面、一条外运道上运转，有序而繁忙；数十辆铲车齐挥“利爪”，渣土车首尾相连；场内填谷地点，十余辆车同时倾泻土石，洒水车寻隙洒水降尘。

8 月 23 日，鄂州市临空经济区党工委副书记、管委会副主任尹俊武接到新的任命：机场净空区碍航山体降高项目指挥部指挥长。他当天下午带队前往施工现场，借用机场附近一家建材公司办公楼设立前线指挥部。“挑这里，开窗就是外运通道，出门可望见 3 号山，上顶楼俯瞰即见新修便道，一切动静尽在掌握。”

38 岁的尹俊武有一股湖南人特有的蛮劲，他凭借曾在昌达公司担任总经理的经历，很快和老同事们打成一片，并请来 3 位货车司机开会商量对策。“装车和卸载各需半小时，白天往返 300 多车次，到了晚上只有 100 多车次……”“那就还有提升外运能力的空间！”

“还有燕花路交叉路口的堵点问题，可不可以绕道打通？一系列问题在找到解决办法后，如能短时间内将外运量从每天 10 多万吨竭力提升至 50 万吨左右，就有信心提前一个月完成黄山净空降高任务。”尹俊武当然知道肩上的担子有多重，也明白上级领导的期望有多高！

鄂州这一年 8 月的雨水多得有些意外，进入 9 月，“秋老虎”发威，却正是场外施工期盼已久的窗口期，净空降高到 9 月 9 日的日均外运量已接近 40 万吨。“大家咬紧牙关，哪怕每天增加百分之一，也是不小的进步！”“我们的生产口号是：雨天当晴天用，晴天当三天用。”中建三局中标成为黄山净空降高工程承建方后，叶冬已从场道调至这里任项目经理，比过去更忙了。

“一天当三天用，是因为工地 24 小时不停工，晚上和白天一样繁忙，每分每秒都不能懈怠，一个小偏差就可能耽误工期。”许多人和他一样，一日三餐都在工地上扒盒饭，到了休息时间就在工程车上和衣而眠。“没法睡个囫囵觉，隔一会儿就要看现场，检查挖机是否在正确位置，车辆调配是否需要优化。”叶冬说，由于山体 80% 是渣土，头晚下一场雨，第二天山上全是浮泥，重载车辆一打滑就非常险，只能由铲车先刮去浮泥，再运输。

同样“夜战”的还有机场内最大的单体建筑——转运中心项目一期，它像一个工字形的“大盒子”置于机场中心，8个灯塔环绕格外亮眼，与降高工程外运路上连绵的“车灯阵”相映成趣。整个建筑共有4层，每层1.6万平方米，时时刻刻都有上千人在施工。然而，他们分散在整个工地上，从外面看并不“显山露水”，无论哪个角度，只能看到几个人在工作。

“这是由于全穿插作业，钢结构吊装、机电安装、砌体、土建等同步推进，互不干扰。”中天建设集团有限公司项目技术负责人王浩说。转运中心需安装钢构总面积约54万平方米，总用钢量10万吨以上，现已完成9.6万吨。

根据机场建设进度，78处超高障碍物以及机场跑道近端超高山体、植被和建（构）筑物分两个阶段进行处理。相较初步方案，第一阶段也就是眼下净空超高障碍物处理在原42处的基础上，新增了机场北部8处超高山体，涉及120户房屋和1300座坟墓需征迁，工作量和难度陡增。

国庆长假结束后的第二天，10月9日下午，核心枢纽项目建设鄂州指挥部指挥长会议召开。会议氛围相比一个半月前要轻松许多，除了东西两跑道先后全线贯通的好消息，被称为冲刺阶段“难中之难”的净空区碍航山体降高工程得以顺利推进是主要原因：土石方日均转运量已维持在45万吨以上，最高峰时达52.6万吨，仅9月一个月内共完成1100多万吨，可谓“胜利在望”！

第三十章

“少人机坪”亮相民航年会

2021 年 11 月 3 日，暖意洋洋的秋冬之交。将近一年之后，湖北省级别最高的两位领导再次会见王卫一行。

抢在省委书记应勇、省长王忠林会见前，孙兵、陈平等人赶往武汉东湖宾馆和从深圳专程来访的王卫见面，边等候边畅叙间，不觉中过了两个小时，核心就是机场投用后如何务实深化鄂州市与顺丰集团的合作。

和省领导的座谈同样以鄂州花湖机场正进入准备校飞关键期为背景。“国家和民族的利益第一，湖北和鄂州的利益其次，最后再考虑企业的利益。”经过漫长的运筹和坚守，共同的梦想就在眼前，王卫的由衷之言令在座的人油然而生敬意。

这位曾经一文不名的穷小子，起初怀揣着从父亲那里借来的 10 万元港币创业，选择了当时许多人根本瞧不起也不愿干的事业，又苦又累又脏且不说，还饱受世态炎凉。他最终用了 20 多年时间，把集团年营收额从零做到了千亿元规模以上。如今，他的个人梦想已经和国富民强的目标紧密联系在一起。

王卫曾说过，企业和人一样，如果能有一些理想，做事的态度和结果可能完全不一样。就好像为赚钱而画画的人，同只求温饱、为追求艺术而画画的人相比，画画的方式和最后出来的作品肯定大有区别。“有艺术追求，就会有执着，会推动你给自己挑毛病，不断改进。所以我觉得，企业家要有长远追求，要有家国情怀，要有一点艺术家气质，而营业额则是水到渠成的事。”

赞赏之余，应勇谈道：“当前，湖北正全力打造国内大循环重要节点和国内国际双循环战略链接，加快建设‘轨道上的湖北’和新时代‘祖国立交桥’，打造航空客货运门户‘双枢纽’，为湖北省和顺丰集团开展全方位合作提供了广阔空间。”“……希望省企双方进一步深化战略合作，携手将鄂州花湖机场打造成国际一流航空货运枢纽。”

“深化在鄂投资布局”，是王卫此行的一个重要目的。紧随其后，屠蔚与省发改委细化交流，双方对机场建成后的运营已有了初步的原则性意见，即顺丰所持股份不变，整个机场投用后的前期管理暂时交由负责武汉天河机场运营的湖北机场集团有限公司，而机场内的转运中心、航空基地、仓储等设施则仍然是顺丰“当家”。但让屠蔚略感失望的是，关于竣工验收、政策支持、资金补贴等实际操作中的关键问题，并没有得到实质性答复。

按民航局相关规定，机场校飞需要具备 10 项前置条件。其中，6 项工程要完成预验收，即飞行区场道工程、导航工程、通信工程、监视工程、助航灯光工程、气象工程；3 项文件要获批复，包括机场使用细则预批复、飞行程序预批复、进离场航线批复；还有一项，就是机场净空障碍物处理要满足净空保护相关标准。除了最后一项以鄂州方面为主，其余事项皆由物流机场公司负责。

一度可能影响按计划校飞的黄山净空降高已进入倒计时阶段。“必须力争实现 10 月 24 日市指挥部会议和大家立下的军令状，确保提前完成任务。”11 月 8 日，距离 7 月 30 日调研黄山降高工程并开启攻坚战整整 100 天后，孙兵再次到现场发出冲锋令。

当然，孙兵也知道他出的是一道难题：最高峰一天，外运 78 万余吨土石方，耗用 96 吨炸药！前者相当于每列火车 100 节车厢、每节车厢装满 60 吨土石方且需 130 列火车承载，后者如对比 8 年前被誉为“世界桥梁第一爆”的武汉沌阳高架桥爆破，这一天使用的炸药可爆破 96 座同类桥梁。两个数据中的任何一个都足以说明工程强度国内罕见，而它们却同时出现在黄山降高工程的施工现场。

“挑战不可能，3 个多月要完成正常施工一年的任务量！”在快速拓宽外运通道的基础上，全市倾力，万人鏖战，科技攻关，不舍昼夜。最后冲刺阶段，昌达公司与中建三局、武汉爆破有限公司联手，从全国各地调配资源，最高峰时有 1330 台挖掘机、运输车同时运转，外运大货车如排起来可长达 15 公里。截至 11 月 14 日晚 11 时，黄山净空降高工程已完成土石方爆破及清理工作，满足净空降高验收条件。

“这三座山越爬越轻松了！”11 月 15 日，清晨的第一缕阳光洒向山头，张连杰在睡意蒙胧中赶到施工现场。作为昌达公司净空降高项目的技术负责人，他已记不得自己多少次上下这三座山头了，净空降高完成刚歇一口气，又将鼓劲迎难而上，因为接下来还有两个目标：11 月 30 日移交南连通渠和机场高速交叉作业面，12 月 30 日移交机场高速全部施工作业面。

接连几天，机场中心变电站通电、东西跑道首次亮灯、四个油罐主体部分完工……工地上喜讯不断。一天午后，省考察组直奔花湖机场工地，省机场集团党委书记、董事长陈辉出现在名单中，这再次印证了顺丰集团有意在机场建成后出让股权，由省机场集团代管花湖机场的说法。孙兵、陈平及从黄石、黄冈赶来的当地政府领导陪同，众人的心情一如万里无云的天空一样晴朗。“如释重负！”与鄂州一样，黄石、黄冈两地都在限期内完成了校飞前的净空降高任务。

在不到一小时的座谈交流中，话题主要集中在两个方面：一是校飞、试飞和开航三个节点总计 41 个审批事项，分别需由国家层面的空域管理部门、军民融合协调部门及民航局核准；二是鄂州空港综合保税区以及三市临空产业布局推进。“新加坡科技宇航公司（以下简称‘新科宇航’，MRO）、联合包裹（UPS）和日邮物流等重大项目落户只差临门一脚，急需省财政在资金方面予以支持。”陈平专门做了补充。

11 月 30 日至 12 月 1 日，因疫情一推再推的全国民用机场建设管理工作会议，终于在鄂州迎来近 300 名国内民航界人士。这是继 2019 年“四型机场”（平安机场、绿色机场、智慧机场、人文机场）建设座谈会、2020 年四型机场建设发展大会暨成果展之后，又一次围绕四型机场建设组织召开的行业专题会议。

与会人员除了要带上 48 小时核酸检测证明，还要每天接受一次核酸检测。

一场民航界的年度大会为何要在一座还没有完全建成的机场附近召开？这不仅是因为鄂州花湖机场开创了中国航空货运先河，而且与其全程尝鲜智慧尖端科学技术有关，它是全国首批“四型机场”示范项目中唯一的在建机场。

“甚至在业界已有了这样的说法——‘北规模’‘上效益’‘广服务’和‘鄂科技’。”朱方海对此做了解释，北京大兴机场的规模最大，上海两座机场的经济效益最优，广州白云国际机场的服务最好，而鄂州花湖机场将后发优势发挥得淋漓尽致，在建设和运营中投用的技术都是当下最先进的。

特别是场道5万多个传感器和69个5G基站的布局以及12项国家标准和60多项专利的获批，都与数字技术在这里的全程运用有关。“国内机场数字化施工管控起步于大兴，应用于天府，成熟于花湖。”北京四维公司项目经理刘炳琪补充说。

省长王忠林在致辞中为鄂州花湖机场“直播带货”——“花湖机场是全球第四个、亚洲第一个专业货运机场。锚定建成高品质，湖北航空发展潜力巨大，合作前景无限光明。在这里，播下投资兴业的种子，必将收获丰硕的果实。”他还说，湖北省现已拥有运输机场7个、通用机场5个，开通国际航线77条，全省民航业产值近千亿元，对国民经济的贡献率正逐年提升。

会议期间发布的“十四五”民用运输机场建设规划显示，中国将建成运输机场248个、通用机场346个，初步建成包括四大世界级机场群、十大国际航空枢纽、29个区域航空枢纽在内的国家综合机场体系。

“未来5年全国将新增民用机场30座以上，鄂州花湖机场将是其中独特的一座。”会场发言时，中国民用航空局局长冯正霖多次点赞鄂州花湖机场的智慧引领，并在与应勇的会见中再次展望了“打造具有全球影响力国际航空货运枢纽”的愿景。

会后，冯正霖和专家学者们一起到达机坪，参观“少人机坪”联合演练，这是物流机场公司“憋”足了劲要为业界大咖们献上的一份“大餐”，是“亮点中的亮点”。随着科技的发展以及人力成本的增加，少人化甚至无人化在很多行业已经是大势所趋。然而，对安全要求高、涉及人员多、生产链条长的民航业来说，对机场运维进行系统的少人化探索仍是一件新鲜事，而鄂州机场算得上是“第一个吃螃蟹的”。

起初，自2016年底起，鄂州货运枢纽机场建设指挥部开始研发机坪作业车辆自动化，这一项目被命名为“少人机坪”，在国内外民航领域尚属空白。2021年4月，花湖机场“少人机坪”项目组成立，国际国内十几家科技公司加入，标志着在机坪领域以无人驾驶技术为基础的自动化作业正式启动。

演练现场，只见滑行道上，一辆替代飞机的越野车在无人驾驶引导车的带领下到达机位停泊。摆渡小巴车立即启动，到达机组人员的接送点。同时，与机舱对接的平台车出动，完成与飞机舱门对接。在泊位等待任务的自动导引运输车启动，到达接驳点与平台车精准对接，两台拖头车沿着规定路线先后到达接驳点，完成与平台车的对接任务。

演练一气呵成，在现场引起不小的轰动。事实上，“少人机坪”项目获民航大会现场展示资格，在会议开幕头一天还存在质疑声：自动驾驶容易实现，搬运货箱的作业场景能够完成吗？也就是说，各个车型自动驾驶能力刚刚获得稳定发挥，而基于机位服务的演练，已是各个车型密切配合接近实战的全流程作业，难度和风险前所未有。

还有一个鲜为人知的细节，此时“少人机坪”的调度系统还没有开发完，展演是通过人工在后台点击按键分配任务，一旦出现偏差就会当场“现眼”。所幸一切都按预期顺利进行，但项目组的每个人心里都明白，要真正实现机坪多车型自动化作业，调度系统的研发才是核心，而这正是国内众多科技企业正在探索的一条充满未知的道路。

下篇

新引擎——超前布局

新一轮科技革命正深刻改变全球产业结构，新质生产力在中国实践中逐步形成并展示出对高质量发展的推动力和支撑力。

一夜达全国，隔日连世界。鄂州花湖机场作为当今中国唯一一座专业货运机场，货邮量一起步即进入全国机场前列，发展临空经济潜力巨大，彰显出强劲的辐射作用。

“高科技”与“临空”两大元素在花湖机场碰撞，带动周边光电子信息、新能源与智能网联汽车、生命健康、高端装备及北斗等新兴产业和未来产业。同时，依托鄂州花湖机场打造国际自由贸易航空港，建立中部“空中出海口”，有利于推动国家高质量发展和高水平对外开放，形成全球物流、资金流、信息流交换节点，提升巩固中国在新工业革命时代的国际地位。

向“新”而行，逐风奋发。作为国家重大生产力布局，花湖机场对高质量发展的探索从未止步。它是一种模式，一个标杆，更是一条遍布挑战又满怀希望的攻关之路。

第三十一章
跑道上留下飞机轮胎“初吻”

2021年12月16日下午5时许，孙兵、李忠禄一行8人到访顺丰集团总部——深圳创智大厦。

从选址、审批、腾地到开工建设至今，前后历经9年时间，顺丰集团和鄂州市早已结成紧密联系的利益共同体：顺丰是鄂州最具战略意义的合作伙伴，是自鄂州建市以来在本地投资最大的民营企业；而在鄂州燕矶建成的货运枢纽机场则是顺丰在国内投资最多的单笔项目，用王卫的话说，是“押了顺丰的身家性命”，实打实的投资总计已近200亿元。

“期待顺丰集团在鄂州设立第二总部，将物流枢纽拓展为人才、资本、技术、信息的枢纽，以总部经济带动鄂州城市能级和综合竞争力提升，助力湖北打造国内大循环的重要节点和国内国际双循环的战略链接。”交谈中，孙兵开门见山，核心就是希望对方进一步增加在鄂州的投入。

无疑，鄂州正在发生凤凰涅槃式的巨变。伴随货运枢纽机场的建设进程，这座“因钢而生”的年轻城市正逐步向国际货运“港城”转型，并先后跻身“空港型国家物流枢纽承载城市”“中国快递示范城市”。

随后，孙兵还提出两个“恳请”和一个“希望”：恳请顺丰集团将结算中心、呼叫中心落户鄂州顺丰航空产业园，恳请顺丰集团助力鄂州打造共享航空平台；希望顺丰航空在鄂州设立具有独立法人资格的子公司。

王卫深为孙兵的“礼遇”感动，当即表示将和鄂州携手加快延伸航空产业链条，“一家人的事，责无旁贷”。他深知鄂州这座年GDP仅千亿元左右的城市，为了建设货运枢纽机场的确是“砸锅卖铁”，数年间仅按协议兑付给企业的各项补贴资金就接近百亿元。

眼下，百年未有之大变局与千载难逢的机遇“碰撞”，对鄂州乃至湖北来说，无疑是一场形势严峻而又充盈着希望的挑战，需要足够的时间来给出答案，更需要一代又一代人的激情接力。

就在校飞正式启动前的一周内，机场空侧施工单位所有人员清场，并采取相关措施确保跑道道面无异物以及周边超高物体全部清除。但在12月23日这一天，物流机场公司特别为一批“特殊的客人”开了绿灯：鄂城区委区政府刚换届的全体班子成员。

4年前，鄂城区为机场核心区建设征迁腾地，可谓“倾智、倾情、倾力”。如今再看当年的“梦之队”组合，原区委书记刘厚文拟履新市政协副主席，时任区长董国平接过领头重任，夏鑫先后在市督查考评办公室主任、华容区区长任上干了两年半后又回到鄂城区出任区长。

新班子需要新气象！董国平将迎新前的党建活动放在了已不再属于鄂城区管辖的昔日“战场”。“虽然你们今天到机场来做客，但你们曾经是这片土地的主人，真诚感谢大家为机场建设所付出的巨大牺牲！”熊新文代表物流机场公司的致辞顿时温暖了现场气氛。董国平的感言饱含深情、字字珠玑：“乘‘机’抢抓发展机遇，不负当年拆房迁家支持国家建设重大项目的父老乡亲，是我们这一届班子的神圣使命！”

12月29日，是鄂州值得铭记的一天。中午12时19分，从北京飞来的一架编号B-603S“奖状C560”校验飞机成功降落鄂州花湖机场，在西跑道上留下了飞机轮胎的“初吻”。飞机缓缓滑行几分钟后，稳稳停在西跑道124号机坪。

当中国民用航空飞行校验中心飞行员石雄飞率先走出机舱时，他可能还没有意识到自己正在创造历史，作为机长带领的副驾驶李锦堃，两名校验员李海金、曹彪及两名机务郑东、刁鹏是飞临中国首座货运枢纽机场的首个机组。

物流机场公司邀请的百余名各界人士代表和50多名媒体记者共同见证了

这一历史时刻。待飞机滑行至观摩区，舱门打开，身着制服的校飞机组人员逐个走下舷梯。现场顿时沸腾了！献花、拥抱、相互祝贺，大家争相和地上的“吻痕”合影。

很快，李兵的微信朋友圈就被这架块头与机场体量有些不协调的校验飞机刷屏了，他 7 年前为机场选址申报四处奔走的“专班”战友们，从现场向他的手机不断发来视频和图片。“享受”同样待遇的还有王立，他无法兑现 8 个月前许下“一定要到现场看校飞”的诺言，因为这一天上午召开的湖北省第十三届人大常委会第二十次会议表决：决定任命王立同志为湖北省人民政府副省长。

下午 4 时许，校验飞机从机场西跑道由南向北起飞。花湖机场校飞工作正式拉开帷幕，也标志着机场迈出了从“建起来”向“飞起来”的关键一步。校验飞行是新建机场投用前的攻关环节，主要包括跑道通信、导航、助航灯光、监视设备及飞行程序等内容，预计持续 30 天左右。

机场气象监测系统的分析似乎在印证“一切都是最好的安排”：自 2021 年 12 月 28 日往后的 30 天内，鄂州白天以晴朗多云天气为主，能见度多在 5 公里以上，除了要避开早间雾霾影响，大多数时间适航情况良好。

“这激动人心的历史性一刻，凝结着过去，也指向未来，孕育着强劲的发展能量，升腾着强大的发展气场。”次日，《湖北日报》刊发评论员文章——《筑起打造内陆“新沿海”的开放大通道》。

“世界已在眼前，我们是否有能力去连接？这将是鄂州乃至湖北今后必须直面的重大挑战！”2021 年底，在新一届市委常委领导班子的第一次会议上，孙兵自问自答，雄心勃勃。

回望 2021 年的世界，继续在世纪疫情和百年变局的叠加中蹒跚前行。科学家们数度表达乐观预言，但新冠肺炎疫情就像天边的乌云，看似烟消云散，却又不时袭来。

“环球同此凉热”，疫情仿佛将人类带到了一个十字路口。通过有效控制疫情和一系列宏观调控政策，中国经济始终维持平稳大局，殊为不易。尽管《区域全面经济伙伴关系协定》（RCEP）生效，开启全球规模最大的自由贸易区并带来多重利好，但不稳定、不确定的因素还在持续。在此情形下，全球供应链依然脆弱。

此时此刻，站在中国首座货运枢纽机场的空管塔台上远眺，苍穹背景下，群山拱起的脊背好似一个个问号：在当今全球化进程遭遇困境的宏观背景下，中国从其天元位置打开货运“空中出海口”，将如何拓展更为广阔的发展空间？

事关存亡的危局，往往蕴藏着革故鼎新的无限潜力。挑战危局所面临的风险或许超出我们的想象，但人类重建美好世界的能力同样超出我们的想象！

就在刚刚过去的这一年，中国快递年业务量首次突破千亿级别，连续8年稳居世界第一。在过去这一年，顺丰集团共派出超105亿个的邮件，创造2065亿元的运营业绩，同比增长都在30%以上。也是在这一年年底，“顺丰同城”在香港股市挂牌。曾经“坚决不上市”的王卫，自从踏入资本市场，一发不可收拾，继“顺丰控股”“顺丰房托”“嘉里物流”后已拥有了第四家上市公司。

近些年，熟悉王卫的人不难发现他还有一个新变化，就是和政府官员交流的话题越来越多涉及长远战略和宏观布局，而且越来越轻松自如。“过去做了很多功课，现在终于派上用场了”，王卫如是说。

一次内部文化大讲堂上，有高层倡导企业文化以家庭为核心理念，当即有人补充：“家国”是不是更好？显然，领跑者的变化对全体员工早已潜移默化。实现中国梦必须凝聚中国力量，而这一力量也源于每一家企业的每一名员工。

辞旧迎新，一部以感动中国2020年度人物、全国见义勇为模范汪勇为原型的电影《穿过寒冬拥抱你》正在影院热映。“家国情怀”，汪勇这位来自武汉的快递小哥，用这四个字来表达顺丰人所理解的抗疫精神。在最早抗击新冠肺炎疫情的战场上，正是他所代表的一批普通人以笑做盾，以爱为矛，冲破凛冽，抵御苦难。

这正是中华民族历经沧桑而能始终保持强大的生命力、创造力和凝聚力的精神象征！中国道路是摸索出来的，而摸索中国道路的，不是冰冷的理论，而是一个个火热的灵魂。

2022年1月24日下午5时25分，随着“奖状C560”飞机平稳降落在跑道上，花湖机场校飞科目全部完成，持续27天飞行33场次共86架次，飞行时间总计98小时18分钟。校飞结果显示，花湖机场所有校飞科目合格。

“这次校飞，我们最远快飞到恩施了，但大部分时间是在50公里范围内。”机长石雄飞说。“校飞分投产校验、监视性校验、定期校验和特殊校验，而投产校验最全面、要求最高，因此派出的都是最有经验的专业人员。”石雄飞是北方汉子，1998年入职，从事校飞工作20多年，几乎去过国内所有的机场，包括拉萨、阿里等高原机场。

他深知机场对一座城市的意义。花湖机场定位为货运枢纽，也是客运支线机场。“虽然是支线，但花湖机场采购的设备优质，安装水平也很高。”他说，校飞期间提出的整改意见，很快就得到了落实，强大的执行力令人印象深刻。

“校飞须以目视的标准飞行，所以飞得很低。当贴着山飞时，甚至能看到山上的小草。”石雄飞说，校飞时常为了一些参数，需要做出很多特殊动作，比如圆周飞行、不同高度和距离的飞行，以检测各项设备运行状况。此外，还要穿过告警区域，检测集成塔台系统的各种告警功能。

1989年，中国民用航空飞行校验中心成立，并逐渐成长为世界第二大飞行校验机构。一般一名飞行员只飞一种机型，飞行时长是积累经验最基本的条件。从毕业到成为机长，一般需要5～8年。目前，包括学员在内，全国仅有54名校验飞行员，他们常年在全国200多个机场以及部分国外机场开展飞行校验。

按计划，校飞测试合格，随后机场将进入持续一段时间的试飞阶段，主要测试有关航空公司检验机场和其飞行方式是否匹配，一般采用国内主流的运输机型，试飞完成标志着机场基本满足正式通航条件。

第三十二章
综保区申报不走“寻常路”

2022 年 3 月 19 日 11 时 30 分许，随着一架顺丰航空波音 757-200 全货机机型平稳降落在西跑道上，花湖机场真机验证飞行程序即试飞开始，这标志着机场工作重心由基础建设正式转向准备投运通航。

值得一提的是，这是我国首次由全货机机型执行新机场的试飞任务。而对花湖机场而言，试飞类似于“赶考”，而飞机和机组就是“考官”。和校飞使用装有专门校验设备的飞机不同，试飞使用的都是各家航空公司真实使用的民航飞机，并真实试验飞机运行环境。

此次试飞是花湖机场行业验收前最后一项也是最重要的一项节点任务。机场是一个大型的立体交通枢纽，试飞不仅要测试地上的“路”好不好走，也要测试天上的“路网”是否顺畅。如果天上的路、地面的路都可以走了，机场自然就可以投用了。

回望机场开工 4 年历程，尽管主体工程建设、配套工程完善以及临空产业导入等方面都遇到了不少“拦路虎”，但总体上一直在不断克难中往前推进，即将迎来开航。

反观鄂州空港综合保税区申报，每进一步都异常艰难。综保区是设立在内陆地区、具有保税港区功能的海关特殊监管区域，是中国当前除海南自贸港外开放层次最高、优惠政策最多、功能最齐全、手续最简化的特殊开放区域。

中西部省份的相关指标显示，综保区特别是空港型综保区对内陆开放型经济的拉动作用是巨大且不可替代的。如占地 4.68 平方公里的成都高新综保区 2020 年进出口货值 5491 亿元，占四川省外贸进出口总值的 67%；占地 5 平方公里的郑州新郑综保区 2020 年进出口货值 4103 亿元，占河南省外贸进出口总值的 62%；占地 18.7 平方公里的重庆西永综保区和两路寸滩综保区 2020 年进出口货值 4361 亿元，合计占重庆市外贸进出口总值的 66%。

相比之下，湖北省内作为综保区统计的武汉东湖和武汉新港 2020 年进出口货值共 243 亿元，仅贡献了全省 4294 亿元外贸进出口总值的 4% 和 2%。

“机场对外贸易功能 50% 靠机场，50% 靠综保区。没有综保区，机场国际货运业务就发展不起来，鄂州花湖机场作为货运枢纽的必要性也难以体现。”曹允春教授认为，这正是武汉天河机场国际货运业务一直难有起色的重要原因之一。

从现状看，鄂州商贸领域尤其是外贸“底子薄、基础差、开放度低”，2019 年全市进出口总额 43 亿元，GDP 占比为 4%，湖北是 8%，而整个中国是 20%。“着眼长远发展战略，目前湖北省内最有必要也最迫切需要申报综保区的恰恰是鄂州花湖机场。”时任鄂州海关关长方涛认为，我国首个货运枢纽机场申报综保区对空港平台产业导入、促进地区经济发展以及畅通国内国际“双循环”都极为必要，“‘货运机场＋综保区’模式一旦推出，目前跨境电商贸易的所有形态都可在这里生长，并将代表国家参加全球物流竞争”。

顺丰湖北枢纽项目产业总监桂旭曾在海关工作达 19 年之久，他认为规划中的鄂州空港综保区有三大特色优势：一是作为国内目前唯一同时对接水、空两港的综保区，区位优越；二是多处可与跑道直通，与机场无缝衔接，空侧资源优越，发展航空维修、制造和保税物流产业的条件首屈一指；三是综保区与机场口岸一体化设计、一体化运营，为提高通关效率、创新海关监管模式提供了良好条件。

鄂州自 2018 年 8 月首次召开综保区规划申报专题研讨会起，特别邀请苏州西奥物流管理有限公司参与咨询。这家公司主要成员曾是中国第一个综保区——苏州工业园区综保区的管理团队，而苏州正是综保区诸多改革举措的先行者。

除了土地利用符合中央总体规划，海关总署启动综保区审批工作的触发条件有两项：一是设立指标评估得分 100 分以上；二是投资总额 50 亿美元或带动就业 3 万人的重大项目入区。门刚打开，即面临评估窘境：鄂州地处内陆，外贸依存度多年徘徊在百分之三四的水平。有鉴于此，鄂州只能用适合入区的重大项目作为综保区申报的“敲门砖”。当然，有全国唯一的货运枢纽机场加持，鄂州申报综保区依然有其独特优势。

——顺丰集团和全球最大的飞机维修企业——新科宇航在鄂州合资成立飞机机身维修公司，可作为入区龙头项目。与此同步，顺丰拟将航空零部件维修和客改货业务招入，并拓展至飞机零部件维修再制造，如此可形成航空维修、改装和航材交易的完整产业链。

——综保区和货运枢纽机场跑道无缝对接，同时连接长江内河港口，占地千亩的国际货站纳入综保区内。这是国内唯一“一区两港”的综保区规划，适合开展跨境电商、飞机保税融资租赁等（国际贸易）新业态，不仅贸易便利化起点高，而且将成为海关各项监管创新的摇篮。

——顺丰已协助鄂州储备了 25 个拟入区项目，除飞机维修已完成落户谈判外，正在落地的是精密电子产品和通信工具的检测维修。

“建议鄂州在综保区获批后实施差异化发展策略，定位为保税服务和保税物流，保税加工不作为当前主攻方向；如果仅申请保税物流中心，保税维修等新型贸易业态将无法落地鄂州。”桂旭强调。

2020 年，受疫情、汛期等因素影响以及土地调规等难题限制，鄂州迟迟未正式申报综保区，让相邻的黄石市赶在了前面。鄂州空港综保区的选址、规划、申报，一直是鄂州市商务局和鄂州市临空区管委会在顺丰集团协助下推进，然而却“卡”在了永久基本农田难以调规上。“鄂州空港综保区规划范围内尚有 980 亩永久性基本农田亟待调规，亟须省内统筹解决。”时任鄂州市商务局局长余国安说。

2021 年 3 月，鄂州市政府开始向湖北省政府提交鄂州空港综保区申报文件，但进展并不顺利。4 月 9 日，多位湖北省领导调研鄂州花湖机场项目工地并现场办公，关于综保区涉及的永久基本农田问题成了讨论话题。湖北省自然资源厅代表对此表示，正在和自然资源部对接协调，建议鄂州空港综保区分片分批先建，不再纠结于局部土地问题而阻滞相关工作推进。

“鄂州空港申报综保区如靠打分，短时间内难以突破，可通过重大项目投资落户触动。”武汉海关杨良勇、沈建明两位副关长都建议鄂州空港综合保税区申建“不走寻常路”。

到了 9—11 月，机场建成校飞在即，鄂州市领导与武汉海关互动日趋频繁，最终决定先搁置永久性基本农田调规问题，立刻重启综保区申报。为规避原规划范围内“插花状”分布的永久性基本农田，鄂州将申报面积由最初的 2.98 平方公里调整至 0.92 平方公里，到了 2022 年 1 月最终调整为 0.82 平方公里，同时通过控规方式为综保区预留了 5.3 平方公里的扩区面积。

同样让鄂州市领导费神的，还有开通航线航班的补贴政策，补贴对象主要包括在鄂州市新设立的基地航空公司、航线航班、货代企业、在鄂州新设立转运（分拨）中心的企业以及物流机场公司。按可研数据，货运航空运营初期每年可能要亏数亿元左右，加上全球经济环境受疫情持续影响，情况还可能更严重。

经前期研究筹备，顺丰航空起初拟自 2022 年起在花湖机场开通国内货运 41 个航点、42 个往返鄂州航班，到 2025 年开通国内货运 43 个航点、47 个航班，并开通 9 条国际货运航线。

“如以当年货运量 60 万吨、客流量 30 万人次进行测算，我市航空运输专项补贴资金可能达 10 亿元以上；货运方面按居中标准估算，航线航班补贴和货量补贴预计 6 亿元以上。”鄂州市临空物流发展服务中心经对比研究各地航线补贴政策，在参考海南、成都、武汉、襄阳等地航空运输补贴政策之后，对鄂州专项资金补贴方式做了初步分析。

“由于鄂州花湖机场的全货机航班数量较多、进出场货运量较大，这种补贴模式将给市财政带来极大压力。花湖机场定位特殊，常规补贴较鄂州实际而言恐难以取得预期效果，需要创新思路找到最适合的方式。”鄂州市临空物流发展服务中心主任饶晓说。

花湖机场未来的运营也需要理顺关系。物流机场公司负责机场红线内的跑道、顺丰转运中心等建设，而转运中心则是顺丰独资，未来也由顺丰运营。因此，物流机场公司真正能运营的只是跑道和停机坪。而外围综保区的申建，物流机场公司一直没有实质性参与进来，力度显然不够。对鄂州来讲，加快企业集聚更是“时不我待”，没有企业没有外贸，即便挂了综保区的牌子，也会成为摆设。

试飞顺利收官，还意味着花湖机场大规模建设告一段落。这个时候，鄂州直接配套投入达260亿元，省财政资金给了6亿元，债券发了90多亿元。而且，还面临噪音区116.98万平方米的拆迁任务，当然全部拆完不现实，只能分轻重缓急。

4月2日，湖北机场集团有限公司公布改革方案，核心就是省内除了三峡机场外的7家全资或控股的民用机场，即武汉天河机场、鄂州花湖机场、襄阳刘集机场、十堰武当山机场、荆州沙市机场、恩施许家坪机场、神农架红坪机场实施统一运营管理力争全省航空运输一张网最大化。

李忠禄很快接到调令，回到他曾经长期工作但已有了新架构的湖北机场集团有限公司工作，升任党委副书记、总经理。“这也是为了花湖机场顺利运营，避免与天河机场恶性竞争。”一位省领导在内部场合这样表示。考虑到公司党委书记、董事长陈辉即将退休，李忠禄显然是要去接手掌舵的。放眼当下全省，从专业素质和对两座枢纽机场的熟悉程度来讲，恐怕没有比他更合适的人选了。

第三十三章
武鄂黄黄大临空区悄然成势

2022年5月18日一大早，如往常一样，方涛在食堂吃完早餐，信步迈入荆州海关办公室。

这一天对于他而言，却又有点不寻常。他刚打开文件一会儿，又慢慢地合上。起身远眺窗外，方涛的思绪已飞到了数百公里外的鄂州。8个月前，他突然接到调令，从前期已筹备快3年的鄂州海关离职，赴任荆州海关关长。

“眼看就要结硕果了……”方涛的心情五味杂陈。在他离开时，原鄂州市国土资源局办公大楼已装饰一新，入门即见海关关徽挂在墙上，这是中国海关独有的标志，由商神手杖和金色钥匙组成，前者代表国际贸易，后者象征海关为祖国守门。

“新的办公场所包括指挥中心、综合会议室、电教中心等功能区，并预留了32亩地建员工住房。”方涛介绍，按鄂州花湖机场总规，鄂州海关人员需求是700人，一开始到位的编制是从武汉海关编制总额1000人中调出的25人。

“鄂州究竟需要什么样的海关？这是我在鄂州工作期间考虑最多的问题。一到岗，我就告诫自己要做好‘少挨后人骂’的准备，尽可能放眼长远谋篇布局。”方涛以“三年不鸣、一鸣惊人”来形容他和团队的前期筹备工作。

到他离开时，鄂州海关“一核、两港、三中心”的业务框架基本形成：“一核”指申报中的综保区，“两港”即水、空两个口岸，“三中心”包括转运中心内的公共快件监管中心、国际货运区的集中查验中心和海关办公场所中的集中申报中心。

中午时分，方涛的朋友圈内很快就被鄂州海关正式开关的消息刷屏了。他当即转发了鄂州市委书记孙兵和武汉海关党委书记、关长高瑞峰共同为鄂州海关揭牌的短视频，很少在朋友圈发言却在此时留了一段动情的话：“历经三年五个月，终于迎来值得纪念的一天！感谢所有为这一高光时刻做出贡献的人们，感恩与你们共同走过的日子！祝福鄂州！”

鄂州海关揭牌仪式刚一结束，湖北枫树线业有限公司运往巴基斯坦、价值7万余美元的纱线产品便成为通关第一单。这是一家位于鄂州市华容区的企业，从今往后，本地企业在家门口就可以走出“国门”，一改过去异地申办海关注册备案、进出口货物通关、减免税审核、加工贸易审批等业务的面貌，可享受一体化通关、无纸化通关等便捷通关模式。

就像蝴蝶扇动翅膀的微小振动足以引发一系列连锁反应一样，如今的变化早在李兵、王卫等人仰望天空时的那一刻起便已注定。而切身感受这些变化的，不仅仅限于鄂州的企业，还有与之相邻的黄石、黄冈，武汉光谷甚至湖北省内其他区域乃至中部省份的企业。

此时此刻，机场场址所在的11.98平方公里已是“沧海变桑田”，曾经的大片水洼和沙土地，变身笔直宽阔的跑道、整洁敞亮的航站楼、雄伟壮观的大型货运仓库，耸立起高近百米的蜡梅形塔台。从空中俯瞰，花湖机场如一座钢铁铸就的鸟巢，被鄂州、黄石、黄冈三只大手捧在手心。看直线距离，花湖机场距三市城区均不到20公里，犹如一枚强磁铁，将鄂东三市紧紧聚拢在一起。随着花湖机场通航临近，三地临空经济区正集聚各类资源，逐渐成长为湖北省乃至中国中部最具活力的区域之一。

早自2017年12月20日开建起，航空货运枢纽项目除了围绕《湖北鄂州航空都市区建设区域图》《机场核心区配套建设图》《鄂州机场综合交通示意图》等推进外，《大临空产业协同发展示意图》也成了省市各方的重要参照。而在商务部颁布的《长江中游区域市场发展规划（2016—2020年）》中，鄂州机场首次被纳入武鄂黄黄都市圈核心功能区。

摊开这些规划图，鄂州机场所在地燕矶镇，和隔江相望的黄冈市浠水县巴河镇直线距离不过 7.5 公里，距黄石市城区也不到 20 公里，到武汉天河机场、阳逻港的直线距离分别为 90 公里、68 公里。国际经验显示，一个机场项目投入产出比为 1 ∶ 8，就业带动比为 1 ∶ 12。面对航空拉动经济的“超级蛋糕”，鄂州自然“近水楼台先得月”，但黄冈、黄石乃至在湖北省“一城独大”的武汉都在抢搭中国首座专业货运机场的“顺风车”。

几乎与机场 8 项基础工程集中动工同步，黄石很快敲定其综合交通的对接方案：建设 1 条高速公路、6 条一级公路、棋盘洲新港以及通用机场与鄂州机场对接联运。“路以通为要，从地理位置上来看，机场虽然落户鄂州，但距离黄石更近，可更好地辐射、服务黄石。”2018 年初，黄石市领导在全省经济工作会议分组讨论会上透露该市临空经济区规划，随后又在该市“两会”期间明确提出“发展临空经济”。

一江之隔的黄冈，当然也敏锐地看到了机遇。2018 年 2 月 26 日，鄂州机场正式获国务院、中央军委批复仅 15 天，黄冈市政府即与省交投集团签订战略框架协议，合作共建黄冈临空经济区，核心区域设在浠水巴河，首期规划面积 50 平方公里，初步规划面积 100 平方公里，涉及黄州、团风、浠水、蕲春北等地。

然而，黄石、黄冈都要面临同样的“尴尬”：两地市委、市政府各自召开的相关会议中，“鄂州机场”常常是绕不开的热议话题。事实上，基于更长远的战略考虑，鄂州方面曾建议机场落户鄂州后，名字可以选择“鄂东机场”或“武东机场”，甚至就叫“顺丰机场”，而不用“鄂州机场”的名字，“未来机场建设的甲方应是‘湖北鄂东（或武东）机场建设（集团）有限公司’（暂定名），控股方为省投资平台，顺丰集团和我市作为参股方，同时不排除其他单位参股”。但鄂州市的这个建议没有被采纳，按国际惯例，除非特殊原因，机场一般以选址所在地命名。

为了实现鄂州机场与黄冈市临空经济区直接连通，黄冈力争省政府对“十三五”综合交通规划做中期调整，即修建通往鄂州的第二过江通道。由于两地间此前已有鄂黄长江大桥、黄冈长江大桥，鄂州方面强烈要求将黄冈投资新建的这座大桥命名为“鄂州长江大桥”。黄冈急需鄂州配合，几经协商，双方都做了让步，考虑到大桥连接浠水巴河和鄂城燕矶，暂称“燕矶长江大桥”。

起初，三地都是“背对背”地各自规划自己的“临空经济区”。可是，区域性规划缺乏协同，易陷入“各自为政”、同质竞争的怪圈。对此，三地相关部门负责人均表达了担忧和对省级层面统筹协调的期盼。3 月 28 日，项目建设省指挥部会议强调，货运枢纽机场是一个综合性、系统性工程，鄂州、黄石、黄冈都在项目区域，必须确保一张蓝图绘到底、项目建设一盘棋。

预计到 2035 年，鄂黄黄城市人口规模将突破千万，三地携手武汉，将崛起一个有世界影响力的城市群。“从发展趋势来看，鄂州机场不仅会带动‘鄂黄黄临空经济区’涌现，武汉及周边城市也会自然加入进来，与以天河机场为核心枢纽的汉孝临空经济区‘遥相呼应’，形成国家级航空客货运‘双枢纽’临空经济示范区。”曹允春说，机场吞吐量是地区经济发展的“晴雨表”，吞吐量每增加 100 万人次，可带动地方 GDP 18 亿余元。

在枢纽项目省指挥部统筹下，武鄂黄黄协调发展和鄂黄黄联动工作机制逐步建立。鄂州市城市规划勘测设计院院长秦宏志说，在武汉建设国家中心城市过程中，鄂州率先承接武汉的产业、人才等资源外溢，推动城市跨越式发展；在鄂州和武汉建立协同发展对接机制的同时，鄂黄黄三市就城市空间规划、产业融合、交通互联互通、协商机制等不断深入交流。

就产业布局而言，在跑道领域，鄂州具有天然优势，而在非跑道领域，三地竞争日趋激烈，如航空服务业、高端制造业、大健康产业等。“‘机’在鄂州，‘蛋’可在黄冈和黄石。”时任黄冈市发改委副主任、临空办副主任钟林认为，黄冈正是依靠“广阔的腹地优势”，最终吸引顺丰“四个中心”落户。

他提到的“四个中心”即指顺丰集团的职工生活中心、培训中心（顺丰大学）、大数据中心和财务结算中心。“为什么要在黄冈建？”顺丰集团方面表示，已列入规划的蕲春支线因顺丰货运枢纽附带客运功能而暂停，这样做也算是一种补偿，“凡是参加场址比选的城市都投入不少，顺丰只要找到合适机会，都愿意推进和落选城市的相关合作”。

黄石虽然没有参加机场场址比选，但融入临空经济区的动作并不慢，除了“黄石港区—下陆区”圈层之外，还在大冶还地桥镇划出 10 万亩产业带。“黄石的优势在于基础较好且已形成集群的电子信息等制造业。”时任黄石市政府副秘书长、招商服务中心主任程艳民介绍，黄石（杭州）招商推介会上，黄石经济技术开发区·铁山区一口气就签下16个项目，均是“芯屏端网”万亿产业集群的上下游企业。

2019年1月，湖北省政府工作报告提出：“支持武鄂黄黄协同发展，创建国家级空港经济综合试验区。”至此，“武鄂黄黄都市连绵带”的概念正式出炉。“鄂州位于我省武鄂黄黄都市连绵带的中心，机场选址鄂州，功能发挥远不止鄂州，对整个湖北和长江经济带发展都将产生影响。”几任鄂州市领导均认为，作为国家“十三五”时期的重要生产力布局，作为湖北国际物流核心枢纽项目的主体部分，鄂州机场建设的意义绝不可能仅停留在一座城市的发展层面。

一年后，酝酿已久的《武汉城市圈航空港经济综合实验区总体发展规划（2019—2035年）》印发。其中，将鄂黄黄临空经济区规划至2035年，并将产业布局划分为16个组团：鄂州重点发展国际总部创新、航空物流服务、综合保税服务、全球供应链综合服务、时令生鲜商贸、生物科技与医药生产等9个组团；黄冈重点发展航空教育培训与科技研发、空港商务办公、航空科技制造、供应链仓储服务4个组团；黄石重点发展智能制造、临空商贸2个组团。三市共建临空创新协作组团。

加入WTO之后，中国面对的是一个经济全球化和区域经济一体化的世界。为了加强各级城市同世界进行“对话”的分量，各地城市开始了一轮全新的“合纵连横”，通过整合区域力量，以建立“大都市圈”或“大都市带”方式提升区域竞争力。由“都市圈”来整合形成“城市集团”，已成为提升区域整体国际竞争力的必然选择。

起初，定位“顺丰航空基地”，随后逐步调整为“国际物流核心枢纽”，再往后提升至国家层面的战略支点，这都是为了更好地发挥花湖机场的客货运功能，促进鄂东区域的“城市集团”对外开放。在这一进程中，武鄂黄黄大临空区悄然成势，以其为基础的武汉都市圈核心示范区随之浮出水面。

第三十四章

“今朝天路启，扶摇向苍穹！”

2022年7月17日一大早，连续多日的酷暑后，鄂州迎来了久违的清凉。

绵绵细雨中，花湖机场西跑道旁，来自全国各地近30家媒体的150多位新闻记者严阵以待。万众目光跟随媒体的镜头聚焦于此，3架先后平稳降落的飞机成为当天最闪亮的星。

9时7分，从深圳宝安国际机场飞来的顺丰航空波音767-300全货机降落后缓缓滑停，四辆消防车分列两边喷出一道“水门”，以最隆重的礼仪欢迎进港的首位“宾客”。

顿时，欢呼声、掌声与风声、雨声一起，化作欢快的音符。身披雨衣，记者们或端“长枪”，或立“大炮”，不断调整拍摄视角，捕捉一个个珍贵瞬间，并立即配上文字，经后方编审后上传至互联网。

约5分钟后，全货机抵达花湖机场的消息在各大媒体平台传播。很快，朋友圈里或留言板上，满屏皆是为鄂州点赞并鼓劲的能量，激动而自豪的情绪在扩散。当机长薛大炜和机组成员出舱走下阶梯时，礼仪小姐纷纷向他们献上了花束。

飞在天上的民航客机都需要地面管制员来指挥飞行，依据飞行高度通常分为塔台、进近和区调。“这次飞过来的首架全货机主要走京广大通道，然后进入湖北空域。”民航湖北空管分局管制运行部进近管制室主任谢圣华介绍，进入湖北境内到飞机落地花湖机场，飞机将经历 3 个阶段：进入湖北空域后，大概有 1 分钟左右属于区调阶段，飞机仍在高空巡航飞行；随后的 15 分钟内，属民航湖北空管分局进近管制员指挥，也就是指挥飞机逐渐降低高度、准备降落，飞机高度将从大致 6300 米的高度逐步下降至 2700 米；第三个阶段将由鄂州花湖机场进近管制员、塔台管制员指挥飞机落地。

飞机进入 2700 米的高度，就属于民航湖北空管分局与鄂州花湖机场空管的交会地带，大致位于阳逻与鄂州的交界处。在这里，两边的进近工作人员将完成飞机指挥交接。飞机进入湖北空域 30 分钟左右，将降落在花湖机场的跑道。这也是机场投运当天首架降落在跑道上的飞机。

一切都在按计划表卡着分秒推进。9 时 28 分，从武汉天河机场起飞的另一架顺丰航空波音 757 全货机平稳降落在鄂州花湖机场西跑道 113 停机位，这是两座机场之间的首次联动。未来，客货运“双枢纽”如同一家，相互配合，携手共进。

然而，花湖机场与天河机场直线距离仅相距约 90 公里，如此近的距离，如何实现飞机起落“不打架”？谢圣华介绍，两座机场的进离场航线确实存在交叉，但花湖机场主要在夜间起降货机，白天的客机相对较少，而天河机场主要承担白天客运，因此常态化运营后冲突可控。此外，在花湖机场进离场航线设计方面，航线高度与天河机场进离场航线将有所区别，从而在安全层面避免了相互之间的干扰。

花湖机场将直接带来湖北空域飞机的增加，对于民航湖北空管分局来说，最大的变化就是以后夜间的工作量将会增加。为此，民航湖北空管分局先后为花湖机场培训了 28 名管制员以及多名气象员，同时还协助花湖机场空管完成了空域范围、进离场航线划定、军民航线协调等工作，确保机场空管指挥安全、高效。

来了！来了！ 9 时 50 分，从北京大兴机场飞来的南方航空 CZ5679 次客运航班降落在花湖机场西跑道，这是花湖机场迎来的首架客运航班。

南航客机机长萧瑞胜第一次执飞鄂州。“很荣幸执行这次首飞。”萧瑞胜说，为了完成这次飞行任务，他做了许多准备，对花湖机场的印象是设施很先进，可以执行盲降。

值得注意的是，萧瑞胜是南航湖北分公司飞行部副经理，具有20多年的飞行经验，已安全飞行22000多小时。一旁的鄂州籍乘务员周婵兴奋地说："我为家乡的日新月异感到非常骄傲！"

不到一小时，3架飞机相继落定，都有着各自的特殊标志。然而，作为"亚洲第一、中国唯一"的专业货运枢纽机场，全货机往返飞行才具备真正重要的里程碑意义。

彼时，飞行区一旁的航站楼，光线透过1348块超白双银中空玻璃照射进来，使这里的大厅格外宽敞明亮。正中蓝色幕墙上，印有"鄂州花湖机场投运仪式"字样。民航中南地区管理局向湖北国际物流机场有限公司颁发机场使用许可证，这也是中国第251座取得许可证的民用机场。

11时36分，湖北省委书记王蒙徽宣布机场投运的话音刚落，现场响起了雷鸣般的掌声。几乎同步，指令从不远处的空管塔台下达："你是鄂州花湖机场首航航班，今朝天路启，扶摇向苍穹！"薛大炜当即点燃引擎，驾驶货机加速滑行，在轰鸣声、欢呼声中一跃而起，扶摇直上，往深圳返程。

握手、击掌、拥抱……人们内心的滚烫在相互传递，汇成一股暖流，那一刻，似乎所有的艰辛都历历在目，而又弹指一挥。这是一种前所未有的感觉，原来我们离世界如此之近，原来这个世界的聚光灯也可以因我们而闪亮。

这一跃，打通了"天地互动"立体交通的"经脉"，构筑起引领中部、辐射全国、通达世界的大通道；这一跃，迈向打造新时代"一带一路"新起点，纵深融入国内国际双循环的大平台。

历时八载，今朝圆梦；艰难困苦，慨当以慷！

犹记得，萌发梦想的时刻，雄心壮志、热血澎湃——

2014年底，湖北省政府牵手中国快递物流龙头企业——顺丰速运（集团）有限公司，成立湖北国际物流核心枢纽项目服务推进工作专班，谋划在鄂州建设货运枢纽机场，并相继获得民航局、国家发改委及国务院、中央军委批复。

犹记得，追逐梦想的脚步，众志成城、激情四射——

仅耗时6个多月，鄂州平稳征迁安置机场核心区近6000户村民，节省工期一年。此后至今，为确保无障碍施工，全市累计为机场主体工程及其配套项目征迁 1.47 万余户，共计腾地 2.93 万余亩。

2017 年 12 月，八大前期基础项目集中开工，拉开货运机场建设帷幕。其中，超亿立方米的土石方挖填是难中之难，从抽水、清淤、回填到地基处理，前后历时近 2 年。

犹记得，坚持梦想的执着韧性，百折不挠、无坚不摧——

2020 年，面对突发的疫情和超历史同期的汛情，参建单位齐心协力，不辞艰辛，争分夺秒抢工期。当年 5 月，随着法定开工前置审批全部完成，机场主体工程实质性动工。

历时八载，今朝圆梦；大国重器，盛世启航！

选址、审批、规划、征迁、设计、施工……1600 多个日夜，近百家参建单位“星夜兼程”，最高峰时 2 万多人同场“竞技”。

全程数字化施工管控，数字孪生机场同步建设，场道 5 万多个传感器和 69 个 5G 基站……各项技术在建设中不断创新突破，在国内现有 240 多座民用机场中开创多项“第一”。

出海，就要有大海一般的博大胸怀；冲天，就得有俯仰天地的恢宏视野。新的地标景观在荆楚大地上巍然屹立，中国唯一的航空货运枢纽徐徐打开大门。

投运仪式上，中国民用航空局总飞行师万向东向花湖机场投运表示祝贺。他强调，要深入贯彻落实习近平总书记关于“四个工程”“四型机场”重要指示精神，以首航为新起点，着力强化责任制，确保机场持续平稳安全运行；着力提升竞争力，打造高品质国际航空货运枢纽；着力打造新引擎，助力武汉都市圈经济社会发展，更好服务湖北建设全国构建新发展格局先行区，全力助推民航强国建设。

“三年来没有一例感染，在同等规模工程建设上审批最快、建设最快、投运最快，行业上下普遍称赞。”王卫对花湖机场建设给予高度评价，并表示顺丰集团将以花湖机场建成投运为新起点，继续依托民航、融入湖北，为鄂州枢纽及其产业持续健康发展，为湖北服务和融入新发展格局做出更多贡献。

这一天，作为建设者代表之一的骆良来到现场，并在朋友圈里发出感言："感觉就像自己精心养育的女儿长大出嫁一样，虽然十分不舍，但又充满喜悦和期望。从征地拆迁、净空处理，到封顶封围、竣工验收，从塔台的拔地而起，到航站楼的横空出世，我们见证了机场从无到有翻天覆地的变化，感恩这个伟大的时代给予了我们如此巨大的平台。祝愿机场人流如织、物流繁忙、商流兴旺！"

他此时的身份是中建三局基建投公司武汉分公司副总经理、鄂东指挥部执行指挥长，随着货运枢纽机场辐射拉动鄂东地区快速发展，时隔半年后回到鄂州，参与配套项目建设。

"敢为天下先，永远争第一！"骆良在鄂州的新办公室里挂上了中建三局的精神口号。国内业界，这家公司素有"建筑铁军""工程劲旅"的良好形象，尤其是20世纪80年代初和90年代初，分别承建深圳国际贸易中心和深圳地王商业中心钢结构工程，创造了举世闻名的"深圳速度"，企业发展逐步跃上快车道。如今，骆良这一代新中建三局人参建中国首座货运枢纽机场，同样在世界民航界创造了惊人的"鄂州速度"。

此前一个月，骆良精心制作了一段短视频——《我的665条朋友圈》，被多家媒体平台转发。"我的手机里有665条关于鄂州花湖机场的朋友圈，是我过去四年最难忘的记忆。"首航时刻终于到了，更令骆良感慨万千。

花湖机场，国家"十四五"规划重点项目，跑步进场参与建设的"国家队"就有30多个。其中，中建三局作为主要参建单位，承接了走马湖水系治理、空管塔台、航站楼、货运站等6个工程，是参建项目最多的施工单位。

骆良带领团队建设花湖机场的4年间，连续作战，挑战"不可能"，上演了现代版的"大禹治水""精卫填海""愚公移山"和"夸父追日"。其间，他既体验了疫情暴发受命出征为大家的别离之苦，也感受到新生命诞生小家的温馨之甜。

"4年打拼，665条朋友圈，收获几万个点赞，其中有业主、有领导、有同事，还有亲友。每一条朋友圈都是奋斗的足迹，每一个点赞都饱含青春的记忆。生逢其时，重任在肩，感恩'建证'新时代！"他为人生有这段难得的经历深感荣幸，格外珍惜。

大鹏一日同风起，联通世界九万里。从选址到投运，从艰难起步到奋力冲刺，从空无一物到拔地而起，其中不知有多少人为之付出智慧和汗水。幸逢历史机遇，见证历史时刻，让我们和骆良等建设者一起，再回望那一个个蓄力启航的瞬间，更加坚定迈向未来的“破零”步伐。

这将是载入中国航空物流发展史册的重要时刻，也是湖北经济社会发展的里程碑，必将推动湖北打造中国对外开放新沿海，助力中国在更高层次上参与国际物流市场竞争。

“扛得住涅槃之痛，才配得上重生之美！”这打开天路的梦想将永远闪光，冲破每一个不眠的夜晚，穿过每一个明媚的清晨……

第三十五章
“顺丰清单”瞄准场产城全面发展

客货运飞机同日首航，“千年吴都”——鄂州终于圆了机场梦。

然而，一个梦想的实现，却是另一个梦想的开始——新时代的“枢纽梦”。作为内陆省份的湖北开启“空中丝路”新起点，正从“九省通衢”迈向“五洲通衢”。

百年变局和世纪疫情交织叠加，经济全球化遭遇逆流。在此背景下，中国提出“建设全国统一大市场”“畅通全国大循环”。以国内大循环为主体，并非关起门封闭运行，而是为了更好地链接国际资源。

曾经，谁靠近沿海，谁就靠近国际市场，这是沿海城市迅速崛起的重要逻辑。但在“双循环”新形势下，内陆城市正迎来新的机遇，花湖机场将是湖北打造内陆开放新高地的关键一步，成为助力湖北“建设全国构建新发展格局先行区”的新引擎。

如何建设好、运营好、发展好以鄂州花湖机场为主要载体的湖北国际物流核心枢纽，充分发挥湖北经济发展的区位优势？

国务院发展研究中心市场经济研究所所长王微认为，重点打造两个“两张网”：一是“天网”“地网”结合，以花湖机场枢纽为核心，增加其他机场之间的航线联系，同时需要有地面的集疏运体系的支撑。花湖机场区位优势明显，2 小时飞行圈可覆盖全国 90% 的经济总量，机场紧邻长江黄金水道，周边交通体系发达，高速公路直达机场，未来可打造集铁、水、公、空为一体的多式联运集疏运体系。二是以国际视野加快“双枢纽”战略布局，加快构建国内国际“两张网”。

在国家发展改革委综合运输所所长汪鸣看来，航空物流的产业经济价值体现在物流增加值的外溢、强大的辐射网络支持匹配产业布局发展两个方面。他建议，发挥花湖机场“链主”功能，增加现代物流供应链、产业供应链、平台供应链，通过“通道 + 枢纽 + 网络”，使花湖机场成为航空物流资源富集区。

“三个方面将影响花湖机场效用的发挥：首先，航线网络是否完善，对外连通性的良好程度，有多少全球知名、行业有影响力的货运航空公司参与，以及是否有较低的航空物流成本；其次，产业集聚情况和指定口岸功能是否齐全完善；第三是深层影响因素，即政策支持力度怎么样。”和媒体视频连线，曹允春在为花湖机场送出祝福时这样说道。

“要实现花湖机场的‘超级运力’，还需要省企联手持续发力，包括对机场的政策支持、设施配套、软件环境以及相应的临空产业投资。”刘武君再次来到鄂州表达自己对花湖机场的高度关注。2022 年 6 月 29 日，就在花湖机场客货运首航开启前夕，在他的极力推动下，由中国民航机场建设集团、湖北国际物流机场公司、顺丰集团、鄂州市临空经济区携手打造的中国机场与临空经济研究院揭牌。

近 30 年来，刘武君主持参与了上海虹桥综合交通枢纽、浦东国际机场以及国内多地机场和枢纽项目的规划、设计、建设和运筹咨询等工作。他认为，湖北省自上而下都已意识到货运枢纽机场所带来的战略发展机遇，但如何把握好这一机遇，亟须厘清以下三个关系：综合性枢纽机场和专业性货运枢纽机场之间的关系；全国性货运枢纽机场和区域性货运枢纽机场之间的关系；“顺丰定制”和“公共平台”之间的关系。

天河机场和花湖机场不在一个“赛道”，早已得到省市企三方领导认同，并且在关键时间节点作了精妙安排——两座机场均归属湖北机场集团管理；至于圆通、京东等物流企业正在建的机场和花湖机场虽然是同一类型，但这些企业都没建立全国性网络，也暂无建立全国性网络的规划，并不构成实质性竞争。

刘武君特别强调要处理好“顺丰定制”和“公共平台”之间的关系。省市两级政府不能因为顺丰出让机场投运后的控股权而动摇当初为这家国内规模最大的民营快递物流公司定制货运枢纽机场的初心，如转向“公共平台”发力势必面临极大困难。花湖机场定位起初为“顺丰定制”，别的航空物流公司即便来，量也不会大，原因就在于货运机场在晚间5～6小时的黄金起降时段，刚好满足顺丰未来200架左右全货机运转，这对顺丰这一家大型快递物流公司而言勉强够用。

顺丰航空现在全货机虽不足百架，但花湖机场一旦启用，势必快速增长。“在这种情况下，好的飞行时段没有了，最好的物理空间早已被顺丰捷足先登，其他航空物流公司怎么可能来？”他解释道，要来也只有一种公司，它不是网络性物流公司，没有自己的物流网络。当然，还有客机带货也会来，但因为花湖机场以货运为主，这个量不可能大。

“既然湖北省、鄂州市与顺丰集团携手合作，就安心把日子过好，不时有些摩擦很正常。”他还认为，鄂州花湖机场将开创中国航空物流枢纽先河，改变中国航空货运格局，一投运即面临两大挑战。

首先，协调管理界面复杂。货运枢纽机场涉及多家投资主体，包括物流机场公司、省交投、顺丰集团、中航油、当地政府及相关市政建设单位等，参与管理的部门与单位也很多，运营管理模式需加紧研讨并确定。

其次，机场运营的专业人才急缺。目前，湖北国际物流机场有限公司不少骨干来自不同单位，虽个人经验丰富，但缺乏整体配合运营机场的实践经验。按此机场的规模和体量，应有上千人参与运营管理，各运营专业人员招聘培训与岗位资格证书获取问题紧迫。到目前为止，机场公司参与运营筹备的人员仅百人左右，差距还很大。

刘武君在调研中发现，湖北省政府还没有日常管理民航或者机场的专门机构，仅在省发改委下设处室，具体到鄂州花湖机场，仅针对其建设阶段成立了常务副省长挂帅的省指挥部，办公室设在省发改委。但往后进入运营阶段，就需要明确省政府日常管理机构，比如在省级层面设立委员会，由省政府专职机构来协调管理天河、花湖两个机场公司、航空公司等单位。比如上海机场日常管理的单位包括市政府办公厅、市交通局、空港办、机场集团，市交通局还专门设置了管理民航的民航处，从决策到执行全线畅通。

尤为紧迫的是，湖北省还没有设立专门的民航管理机构负责机场的行政管理和各种协调工作。现有的民航湖北管理局属于民航系统，对中国民航局负责，负责技术和业务，属行业管理。当前，湖北省正处于产业升级的关键时期，航空物流发展可为产业升级提供底层物流支撑，并获取全球产业要素。鉴于此，鄂州花湖机场的战略地位需要运营管理当局具备与之匹配的“行政地位”，“这对合资的花湖机场是个需要破解的难题”。

“当务之急，还要了解顺丰集团需要什么，需要我们做什么？请尽快给一份清单。”从首航现场带着省领导的嘱托回到深圳总部，王卫当即召集高层会商。2022 年 7 月 29 日，顺丰集团向湖北省人民政府提交《关于建设国际一流航运枢纽的建议》。

“通过航空和供应链业务引领，聚集全国、全球生产要素，结合湖北和武汉的产业基础，形成场产城全面发展格局。”顺丰集团在这份“清单”中提出了目标：近期发展，聚焦实现全国主要城市和经济区域的覆盖，以及对东北亚和东南亚主要经济体的 12 小时“快速”跨境供应链网络的完善；中远期完善欧美主要市场的 24 小时全球供应链网络，最终形成覆盖全国、通达全球、产业链供应链紧密结合的国际航空货运枢纽。

“场产城全面发展，就是要同步推进航空、供应链和临空产业三方面跨越式发展，吸引货流、商流、人才流和信息流聚集，实现从综合货运枢纽向全球供应链枢纽转变。”顺丰集团为此还提出了发展路径：近期建基础、引流量；中期拓网络、促开放；远期留空间、扩产业。

王卫借此机会还表示：“尽管受近期全球疫情反复、国际贸易环境复杂化和整体经济增速放缓影响，航空业务和快递业务受到严重冲击，但我深信随着国际国内经济环境的逐步改善，在省委、省政府的强力统筹支持下，各方同心协力，枢纽机场一定会实现高质量发展。”

9 月 8 日，花湖机场继直航北京航线后，开通第二条客运航线，直航上海；9 月 16 日，花湖机场开通厦门航线；10 月 6 日，花湖机场开通重庆航线；10 月 30

日，原先由华夏航空执飞的重庆、鄂州双向直飞航线又有调整，新增温州、济南两个航点；10 月 30 日，花湖机场将开通两条航线三个航点：广州—鄂州—大连、广州—鄂州—哈尔滨……

与客运航线持续更新同步，国内国际货运航线年内开通也在紧张筹备中。到这个时候，顺丰独立投资、建设和运营的转运中心已步入建设收尾阶段。转运中心是花湖机场内最为显著的地标，也是其作为中国首座航空货运枢纽的独特之处。首期建筑面积 75 万平方米，呈“工”字形；远期规划约 120 万平方米，呈“王”字形。

转运中心相当于货物的“航站楼”，是货运枢纽机场的“发动机”，也是综合交通优势转化为航空物流优势的关键所在。这座超大单体建筑外观气势恢宏，仅一期建筑面积就相当于武汉天河机场 T2 和 T3 两座航站楼面积之和，论规模已是世界第一，主体钢结构重达 10 万多吨，是北京鸟巢体育场的 3 倍。此时的转运中心，巨大的体量已开始显现。

再看科技运用，顺丰转运中心建设结合了世界上最新分拣技术，实现了货物的智能化全自动分拣，每小时包裹分拣量可达 20 万件，目标定位——全球供应链中心、全国仓配中心、高端加工流通中心。作为“多式联运”核心，花湖机场 97% 的货物将在这里转运分拣，并实现无人化操作。

按规划蓝图，花湖机场定位“中国枢纽、世界货柜”，愿景是建设有国际影响力的现代物流体系枢纽平台，并在“任何时间、空间为任何货物提供最快最丰富的物流方式选择”，远期 900 万吨年货运量将雄冠全球。

第三十六章

航空客货运“双枢纽”浮出水面

2022 年 11 月 27 日凌晨 4 时 21 分，当大多数人还在梦乡时，一阵巨大的轰鸣声打破花湖机场的冬夜寂静，一架由深圳宝安国际机场起飞的波音 737 全货机平稳降落在西跑道上。

4 时 29 分，货舱门打开，映入眼帘的是一个贴着“你好鄂州”字样的航空板箱，升降平台车快速卸货，卸完后又开始往这架全货机装载快件。清晨 6 时，全货机起飞返航。

凌晨的跑道已有初冬的微凉，快递却在热火朝天地“全力奔赴”，这是花湖机场投运以来第一个凌晨降落的全货机，今后，这将是花湖机场的常态。“货运机场将是一座‘不夜港’，白天接单，夜间集运，群起群降，两三个小时可以飞到全国各地，七八个小时就能抵达全球绝大部分重要城市。”这意味着花湖机场最繁忙的时间是 23 时至次日 4 时，到了高峰期一个小时可起降 46 架飞机，平均每一分半钟就要起降一架。

此前，11 月 1 日，花湖机场的客机首次实现腹舱带货。当天，南方航空 CZ8908 次航班从花湖机场准时起飞，飞机上除了 90 名旅客外，腹舱内还装载了南航快件货物 222 千克，飞往目的地北京大兴机场。

“而这一次，不同于客运航线的腹舱带货，鄂州至深圳航线是花湖机场首条在凌晨起降的全货机航线，运载货物为常规快件，辐射范围包括武汉、鄂州、黄石、黄冈等周边城市。”顺丰集团湖北枢纽项目总监张浩介绍，鄂州自此成为顺丰航空的第91个全球通航站点、第61个国内通航站点。

到此时，顺丰航空全货机数量达90架（含10余架外包运力），已搭建起“覆盖全国、辐射亚洲、延伸欧美”的航线网络，是国内货邮业务量最大的民营速运企业。12月5日，顺丰航空开通鄂州至上海的货运航线，这也是花湖机场的第二条货运航线，采用波音757机型执飞，运输效率更高，运量更大。

首期建筑面积75万平方米的转运中心已基本建成。转运中心等配套工程投运后，顺丰航空将逐步规划调整空网布局，打造以鄂州为中心，以深圳、杭州、北京、成都为区域枢纽的“轴辐式”航空网络，从临空经济迈向枢纽经济，进一步扩大实效服务的覆盖区域。

“转运中心是货运枢纽机场与众不同的位置，既是地标，又是核心。”张浩介绍，顺丰独立投资、建设和运营转运中心，并和中邮科技合作自主研发了一套亚洲规模最大的快递物流分拣线，包括分拣、仓储、冷运、国际货站等综合功能，一期处理能力可达每小时50万件。

新机场周边，相距89公里是武汉天河机场，数十公里内有三江港、杨叶港等多个港口码头以及高速铁路和多条高速公路。交通运输部规划研究院首席研究员陈璟说，鄂州居中部之中，能够通过机场、公路、铁路等方式快速到达周边省份，获取腹地货源的条件得天独厚。

紧邻长江黄金水道，花湖机场周边环绕多个深水港，20公里范围内有3个地级市的中心城区。距离武汉市中心约80公里，100公里范围内有7个国家级开发区，可辐射鄂东地区千万人口，区位优势明显。

依托花湖机场，鄂州着力打造多式联运集疏运体系。在道路交通方面，鄂州规划建设多条高速公路、快速路、主干路等对外连接通道。其中，鄂州机场高速作为机场客货主要通道连接全国高速公路网络，2022年5月1日已开通试运行，打通“空转公”重要一环；在轨道交通方面，武黄城际花湖机场铁路和武鄂市域（郊）铁路已纳入全省建设规划，以期加强城市圈内城市快速联通，对接高铁快运建设高铁物流基地，实现花湖机场客货兼顾、空铁联运，辐射全国各大中城市；在水运网络方面，鄂州加大燕矶港、三江港等重点港口开发力度，推动水运网络扩容提质，全面提升航道通航能力和港口服务能级，实现水港、空港有效衔接。

“机场高铁联络线成功入选全国第四批多式联运示范创建项目，而武鄂市域（郊）铁路也在酝酿谋划中。”鄂州市发改委副主任吴文华说，花湖机场将和天河机场实现轨道交通连通，线路全长约70公里，估算总投资300亿元。

“花湖机场还将与武汉天河机场携手共建航空客货‘双枢纽’格局，并致力打造成为国际一流的航空货运枢纽。”物流机场公司董事长罗国伟说。随着花湖机场货运航线的逐步开通，一个全新的“货运枢纽”逐步长成。如何加快释放机场及机队的超级运力？省市企三方为此加紧研究航空货运补贴政策。

“机场运营起步阶段，补贴当然有必要，但与兄弟省份一样一味拼补贴则不可取。如江西南昌的跨境电商专项补贴最高达每1美元补贴0.2元，而武汉东湖综保区只有3分，这样拼下去没个头，同质化竞争没有技术含量。着眼长远，如何最大化释放专业货运枢纽的潜力，要抓紧研究基于全货机运作为主的机场可以向国家层面争取哪些方面的政策支持。”桂旭说。

自2019年起，鄂州市政府联合武汉海关、顺丰集团，建立了常态化监管创新课题研究机制，并邀请安永、苏州西奥物流管理有限公司等业内知名第三方智库参与。桂旭充分利用自己多年海关工作积累的经验，在课题研究中发挥了穿针引线的重要作用。

“要按内陆‘自由贸易港’方向规划建设鄂州空港综保区，对标海南自由贸易岛打造内陆开放的‘新高地’！”这是课题组提出的首个向中央争取的政策。

鄂州空港综保区是全国为数不多的真正“无缝对接空港口岸、飞机可直接入区”的综保区，具备发展新型贸易业态的巨大想象空间。“建议打造具有部分自由贸易港特征的鄂州空港综保区，或参照上海洋山特殊综保区向国家申请‘鄂州空港特殊综保区’，实施‘一线充分放开，区内高度自由’。如能获批，对地处内陆、拥有花湖机场作为‘空中出海口’的湖北而言是极具含金量的政策支持。”

桂旭认为，这个“准自由贸易港”不需要很大，但要装入国际供应链管理、高端研发制造及服务、跨境综合服务等技术含量高的项目，可设计“起步区3～5平方公里、远期10～20平方公里”。有关报告递交后，课题组建议引起了湖北省高层领导的重视。

其次，申请为进出鄂州花湖机场的全货机航班加注保税航油。与国内其他民用机场不同，鄂州花湖机场是国内唯一以货运为主的机场。目前，国家针对境外航空公司的国际航班有一项优惠政策，即使用进口保税航空燃油。这就如外国人可在中国买免税车一样，旨在吸引国外航空公司落户。

国内仅有一个特例，在海南自由贸易港对外开放航空口岸，国家已允许保税航油政策惠及所有进出海南的国内航线航班。加注保税航油约可使燃油成本降低13%，而燃油成本约占航司运作成本的30%～40%。当时，整个中国的全货机数量约180架，仅分别相当于美国联合包裹（UPS）、联邦快递（Fedex）的六成和三成多。如能向国家为鄂州争取到该项政策，既可体现鼓励国内航司引进全货机，壮大安全、自主、可控航空产业链供应链的导向作用，又可大大增加花湖机场作为专业货运机场对全货机航线的吸引力。此外，该项政策国内其他客货运机场不易复制，可相当程度替代普遍推行却难以持续的财政补贴政策。

同时，要向国家争取适合专业货运机场特色的安检政策。以国内现有安检政策，花湖机场投用后，会发现大量国内出口空运货物仍然要走香港国际机场。根据现行安检要求，海外返修的平板电脑经国际航班入境维修后，无法经内地机场再次空运出境。或需从香港国际机场返回，或需在维修过程中将平板电脑里的电池全部换新方可通过内地机场安检。即使我国多地对外贸出口货物提供财政补贴，但大量出口的带电的、带磁商品均不得不取道香港国际机场。

课题组因此建议，应研究并向国家为鄂州争取针对全货机、适当有别于客机的特殊安检政策，否则，投资上千亿元兴建的专业货运机场将因安检问题无法与全球其他航空货运枢纽站上同一起跑线，众多临空产业的新业态也难以真正蓬勃发展，如鄂州正在规划建设的全球电子产品保税维修中心。

到了2022年岁末，就在机场靠北的综保区规划范围内，由鄂州市政府主导的国际货站和海关集中查验中心正在建设中。“这是鄂州机场对外开放的门户，是实现综保区与空港一体化运作的有力支撑。综保区内建设国际货站的规划已由北京大兴国际机场、首都国际机场等项目多次实践，可大幅提升贸易便利化水平，业界高度期待。”桂旭非常看好鄂州空港综保区对于改变鄂州甚至全省开放型经济发展格局的重要作用。

“我连续 3 年都来到鄂州考察，上千亿元投资带来的翻天覆地足够震撼。”原武汉海关关长、现武汉海关学会会长张良柱带队主持湖北国际物流核心枢纽通关监管模式创新研究，他不由感慨道：“改革开放已有 40 多年，中国经济发展新的动力源就在我们脚下。”

也是从这时开始，中国调整防控措施，全面解封。事后看来，这意味着举国上下伴“疫”而行的整整 3 年成为历史。这 3 年，改变了世界格局、经济走向、各类产业的发展以及人们的生活方式，似乎没有任何事物可以置身于这场大变局之外。

“没有理由只让前线团队在疫情、缺人和寒冬中艰苦地为客户服务，而我们作为管理者就坐在办公室里……大家都在为保通保畅积极努力，我相信很快就能迎来曙光！”王卫在最难熬的时刻赶赴北京慰问坚守岗位的顺丰一线员工。

真正的勇者敢于直面变化，而挺住了这些变化，往往让勇者因此而成为强者！

第三十七章

战略性新兴产业加速布局

党的二十大报告提出“以中国式现代化全面推进中华民族伟大复兴，加快构建新发展格局，着力推动高质量发展”的重大战略。

2023年1月29日，湖北省委、省政府召开“新春第一会”——全省加快建设全国构建新发展格局先行区会议，明确部署实施《湖北省流域综合治理和统筹发展规划纲要》，要求全省上下努力建设全国构建新发展格局的先行区，加快建成中部地区崛起的重要战略支点。

心怀“国之大者”，击鼓催征奋进。建设先行区是湖北落实国家战略必须肩负的使命，也是湖北从沿海开放“后队”转变为新时代内陆发展“前队”的重大机遇。

会议刚一结束，省政府领导赶赴基层调研的足迹就出现在鄂州花湖机场，聚焦顺丰货机转场和国际货运航线开通的年度目标。

2月7日，地跨武汉和鄂州两市的《武汉新城规划》正式发布。此前，《长江中游城市群发展“十四五”实施方案》《武汉都市圈发展规划》和《武鄂黄黄规划建设纲要大纲》相继在国家、省级层面获批，酝酿已久的武汉新城成了战略叠加机遇的发力点和主引擎。

新城规划范围东至鄂咸高速，南至梁子湖，西至京广铁路，北至长江南岸，面积约719平方公里。算上管控范围，新城则要拓展至环梁子湖区域，规划面积达 1689 平方公里，比鄂州市的全域面积还要大。

2022 年，国内 7 个城市生产总值超过 2 万亿元，分别为上海、北京、深圳、重庆、广州、苏州、成都。“中部第一城”武汉紧随其后，名列第八，生产总值逼近 1.9 万亿元，同比增长 4.0%。2023 年，武汉地区生产总值为 20011.65 亿元，成为中部地区首个“2 万亿俱乐部”成员。

武汉新城定位目标是成为“引领武汉都市圈高质量发展、支撑长江中游世界级城市群建设的重要极核”，具体包括“两高地、两中心、一样板”，即世界级科技创新策源高地、国家战略性新兴产业高地、全国科创金融中心、国际交往中心、中国式现代化宜居湿地城市样板。

“武汉新城并非是在白纸上描画的新布局，而是依托和汇聚武汉与鄂州乃至全省精华打造世界级产城高地的重点安排，是湖北全力打造的亮点区域。”湖北省发展规划研究院产业规划所所长孙俊聪表示，武汉新城可利用的建设用地有 117 平方公里，发展空间巨大，解决了光谷未来发展的空间瓶颈问题。

过去多年，武汉向东是光谷，但如今，光谷已经成为“起点”，武汉新城则成为武汉向东——武鄂黄黄一体化的新支点，“向东，再向东”已经是都市圈发展的重要趋势。“新城建设实际上就是武汉扩容、做大光谷！”中国城市经济学会副会长、湖北省政府咨询委员秦尊文说，武汉一路向东与鄂州、黄冈、黄石连绵，百余年前就是中国近代民族工业的发源地，一直是湖北、中部地区乃至整个中国的“工业粮仓”。到了新时代，四城沿长江连起的区域又将担当引领新型工业化的重任。

2022 年，武鄂黄黄生产总值在全省生产总值中占 46.67%，接近一半；常住人口约 2300 万人，占武汉都市圈的 68%，占全省近 40%；常住人口城镇化率达 72.73%，比全省平均水平高 8.64%。

近 20 年间，鄂州与武汉两城联手发展不断探路，从协同、一体化到同城化，再到如今突破行政区域的武汉新城，这与航空货运枢纽投运赋予的底气不无关系。“未来武汉新城产业经济的一大支点就是光谷片区，而另一大支点则是花湖机场。”中国现代城市研究中心主任、华东师范大学城市发展研究院院长曾刚说。

立足打造“世界级产业集群”，武汉新城将大力发展光电子信息、生命健康、汽车制造、机器人智能制造等产业。根据规划，要建立武汉新城与周边地区多元化的区域合作长效机制，探索共建共享共赢合作模式。跨区域的省级新区落地，将给鄂黄黄与光谷的创新联动和产业联动带来新的想象空间。

鄂州葛华片区依托光谷，在光电子信息、生命健康等产业已有多年积累。葛店的三安光电、瑞华光电、芯映光电等企业，与武汉东湖高新区的天马、华星等企业形成产业链，并以此为基础共同打造世界级光电子信息产业园。

2022 年，鄂州计算机、通信和其他电子设备制造业总产值增长 138.3%，电子信息制造业产值增长超过 160%；葛店新型显示器件产业集群入选湖北省第一批战略性新兴产业集群；鄂州企业容百锂电年产值超 220 亿元，正极材料出货量全球第一。

新城规划出炉不久，《鄂州市推进武汉都市圈发展三年行动方案（2023—2025 年）》发布。孙兵要求加快推动武汉新城建设全台起势，推动武汉新城规划图变成实景图。

2 月 21 日，亚洲基础设施投资银行与鄂州签署合作备忘录，湖北国际航空货运项目申请 4 亿美元（约合人民币 28 亿元）贷款，这也是湖北省与亚投行的第一次合作。此时陈平已升任副省长，刚刚接手履新的“80 后”市长王玺玮做足了“功课”，与亚投行投资运营二区高级投资运营专家满霖侃侃而谈。

全省乃至全国面积最小的地级市，迎来了年轻帅气的市长。眼下，王玺玮当即要面对的，是如何利用货运枢纽机场叠加武汉新城建设的战略机遇，带动鄂州这座古都钢城实现腾飞，肩上的担子可不轻。

他说，亚投行作为首个由我国倡议设立的多边金融机构，自 2015 年成立以来，一直致力于通过支持可持续基础设施投资，促进区域建设互联互通和经济一体化进程。而鄂州正依托花湖机场积极探索建设“内陆自由贸易港”，打造对外开放新高地，不断加快工业化、城市化和国际化进程，双方合作空间广阔。

“我们要把临空经济区建成湖北省的‘空中出海口’。”尹彬接着补充，2023 年鄂州市临空经济区将谋划 93 个亿元以上项目。围绕光电子信息、智能制造、现代物流、大健康四大产业，全区已引进外向型市场主体项目 54 个，中关村智酷、明理医疗、花湖机场航空维修与改装（MRO）等项目均在建设中。

“北京有家做人工心脏的企业，正准备入驻鄂州市临空经济区明理国际生命健康产业园。”中南财经政法大学教授叶青非常关注这一动态，他认为在北京做人工心脏的企业选择入驻鄂州，就是看中毗邻鄂州花湖机场，人工心脏可以通过空运快速抵达客户。

当前，全球通过移植手术，已经拯救了成千上万终末期器官衰竭患者。以心脏移植为例，每年大约有 3500 人接受心脏移植，至今大约完成 5 万例的心脏移植。我国每年大约有 150 万器官衰竭患者，其中有 30 万患者适合器官移植方式治疗。但根据中国人体器官分配与共享计算机系统的数据，2018 年完成捐献仅 6302 例，供需数量差距悬殊。

还有一个意料之外的因素，湖北中新开维现代牧业有限公司在鄂城区碧石渡镇有两栋 26 层高的养猪大楼，而猪心瓣膜是人工心脏的重要原材料。“对于花湖机场周边，我一直呼吁吸引精细制造业与医疗保险业。”叶青介绍，明理国际生命健康产业园整体规划 283 亩，一期入驻园区的企业为一批具有极强创新性的生物技术药物、抗体药物、新型疫苗等研发生产型科技企业、高端医疗服务和冷链物流提供商。

柳骏是武汉爱民制药有限公司总工程师、鄂州市医药行业协会秘书长，他见证了武鄂同城发展的不同阶段。对武汉新城的未来，柳骏认为，这是武鄂两市共同做好生命健康产业大文章的难得机遇。

鄂州葛店经开区是武汉国家生物基地核心区，国家火炬计划生物技术与新医药产业基地，拥有“中国药谷”注册商标，聚集了 30 多家生物医药企业，总产值 130 亿元。

“强化武汉新城‘光谷’‘药谷’双谷联动，将‘药谷’打造成武鄂黄黄大健康产业带的区域公共品牌，打造大健康产业集群，我们当一起努力协同发展。”柳骏说，葛店健康产业园已经建成，应加快承接光谷生物城生物医药科研成果产业化。

根据规划，武汉新城按照组团式、复合型、紧凑型、内涵式的空间增长模式发展，每个片区都有清晰定位。葛华片区与光谷片区，定位是高端制造业及科技创新的综合性片区，建设高精尖产业承载地和技术创新策源地、新兴产业集聚区和未来产业先导区。红莲湖片区、梧桐湖片区与龙泉山片区、滨湖半岛片区、花山片区，将打造科学研究承载区和文化旅游休闲区、国际会客厅和生态绿心、数字创意宜居区、健康智慧宜居区和科教文化宜居区。

武汉大学城市设计学院副院长黄经南说："光谷与鄂州已经形成了较为密切的产业、民生关联度，但从空间位置等方面来看仍然有距离。武汉新城既是连接武汉与鄂州的关键节点，也是整个武鄂黄黄的枢纽。"下一步，就是要打造"双枢纽"经济带，把武汉新城、长江新区都串起来。从提升武汉天河机场、鄂州花湖机场的航空服务水平来看，武汉新城依托高速轨道、高速公路网络，组成复合交通走廊，抵达天河机场需 45 分钟，而直抵花湖机场仅需半小时。

武汉市社会科学院院长樊志宏认为，鄂州花湖机场具备成为辐射全国及东亚、连接全球最佳"枢纽轴"的有利条件，能够有力支撑武汉都市圈打造国家制造业中心和科技创新中心。

曾刚表示，武汉新城推动两地交通、产业融合，在此基础上，还为武汉提升交通枢纽地位拓宽了视野和路径。借力花湖机场建设契机，武汉新城有望培育以利用机场资源为主要目的、布局于机场周边的多种产业类型，构筑全国临空经济发展新高地。

紧跟规划，武汉新城很快发布"2023 年重大项目清单"，按计划将陆续开工 175 个重大项目，总投资达 1665 亿元，其中包括东湖科学论坛、光谷国际社区、光谷创新人才基地、葛店双创谷产业园等。最先启动的是武汉新城至鄂州花湖机场快速路项目，扩宽双向八车道，总投资 30 亿元，建成后将为武汉新城人才、技术、产业等流通打通空中通道。

第三十八章
“货到花湖快”拉开序幕

2023年农历癸卯兔年春节一过，全国各大城市复苏步伐加快，人们的工作、生活、学习在疫情防控放开后逐步回到正轨。

桂旭在3年疫情宣告解封之际遭遇“首阳”，所幸此时的病毒毒性已经较弱，他很快就恢复了活力，愈后随即投入到开通首条国际货运航线的筹备工作中。

由于有海关工作经历的积淀，桂旭虽然跳槽到大型民企工作，却拥有不拘于一企、一城乃至一域的开阔视野和高远格局，始终将花湖机场的货运枢纽定位放在全省、全国乃至全球的层面思考。

他除了经常在武汉与鄂州之间往返外，到黄石、黄冈的行程也渐渐多了起来。黄石市委领导拜访王卫归来，当即派熟悉经济工作的干部轮流为顺丰集团湖北枢纽项目团队提供跟踪服务，以便第一时间捕捉“别的城市不要或是犹豫不决的好项目”。

这个时候，当初引荐桂旭入职顺丰的屠蔚早已另谋高就，而见证花湖机场十年成长历程的冯晓平也选择了离开。功成不留，或许和王卫的用人风格有关，既吸纳天下英才为己所用，又善于在适当的时机选择合适的俊贤。受益于这种风格，顺丰集团各个岗位“唯才是举”，英雄不问出处，从普通职高到名牌大学博士，只要你足够努力，都可招至麾下“为我所用”。

用他的话来说："公司会尽量为员工创造一个自由竞争、适宜生长的生态环境，至于在这个环境里成长为老虎还是小猫，关键还是要靠你自己，不是说我王卫给了你一顶皇冠，你就是'万兽之王'了，怎么由小猫变成老虎，还得有个努力拼搏的过程。"

3月13日，顺丰集团与武汉东湖综合保税区建设投资有限公司签署合作协议，携手整合花湖机场、东湖综保区的功能优势，运营武汉新城光谷货站。同一天，黄石棋盘洲综合保税区花湖机场城市货站项目启动。两个货站都位于保税区口岸作业区内，集收发运、通关、预安检等功能于一体。

"此举将花湖机场的空港口岸功能延伸至武汉光谷和黄石新港，机场服务触角深入产业腹地，整个武鄂黄黄地区的贸易便利化水平得到提升。从这个意义上说，城市货站功能相当于为花湖机场配上了'功率放大器'和'效率倍增器'。"这正是桂旭利用自己专业积淀为花湖机场所做的设计，顺丰集团助力"汉货回汉"并没有停留在口头上。

"光谷芯屏端网企业70%的货量不走天河机场，生物医药企业所需的生物材料基本都在北京和上海通关，个中原因值得我们深思。即使花湖机场有航线补贴基础设施，围绕贸易便利化的操作习惯也非常重要。希望通过城市货站创新，能让光谷企业逐步回到本地发货。"他曾在光谷举办的一次论坛上一语惊人，引起省委高层领导重视。

以2021年为例，天河机场出口货物16.99万吨，武汉光谷50多家企业出口货物15万吨，乍看数字接近，这15万吨货物中，进口7万吨，出口8万吨，而天河机场进口1万多吨，出口15万吨。再看天河进出口货物结构，进口主要是水产品和少量汽配，而出口主要在服装鞋帽和跨境电商，都不是本地产的。而光谷企业进口主要是设备原料，出口主要是机电设备、手机等，和天河机场关联度很低。

先说效率倍增，主要指加强花湖机场国际货站运转效率。一方面提升空侧出口效率，海关查验可在机场之外的货站提前完成；另一方面指进口效率，转运中心仓储面积2万平方米，其中8000平方米供进口货物过渡，一架波音747全货机载满的货就可铺满，提货一旦因故停滞，就会造成拥堵。有了城市货站，就可通过在途监管拉到这里，再由海关查验，提高进口效率。

谈及不久前开始投用的花湖机场国际货站，桂旭表示，没有货站就只能运快件，而航空物流中，快件只占 10%，如天河机场的快件仅占 5% ～ 10%，其余空间需要普货填补。至于今后建在综保区内的公共国际货站，则是面向顺丰航空以外的其他航空公司货运代理方的，旨在解决顺丰航空之外的“货从哪里来”的问题，是增量部分。

“像东湖高新综保区一期有 2 平方公里的空置仓库，无论进出口，都可以得到充分利用，这对货运代理公司来说，清点货物空间得以大大提升。”桂旭看问题一向有前瞻性，而且给出的建议针对性很强，“光谷企业以前要把货至少送到天河机场，现在只需 20 分钟送到家门口的综保区，时间成本大大缩减。待今后多家企业共用一辆车运输，加上优惠政策，价格成本也会降不少。”

再看功率放大，异地货站模式可以向鄂东、鄂西、华中区域继续延伸，乃至在物流需求比较旺盛的外省城市复制。桂旭分析，我国陆运成本低，相比空运成本几乎可以忽略不计，陆运每千克 1 元发全国，飞机则要 20 多元。算大账，哪里的物流成本低，哪里的通关效率高，需要出口的货物就会跟着过来，即便跨省和跨区域都不是问题。也就是说，如果花湖机场具备高于其他机场的通关效率，那么货物绕远路也会赶来。

4 月 1 日上午，亚洲首座、中国唯一的航空货运枢纽——鄂州花湖机场开通首条国际货运航线，一架顺丰航空波音 747-400 全货机装载的 105 吨货物经 12 小时、近万公里的飞行后，将抵达比利时第三大城市——列日，再通过水陆交通网分别运至客户手中。

1979 年，武汉汉正街成为中国商品流通体制改革的探路者，创造了“货到汉口活”的传奇。40 多年过去，从武汉一路往东，“货到花湖快”正在鄂州拉开序幕。这不仅意味着“花湖机场”将升级为“花湖国际机场”，而且标志着湖北正从“九省通衢”加速迈向“五洲通衢”。

当日出口货物中，有 500 多千克光电子产品来自武汉上市企业——光迅科技股份有限公司，该公司客户遍及 20 多个国家和地区，年均进出口总额约 50 亿元。“原来产品出口，先经公路运至上海浦东机场，再办理相关手续。如今就近‘上飞机’，相比此前陆空接力转运节约物流成本达12.9%，缩短货运周期1～2天。”光迅科技供应链管理部副总经理陈浩海说。

从两个城市货站项目签约，到光谷企业在光谷货站完成首票出口，再到货物登机出口，整个流程跑通仅花了17天。除了创新思维，当然还离不开海关的担当。武昌海关关长汪周武主持召开武昌海关、鄂州海关、光谷货站、花湖机场顺丰国际货站以及2个系统开发方等9个单位联席会议，半天时间敲定业务方案，一周内通过出口业务实际测试，将“光谷速度”和“顺丰速度”完美地融为一体。

“的确是‘新瓶装新酒’，难点在于对协同的要求非常高。”在桂旭看来，中国首座专业货运枢纽机场正在进行的海关监管创新顺利推进后，通关效率将会更优更高。从海关角度分析，相当于把城市货站作为鄂州海关一个监管场所；在光谷货站，货物由武昌海关人员完成出口监控，用的是鄂州海关场所代码，如果查验，是把武昌海关关员虚拟成鄂州海关人员，高度协同，监管互认。

两个国际货站之间，也是高度协同。货物从企业进入东湖高新综保区卡口区后，光谷货站工作人员向海关发送运抵报告，按理说，此时应视同鄂州海关工作场所，由花湖机场货站负责，却无人入场，那么，光谷货站工作人员及时发送邮件给花湖机场货站国际贸易单一窗口，随即完成查验过程。

“城市货站的好处就是面积有很大自由度，有很多仓库资源。”汪周武解释道，东湖综保区离企业非常近，报关操作可提前做完出口监管，货一进站就是放行状态，而货从东湖综保区运到花湖机场的路上是处于监管状态的，这叫“在途监管”，是武昌海关替鄂州海关在监管，关锁到鄂州后剪开，就可以直接打板，节省了很多时间。

还有一个细节涉及营商环境，鄂州货站工作时间是从早9时到晚9时，而天河机场工作时间是到下午5时，但现在许多企业出货时间可能不是白天，联想就曾想晚上送货，但没地方送。如今，光谷货站全天候运作，企业只需与花湖机场航班联系就可迎刃而解。

“这是花湖机场向国际化迈出的实质性一步！”首飞仪式现场，在这里已经工作9年的张浩满面堆笑。他介绍，之所以选择比利时列日作为首航航线，是因为列日机场与顺丰集团、天河机场早已互动频繁。同时，列日机场本身就是欧洲地区的货运枢纽机场，接通比利时有利于花湖机场融入世界航空货运网。

比利时列日机场是欧洲一家以货运为主的枢纽机场，是比利时航空、亚特拉斯航空、卡利塔航空、冰岛航空、以色列航空等国际货运航空航司的主机场。列日机场位于阿姆斯特丹—巴黎—法兰克福之间“黄金三角”的中心，超过73%的欧洲货物运输在“黄金三角”内进行。

“选择欧洲，选择比利时，是必然的。”长期关注研究花湖机场的中南财经政法大学教授叶青认为，2022年中欧双边货物贸易总额达8473亿美元，同比增长2.4%，中国与欧盟互为第二大贸易伙伴，这表明我们与欧洲有非常巨大的市场关联。航空运输主要运输高附加值产品，中欧经贸高附加值产品多，因此花湖机场定位为国内、国际枢纽节点，理应优先发展同欧洲的航线关系。

“随着花湖机场航空口岸获批临时开放，花湖机场将陆续开通鄂州至列日、金奈和阿布扎比等国际航线，形成覆盖欧美、东南亚等主要经济体的国际航空网络。”王卫在致辞中表示，依托花湖机场，顺丰集团将深度参与全球产业链分工与合作，通过搭建通达全球的航线战略网络，打造双向开放枢纽，为湖北建设全国构建新发展格局先行区提供硬支撑。

2023年3月，顺丰集团迎来“三十而立”的日子。第一个十年，摆在王卫面前的首要任务是想办法生存下来，从顺德起步，逐步打开局面，覆盖华南地区；第二个十年凸显自身优势，站稳国内行业龙头地位，沿着“华东—东南—华北—华中—华西”向全国扩张；第三个十年则“向上看”，追求家国担当、社会责任，向国际快递市场进军。

我们不止一次从后来者身上看到先行者的勇气，而在历史的背影里，往往暗藏着对现在以及未来的预见。鄂州至列日往返的首趟国际货运航班，无疑为王卫和他的顺丰又打开了崭新的一页。

第三十九章

外引内联打开双向奔赴之门

“35 年前，我父亲就居住在中国。他曾经告诉我，所有的旅程都是从第一步开始的。”德国隐形冠军企业协会 CEO 乔治·图尔克说。这次是他第一次到访鄂州，希望从现在起和花湖机场建立联系，将 1800 多家德国隐形冠军企业的优质产品经鄂州送达中国各地。

2023 年 4 月 18 日，在鄂州国际会展中心举办的“湖北国际物流峰会暨鄂州花湖机场推介活动”现场，图尔克演讲中的深情感言引来阵阵掌声。谁曾料到，就在一个多月前，他才第一次听到鄂州花湖机场的名字。

那是 3 月 14 日的晚上，由湖北省口岸办、鄂州市商务局、鄂州市临空经济区及物流机场公司等单位代表组成的商务考察团，驱车 600 多公里从德国最东部的莱比锡赶到最西部的科隆，向包括图尔克在内的德国朋友们，热情并专业地展示关于花湖机场的宏伟蓝图。

图尔克的这篇演讲稿显然经过精心准备，其“中西杂合”的文采别有一番“味道”。他说，2012 年 10 月汉欧班列首次抵达杜伊斯堡时，就听说了湖北的简称是“鄂”，听说了武汉有一条长 1632 米的汉正街，据说那里是五百年来武汉作为“九省通衢”的标志性商业街，以“货到汉口活”闻名遐迩，“而今天，鄂州花湖机场两条功能强大的大型跑道的周边设施里，配置的是‘大数据仿真’‘智能跑道’‘少人机坪’‘智能分拣’等创新技术，这让我和同事们已经预见到一个令人振奋的高新科技‘空中中欧国际班列’正在变成现实，它在湖北要实现的是在21世纪面向全世界的‘货到花湖飞起来’的梦想。”

这不仅仅是刚刚投用的鄂州国际会展中心迎来的首场盛会，恐怕也是鄂州这座古城新市举办的首场大型国际商务活动。参加这次峰会的200多位国内外嘉宾中，大部分人与图尔克一样，都是第一次来到鄂州。因为花湖机场，他们开始认识并到访这座地处中国经济地理中心的江南小城。

此时，从空中鸟瞰鄂州国际会展中心，其造型好似一只巨大的蝴蝶，南北两馆对应双翅，呈欲飞之势。这是鄂州市临空经济区继产业展示中心、总部大楼后的又一地标，总建筑面积约11.65万平方米。“会展中心的设计来自非物质文化遗产——鄂州雕花剪纸，不仅呈现出舒展的视觉效果，更寓意着鄂州这座‘因钢而兴’的城市正在发生‘蝶变’。”鄂州市临空经济区管理委员会主任尹俊武说，他刚从欧洲访问归来，这一次和图尔克是第二次见面。

比中经贸委员会副主席埃里克·法迈说：“一到湖北鄂州，我就感受到了这里和比利时许多城市的相似之处，鄂州位处中国经济地理的中间位置，比利时布鲁塞尔则有‘欧洲中心’的美誉。和我先前印象不一样，中国中部内陆城市已经有了良好的发展态势，但要赶上沿海地区，还有很长的路要走，这正是我们来这里和各位一起携手努力的原因！一般来说，投资者多会考虑沿海地区，但货运枢纽机场的建成投运会改变许多人的看法，中国中部地区将会赢得更多关注。”

花湖机场首条国际货运航线以及首个境外机场合作协议，都选择了比利时列日机场。列日机场销售和营销副总裁托斯滕·韦弗斯通过视频介绍，列日机场是欧洲最大的货运机场，下一步拟在中国设立更多目的地。“花湖机场将成为中国和欧洲跨境电商贸易的枢纽和节点。”比利时驻上海总领事馆领事菲利普·德尔科特表示，湖北和比利时的经贸合作主要是物流、教育和大健康三大领域，都是航空偏好型产业。

从一次跨境购的闪电收货，到高附加值产品的快速供应。随着科技进步带来的时空压缩，航空货运已成为物流供应链的重要组成部分。峰会主会场之外的圆桌论坛上，一位位业界大咖面对花湖机场这位刚刚入列而且自带独特光环的“新同学”，兴奋之余不乏理性而长远的视角。他们以前沿的航空物流发展观，讲述打造国际航空物流的优秀经验与可行做法。

中国工程院院士、北京航空航天大学教授王自力说：“提升鄂州物流航空枢纽质量可靠性，需在重视智能、人机交互，运维保障、健康管理，数字赋能、可靠孪生，数据支撑、信息共享等八个方面加强建设。可靠性系统工程是质量技术变革的抓手，是实现‘中国制造’向‘中国创造’跨越的桥梁，更是‘制造大国’向‘制造强国’飞跃的隐形翅膀。”

“航空物流作为现代物流体系的重要组成部分之一，是我国构建以国内大循环为主体、国内国际双循环相互促进的新发展格局的有机组成部分和重要支撑，更是确保中国式现代化建设全过程产业链供应链安全稳定、自主可控的核心战略产业。开启建设中国式现代化新征程为航空物流高质量发展及鄂州枢纽高品质打造创造了新机遇。”中国航空运输协会航空物流工作委员会主任李宗凌说。

“如果离开航空产业、贸易，那么航空物流就是无源之水。”首都机场集团有限公司货运发展办公室总经理王清带来了北京大兴国际机场运营管理及“双枢纽”航空货运发展的思路。广东省机场集团物流公司副总经理江慧涛则以广州白云国际机场为例建议，身处数字经济、平台经济飞速发展的时代，抓住数字洪流，借力智慧化建设，将有利于助推航空物流转型升级。

“中国枢纽，世界货柜。”从谋划的那一刻起，花湖机场就肩负起打造新时代内陆开放新高地的使命，重构中国乃至世界的航空物流格局，架起与世界各地共享发展机遇的空中桥梁，代表国家参与全球产业链中高端领域的竞争。

“中国之中，通达世界！”从投运的那一刻起，鄂州花湖机场及其周边地区就孕育着强劲的发展能量，升腾着强大的发展气场，构筑起内陆地区对接全球市场的重要平台，以交通流通跨越式突破带动经济社会高质量发展。

“新通道，新引擎，新支点！”从成长的那一刻起，花湖机场与天河机场一起将形成全球各大城市群中独一无二的航空客货运“双枢纽”，助推以武鄂黄黄为核心的武汉都市圈联动发展，迅速形成高端产业聚集区和新的经济增长极。

随着新一轮全球产业重构，航空物流凭借运输速度快、安全性高、链接全球、深度参与国际供应链体系等特点，成为全球产业竞争的利器。花湖机场作为中国内陆货运“空中出海口”，为湖北、为武汉都市圈打开了一扇通向世界的大门。这一天，在激情四溢的航空物流盛宴中，鄂州不出意外地成为各路精英竞相关注的焦点。

“三日达全球”的时效性让业界人士充满期待。德国大宗水产品国际物流经理海蒂·伯格说：“借助淘宝等电商平台所建立的完备物流体系，依托花湖机场，中国可以更便捷地享受到全球好物，世界也能够更快、更方便地享受到中国好物。”“我感觉激动又幸福，作为本地中等规模的国际货代企业，花湖机场为我们搭起一个走出湖北、走向全球的梦想！”中货东方国际物流有限公司副总经理代进说。

会前一天，湖北省发布“推动经济稳健发展接续政策30条”，专门针对支持花湖机场优化货运航线补贴，继续助力花湖机场加快建成国际一流航空货运枢纽。一般而言，航线开拓有一定的市场培育期，特别是国际航线一般要3～5年才能把市场做起来，才能对地方经济形成较为稳定的经贸带动。

正如与会专家所言，伴随机场货邮吞吐量持续增长，不仅会带动飞机起降、仓储租赁、操作处理等一系列服务产业的集聚，还将为地方经济发展贡献强大的驱动力。会议期间，有17个项目集中签约。其中最大的投资是综保区国际货站、货运代理、跨境电商物流基地项目，总投资约50亿元，将建成“5+1”全品类功能口岸，并成立货运代理公司，同时建设跨境电商物流基地，发展先进跨境电商贸易业态。

当天，鄂州市人民政府聘请乔治·图尔克、埃里克·法迈以及比利时奥斯坦德—布鲁日国际机场CEO埃里克·杜马斯为招商大使，并分别与比中经贸委员会、德国隐形冠军企业协会签署合作协议。同时，物流机场公司、顺丰集团与比利时列日机场签署三方战略合作协议，28家国内外航空货运企业、货运航司以及其他企业代表与机场集团、顺丰集团开展对接。

内联外引，双向奔赴。一场集战略性、学术性、科研性、创新性为一体的盛会，将鄂州和花湖机场带到了聚光灯下。“这座机场不是鄂州的，也不是湖北的，而是世界的。”决策者最初的预言，得到嘉宾和专家的肯定：以亚洲第一、全球第四起步的鄂州花湖专业货运枢纽机场，不仅仅是鄂州和湖北的重大项目，也是中国以更加博大的胸怀走向世界的一部分，“从现在起，这里的每一天都是中国经济奇迹新版本的见证”。

“抓住话筒就抓住了吸金力！鄂州不能只做货物的中转站，而要对标学习发达国家先进模式，借助货运枢纽机场的‘超级运力’构筑高端会展平台。”尹俊武还从这场盛会看到了鄂州会展业的潜力。他认为，鄂州会展业刚刚乘“机”起步，与国内外许多会展业明星城市相比，还需要在发展规划、城市管理体制机制、展会扶持政策等方面发力。

放眼国内各大城市，会展中心可谓遍地开花。即便“守”在一座自带物流量的货运枢纽机场旁，新建成的鄂州国际会展中心仍面临重重挑战。“某种意义上讲，会展业是一座城市经济社会发展的‘风向标’和‘温度计’。配套会展的硬件设施可以在较短时间内改变，但要提升整座城市的软实力则非一日之功。”中建科工集团运营管理有限公司运营总监雷正文说，机场客货量到了一定规模，就会对经济社会发展产生驱动力，但这个驱动力能不能发挥作用，还需要许多客观条件共同作用，会展业就是其中之一。

会展业驱动力的直接表现就是强劲的吸金力。以“会展之都”成都为例，2022 年该市会展面积总计达 620.8 万平方米，会展业总收入 711.3 亿元，促成签约投资项目 715 个、总投资 5510.1 亿元。再看鄂州近邻——武汉近年来的成绩单：第 17 届中国武汉农业博览会吸金 800 亿元；第 18 届“中国光谷”国际光电子博览会吸引国内外 300 多家企业参展，首日签约 27 个重大项目、总投资 306 亿元；中国 5G+ 工业互联网大会上，中国信科光器件产业基地项目等 9 个重点项目签约额达 291 亿元。

第四十章

顺丰货运航线转场启动

2023年7月1日0时39分，一架从昆明飞来的顺丰航空B737-300全货机平稳降落在花湖机场西跑道。

机场投运一年间，航班持续加密，最多的一天起降40架次。但此时这架飞机的落地意义特殊，它标志着顺丰集团货运航线转场启动，也是花湖机场作为航空货运枢纽正式迈入“不夜港”模式的开始。

机场同样以民航界最高礼遇“过水门”迎接了这趟航班。时任《湖北日报》总编辑赵洪松一直忙至凌晨2时许，才将周鹏、夏中华、薛婷、赵德龙4位记者第一时间从现场传回的图文处理完毕。

转场首日，除了昆明外，还相继开通了北京、泉州、大连等地往返鄂州的货运航线。“按照计划，从今天开始，分6个批次，到9月初完成40架次全货机航班转场，覆盖华北、华东、华南大部分地区。”罗国伟介绍，转场主要指货运航空公司对航线进行重新构筑，以此优化航线网络、提升航空载运量，更好地发挥航空货运枢纽集聚作用。

李如峰也在见证首班货物卸机的人群中。“夜间群降，清晨群起”，他不是第一次见到这样的场面，“白天，感觉不到什么。到了晚上11时以后，顺丰航空全货机一架接一架地降落在杭州萧山机场。那阵势，我的天，我才知道什么叫作快，什么叫作忙”。

8年前，当鄂州市民还在街头巷尾议论顺丰选址建机场时，鄂州顺丰枢纽项目专班成员已前往杭州萧山机场，探访顺丰航空在那里的“营地”。那一幕，深深刻在了专班成员之一李如峰的脑海里。

梦想成真，蓝图成实景。李如峰对花湖机场迈出的每一步都记得清清楚楚，“我真的把他当成了自己的孩子，从‘备孕’开始，到落地，到蹒跚起步。”如今，他已年近六旬，即将办理退休手续。

迎接仪式结束，李如峰特意没有下班回家，准备就在办公室躺椅上休息，心绪依旧难平，仿佛“找到了当年在萧山机场的感觉，当然，这只是序曲”。

感受着鄂州蓝天序曲的律动，李如峰信手写下“HUB”问前来采访的记者，“你看HUB，是什么意思？”他笑着自问自答：“就拼音来讲，是‘湖北’吧？”

“不过只对了一半。其实，它的英文意思有两个，一是‘航空枢纽’，另一个则是‘转运中心’。”李如峰进一步解释自己的理解，也描绘着心中又一个梦想，“湖北是世界的湖北，必将会变成世界级‘HUB’，变成世界级‘航空枢纽’。随着顺丰转运中心投运，花湖机场将成为湖北走在世界前沿的超级开放平台。”

货机转场，意味着什么？有分析称，顺丰转场工作的启动是花湖机场加快发展的起步，顺丰航空将逐步推进空网转场鄂州，打造以花湖机场为中心，以深圳、杭州、北京、成都等地机场为区域枢纽的“轴辐式”空网。

航线越“织”越密，特别是进入“不夜港”模式后，就意味着机场许多岗位的工作不能停，空管塔台运营指挥中心就是其中之一。飞机起降必须由这里发出指令，必须确保万无一失。

“顺丰7509，地面风160，两米秒，跑道01L，可以起飞。”7月17日凌晨，花湖机场塔台进近管制室带班主任董志华和同事们向飞往法兰克福的全货机发出指令。这是花湖机场运行一年来，起飞的第209架次国际货运航班。“现阶段，我最忙时一小时要指挥10架飞机，发出不低于100条的指令。”他说。

这一年间，董志华和同事们每班的执勤时间，从6小时增加到了12小时。塔台管制员日益忙碌的背后，是花湖机场不断扩大的“朋友圈”。一年来，花湖机场先后开通了飞往比利时列日、印度德里、美国洛杉矶等6条国际货运航线，初步形成由鄂州向欧洲、南亚、北美辐射的航网布局。

夜间走货，白天载客，花湖机场的国内“朋友圈”，也在同步扩大。在一趟前往上海的航班上，一半以上的旅客来自于黄冈、黄石。“原来的话，我们打车到天河机场接近两个小时，但是现在到花湖机场，大概四五十分钟就可以了。”黄冈市民戴女士说。一年间，花湖机场已开通 14 条客运航线，联通全国 20 个航点。

在董志华的同事中，26 岁的刘国莲是唯一的女性。“眼观六路，耳听八方”是空管的必杀技，刘国莲的日常工作状态就是同时紧盯多块屏幕，大脑不停运算几十项飞行信息，绝不能出错。

空管员是全世界压力最大的工种之一，不仅要忍受日夜颠倒的作息，还得有强大的心理素质。耳中是电波传来的密集指令，眼中是飞机的起起落落，塔台外，映衬着天空的 N 种颜色：晴天的蓝色、破晓的橙色、傍晚的粉色，这浪漫多彩的天空，成为她高压工作中的一丝慰藉。但也有一种颜色她并不喜欢，那就是灰色。

“如果是雷雨天气，它可能就是黄色加红色，就是一种西红柿炒鸡蛋的那种感觉，它就可能雷雨绕飞，我们就会让它避开这些区域，危急的时刻可能就发生在一瞬间，需要每一位管制员保持高度的集中力。”刘国莲说。

走进塔台，她是一丝不苟的指挥员，工作之余，她和大部分同龄女生一样，也喜欢护肤、逛街、刷手机。短视频平台上一个憨态可掬的大熊猫，激起了她对老家四川的思念，“我常常想家，在塔台上面就接不到家里亲人的电话”。

花湖机场是一个年轻的机场，这里的 34 名空管员也很年轻，平均年龄只有 26 岁。在这支年轻的队伍中，资历丰富的二级管制员巴富毅是老大哥。

他出身于民航世家，2009 年从中国民航大学交通运输专业毕业后，一直在乌鲁木齐地窝堡国际机场。

2021 年 7 月，巴富毅在网上看到了鄂州花湖机场的招聘信息。“亚洲第一座专业货运机场，这个名头在民航界越来越响，我一看到就被吸引了，立即投了简历。”他说。

然而他坦言，之前对于鄂州，听都没有听说过。“网上查了一下资料，发现鄂州离武汉很近，属于湖北的核心区域，应该还不错。”巴富毅说。为了保险起见，他专门到鄂州考察，发现这是一块“宝藏之地”。

徜徉于洋澜湖边，他被这座城市的优美风景、山水人文所吸引，也看到了这里无限的发展潜力。“城市处于上升期，机场也在建设期，我认为这里的生活、工作环境完全符合我们的预期。”他把自己的所见所闻所感告诉了妻子段俞安。

段俞安曾在南航做过 9 年的空姐和乘务长，飞过无数国内外航线。然而，一向“高高在上”的段俞安，在有了孩子后，开始渴望一个“脚踏实地”的工作岗位。“老公有想法到鄂州，但我们的一双儿女都还小，夫妻俩不能长期分隔两地，要动就得一起动。”段俞安说。

巴富毅是高层次技能人才，被录用的可能性比较大，但段俞安不确定花湖机场有没有适合自己的岗位。不曾料到，段俞安竟然比巴富毅更早入职花湖机场，当年 9 月就成为航站区管理部旅客服务中心主管。

随后，巴富毅如愿正式入职花湖机场，“全国还有大约半数机场是单跑道，花湖机场起步就是 4E 级双跑道，还预留了三跑道空间，枢纽的气势很足。我希望能将我的经验和能力在这里尽可能发挥出来，为机场建设运营贡献更大的力量。”

未来的花湖机场，起降航班数量将越来越多，巴富毅和同事们都在为此做准备。他说：“机场的流量不能因为人的因素出现瓶颈，所以我们都在紧张地模拟训练。我相信，在鄂州，我能不断提升业务能力，迎接新的挑战。”

夫妻俩安顿好后，将父母和孩子都接到鄂州，一家人离开大美新疆，在空港新城团圆。“以前大部分时间都不着家，现在可以更好地照顾家庭了。亲戚朋友陆续过来玩，去了附近的仙岛湖、梁子湖，评价不错，都为我们搬到一座美丽的城市而高兴。”段俞安说。

新鄂州人憧憬花湖机场启航奔赴的美好前景，从异地返乡的老鄂州人则惊叹于这里的惊天巨变。7 月 22 日，首届“鄂州人才周”开幕。开幕前，优秀人才走红地毯，书记、市长等领导列队迎接，以一座城市的最高礼遇致敬人才，以“家人团圆”的方式迎接建市 40 周年。

“依托亚洲首座航空货运枢纽机场，布局通用人工智能高端制造业。”北京大学人工智能研究院院长朱松纯在演讲中透露了他准备带领团队助力家乡发展的计划。

谈到最近火爆全网的 AI 和大数据技术应用时，朱松纯自豪地说："早在 2005 年，鄂州就诞生了世界首个大型的图像 / 视频解译数据库，开启了大数据时代。"

作为人工智能领域的领军人物，朱松纯两度担任国际计算机视觉与模式识别大会主席。2003 年，他荣获第九届计算机视觉国际大会"马尔奖"。

2004 年，担任美国洛杉矶加州大学视觉与图像科学中心主任一职的朱松纯，邀请了包括时任美国微软亚洲研究院院长兼首席科学家沈向洋等在内的 11 名全球著名计算机领域专家、学者，一同访问鄂州职业大学，并向鄂州市提出在莲花山建设"计算机视觉和信息研究院"的意见。

同年年底，中国第一个民办非营利性科研机构——湖北莲花山计算机视觉和信息研究院成立，朱松纯出任院长。莲花山研究院成立后，先后召开了一系列计算机视觉和信息领域的国际学术交流会、研讨会，并培养了一批中国早期的计算机视觉、人工智能等领域的人才。

和这位著名计算机视觉专家一起出席现场活动的，还有来自全球的鄂州籍院士、专家学者和优秀企业家代表 200 多人，他们在共叙乡情中一致看好花湖机场投运带来的"临空机遇"，并纷纷建言加快建设"开道领跑"的临空偏好型产业集群。

活动期间，中电光谷联合科技城被授予"湖北省人才基地"牌匾，鄂州顺路物流有限公司被授予"湖北省人才驿站"牌匾；鄂州药物绿色合成研究院、鄂州籍医学专家委员会揭牌；7 个鄂州籍医学专家与鄂州市医疗集团学科共建项目签约；6 个科技成果到鄂州转化应用项目签约；10 位企业家人才到鄂州投资项目签约。

湖南银太集团有限公司董事长、总经理黄维说，花湖机场将是全球货物的中转枢纽，"买全球、卖全球"，作为鄂州人，他很骄傲。鄂州未来是全球资本的绝佳投资地，他将发动更多的朋友来鄂州深入考察，寻找合作机会，争取引进项目，为家乡发展贡献自己的力量。

第四十一章
快递物流争相往“上”看

“如果我们还不加快建设，有可能‘起大早、赶晚集’。所以，一旦错失时机，核心枢纽的地位就会有变化，恐怕就是第二、第三，而不是核心了。”早在2021年下半年花湖机场冲刺校飞目标之际，一位湖北省领导曾在一次内部会议上表达了自己的担忧。

他之所以如此担忧，是因为刚刚从一份材料中了解到，中国邮政要在其南京基地打造全国最大的国际货邮核心枢纽，圆通拟在浙江嘉兴建全球航空物流基地，京东在安徽芜湖机场已有类似改扩建计划，还有郑州、成都、西安、重庆等城市都在做航空物流规划。

当然，京东后来最终选址落户江苏南通。对此，刘武君的看法不尽相同。他说，虽然圆通、京东等物流企业建的机场和顺丰集团参与建设的花湖机场是同一类型，但这些企业都没有建立全国性网络，也暂无建立全国性网络的规划，现阶段建成后只是区域性枢纽，相当于顺丰当年布局杭州萧山机场。

“如拟建全国性货运枢纽，在长三角选址显然是不恰当的。”刘武君认为，北京、上海、广州、郑州、成都、西安等城市的综合性枢纽机场都是公共平台，都不是为某一家货运公司服务，且主要靠客机腹仓支撑，但花湖机场有本质不同，是专为顺丰集团打造的全国性枢纽转运中心，且有向全球性枢纽发展的潜力。

无论如何看待，国内快递物流业竞争持续加剧是肯定的，王卫生平最大的一笔单体项目投资不可能不引起同行的警惕、重视乃至紧随而来。“咬”住不放的不只圆通、京东两家，中通快递正进军湖南并打造货物集散枢纽，菜鸟国际快递全国首个航空货运中心落户深圳宝安国际机场……鄂州自然也乐享其中的“收益”。2022 年 10 月，总建筑面积 18.8 万平方米的中通快递鄂州分拣中心建成投用；2023 年 6 月，圆通湖北总部暨智慧供应链科创园项目在鄂州签约。

市场“蛋糕”再大也有上限，一方受益往往伴随着另一方的损失。杭州作为中国电商之都，凭借浙江省发达的小商品制造能力，成为名副其实的快递货源地，但随着顺丰“轴辐式”运作模式的启用，货源地最终也会服从和服务于主枢纽的发展。顺丰集团除了在鄂州建主枢纽外，还将北京、深圳、成都和杭州确定为次枢纽。顺丰航空货运航线转场工作一结束，原先担当华东区域枢纽的杭州萧山机场无疑是受影响最大的机场。

到 2022 年时，顺丰航空在杭州萧山机场的货运航班平均每天有 70 余架次，航点 30 多个，其货邮吞吐量平均每年 30 多万吨，约有一大半由货机运输，一小半由客机腹舱运输，占到了杭州机场货邮吞吐量的 50% 左右。

快递物流一旦往“上”看，行业门槛数度“卷”高不可避免，“天空之心”的较量离不开重金投入。根据顺丰集团公布的募资计划，40 亿元用于新建机场转运中心，20 亿元用于航材购置维修项目。此外，买飞机、组建机队、成立航空维修公司，都需要顺丰集团耗费巨资。

值得注意的是，圆通嘉兴机场和京东南通机场都不是选址新建，而是在原有机场基础上改扩建，进度相对花湖机场“十年磨一剑”要快不少。圆通嘉兴机场计划在 2024—2025 年完成，起步是 10 万吨货邮吞吐量，到 2035 年实现 120 万吨的吞吐量；京东南通机场 2023 年内可交付使用，按规划在 2025 年机队规模达到 114 架，货邮吞吐量达 233 万吨。

对快递行业来说，派件速度是企业发展“质与量并举”的关键，也是在市场赢得客户的核心竞争力。正是看到了这一点，顺丰从成立之日起，就一直将派送件速度作为重中之重。机场建成时，顺丰的国内快递品种主要分为顺丰即日、顺丰特快和顺丰标快，其中顺丰即日、顺丰特快主要依靠航空完成。强大的航空运力，让顺丰在派件速度上占据明显优势。

快递业专家、贯铄资本 CEO 赵小敏认为，花湖机场投运将顺丰旗下的产品时效和行业平均水平再拉开 3 小时以上的距离，这个时效网络不仅是国内的时效网络，也是迈向全球供应链的核心优势。“再领先 3 小时”是什么概念？圆通、京东由于暂时未建立起直达全国各省会城市的自营航空网，暂不具备可比性。而与邮政快递 EMS 比较，邮政快递次日达覆盖全国各省会及周边城市，其中有 6 成以上特快专递实现。这是近年来邮政快递提速的结果，再提速的空间当然有，但在现有成熟流程上再压缩时间，赶上这 3 小时的差距，可能还需努力 3 ～ 4 年。

南航利用其航班优势，开发了承诺比顺丰还要快的“当日达”业务，但价格偏高，如京广线“门到门”产品，单价高达 268 元。花湖机场投运后，顺丰航空全货机除了夜间飞行，在白天也能到达主要城市机场，加上批量大，在价格上较南航更有竞争力。

时效快除了天上飞起来的因素，机场及其周边的配套设施建设至关重要，这再次印证了当年江国新关于多式联运优势的判断。2023 年初，他从鄂州市人大常委会副主任岗位上退休，赋闲在家含饴弄孙之余，还丢不开昔时的业务研究。摊开地图只见：花湖机场紧邻长江黄金水道，7 个深水港、4 条快速路、2 条高速路和 6 条高铁线环绕周围，已初步形成“公水铁空联运、江海湖直达”的现代立体交通网络。

江国新对此判断，顺丰集团依托花湖机场新开辟 3 条通道，空铁联运、空公联运、公铁联运、江海铁联运等多条线路都将陆续开通，而其对手圆通、京东等快递企业规划建设的货运机场虽然也有多式联运布局，但在吞吐规模上难以超越为顺丰集团“定制”的花湖机场。

较早时候，顺丰对外公布了其 3 条新通道的路线图：一是空空中转联运方面，以美国纽约机场为起点，经航空运至花湖机场，继续通过航空运抵北京机场，最后通过公路到达石家庄并完成末端配送；二是空高联运方面，以广州白云机场为起点，经航空运至花湖机场，通过直通转运中心的高铁联络线，将航空快件直接装载至高铁并运至郑州高铁站，再通过公路运输至顺丰郑州分拣中心完成配送；三是空公联运方面，以深圳机场为起点，经航空运输至花湖机场，再通过公路运输将航空快件由花湖机场运至南昌分拣中心，然后通过公路短驳运输至末端配送网点。

“大手笔”投入的最终目的就是降本增效，全货机和“枢纽飞”是未来快递物流业界的主流。借助自建航空公司并参建货运枢纽机场的捆绑模式，顺丰集团相比国航、东航和南航等航空公司在航空物流领域的竞争实力正持续增强。王卫说，花湖机场运营可将过去点到点的航空网络转变为轴幅式航空网络，扩大机队规模，提高大机型使用比例，同时将提升飞行员利用率、降低运输成本、提升地面中转分拨设备投入效率，预期可降低机队 20% 的单位运营成本。

“可以肯定的是，在货运领域，物流商最终会战胜‘运输队’。”刘武君多次在各种场合强调自己的观点，“今后鄂州花湖机场的日子会比上海浦东机场的日子好过”的惊人之语一时刷爆业界朋友圈，“全球传统意义上的航空公司只负责物流链上的一段，而像顺丰这样拥有强大物流网络的企业肯定将竞争对手的利润给挤掉了。一旦完整的物流产业链形成，原来走客机的普货（重货）也会流向依靠全货机的货运机场，因为后者既快捷又可靠；相反，顺丰全部衔接好的物流链上的货物不会转向其他航空公司。未来的航空物流市场一定是第三方物流获胜，顺丰就是典型的第三方物流公司。”

事实上，像上海浦东机场这类的综合枢纽机场和专业货运枢纽机场并不在一个“赛道”上，前者以普货（重货）为主，后者主要做快递。普货（重货）指普通集装箱即可装运，不是危险品或冷冻、保鲜等货物，不需商检、不超高超宽、不用框架等特种箱，如粮食、白糖、食盐、日用品等；而快递则要宽泛得多，指包括大宗货件在内的任何货物，相对运费更高，时效要求更高。目前，国内航空普货（重货）运输出现下滑趋势，而国内快递业已连续多年呈上升势头。

最重要的是，中国绝大多数机场是“客运优先”，只有花湖机场是“货运优先”，也就是说，顺丰航空对晚上整个时段有优先权，这样才能保证效率，否则就和别的机场没区别。“湖北省、鄂州市两级政府不能动摇为顺丰定制货运枢纽机场的初心，不急于一时的业绩，如转向‘公共平台’发力势必面临极大困难，吃力不一定讨好。”刘武君和相关领导接触时一再苦口婆心。

顺丰全货机数量正随着花湖机场启用快速增长。到2022年末，顺丰航空旗下运营全货机97架，其中自营77架。仅7个月后，自营全货机增长至83架，加上包租的飞机，顺丰航空运营的全货机数量已突破百架。在这种情况下，好的飞行时段和最好的物理空间都将被顺丰捷足先登，其他航空物流公司怎么可能来？这才有了各大物流公司争取自建货运机场、自组机队的现状。

2023年8月，年过半百的刘立新正式接任物流机场公司总经理后，如何充分释放花湖机场的“超级运力”，正是他要面临的重任之一。他表示，未来物流业和航空货运业，必须通过行业数字化能力提升，与制造业公司、供应链公司和商务平台公司进行有效融合，才能拓展出新的规模化和新的盈利空间。除了机场、货站、口岸等在内的基础设施建设外，具备国际化运营能力的管理团队更是未来航空货运发展不可缺少的条件。

第四十二章

“大块头”有“大智慧”

空中俯瞰花湖机场，“工”字形转运中心的巨大体量清晰显现。在2022年7月花湖机场投运之后，转运中心并没有立即启用，而是经过了长达近一年的建设收官和设备调试阶段。紧随顺丰航空货运航线转场步伐，接着东跑道投用进而开启双跑道运行模式，转运中心的分拣设备日益忙碌起来。

走进这座主体钢结构重达10万多吨的超大单体建筑，你会立即对它的“大”有直观感受：一期工程投用面积75万平方米，相当于百余个标准足球场大小。

“钢材消耗量是北京鸟巢体育场的3倍，设计能力已超过联合包裹（UPS）在美国路易斯维尔机场世界港48.3万平方米转运中心的规模。”顺丰集团鄂州枢纽公共事务负责人王泰格介绍，到2045年全部建成“王”字形架构时，花湖机场转运中心投用面积将达到更为惊人的120万平方米。

同样令人震撼的还有这里的“快”：总长52公里的智能化分拣线上，型号各异的包裹以每秒2.7米的速度飞驰而过，人工已经无法对包裹识别和处理。按设计，投运初期可实现每小时分拣处理28万件包裹的高效率——这是目前亚洲规模最大的快递包裹处理系统。

“峰值将达50余万件，届时将超过联邦快递（FedEx)孟菲斯转运中心47.5万件的处理能力。”王泰格说。他曾在省直旅游主管部门工作长达10年，加入顺丰枢纽项目后便利用自己的专业积淀优势，参照三峡大坝建成后的做法，为转运中心设计了参观走廊，使得这一巨无霸建筑有了申报工业旅游项目的基础。

站在中国之“中”，感受“中国速度”。如果将武汉及鄂州视为中国经济地理的“心脏”所在，转运中心的不停运转则好比发展的节奏和脉搏。

当一座巨型交通枢纽融入城市群或都市圈的蓬勃发展之中，区域协同的发展红利将真正渗透进每个人的生产和生活，一个高质量发展模式下更具生机与活力的普惠时代也将逐步到来。如果说人的流动意味着技术与文化的交互，那么，物资的流动就是经济与建设的基石。让这些基石合理分配到远近不同的各个预定方位，这正是花湖机场作为中国首座航空货运枢纽所肩负的时代重任。

历经近 30 年接续创业，顺丰已跻身产值千亿元级公司行列，上演了“从零到大”的创业传奇。或许，王卫和他的顺丰正在为中国企业提供从“大”走向“伟大”的时代样本。而伴随这一样本的成长路径，中国首家民营企业全程参与建设和运营的机场正是新时代再出发的重大节点。

单论科技，转运中心建设阶段就结合了世界上最新的分拣技术，实现了货物的智能化全自动分拣，目标是构建全球供应链中心、全国仓配中心和高端加工流通中心。这一结合过程离不开设备选型高级专员雷元华的殚精竭虑。

近一年时间里，雷元华的足迹曾遍布中国的大江南北，在各大设备生产厂家之间来回奔波。对设备的选择，他近乎苛刻的要求，往往让生产厂家闻声色变。“转运中心对每个单体产品的性能要求都非常高，任何一个单体产品出问题，都会导致整条链断掉。”雷元华说。

和他一样“苛刻”的还有负责设备测试的刘玉绒。“在如此高流量而且间距要求紧凑的情况下，整个工艺流程的布局是需要得到充分验证的。”因花湖机场转运中心的建设目标无现实样本可供参考，顺丰集团 2019 年在广州从化租用 1 万多平方米的厂房，搭建了一条分拣系统测试线，刘玉绒在这里担起了总工程师的重任。

“每次测试，都是对上一次整改成果的检验，任何一个细节上的瑕疵，都必须在测试线上就地解决，绝不允许在实际运用中出现。”在随后两年的实测验证中，刘玉绒团队成功实现了集成创新设备的稳定运行和快速迭代。

“大块头”运转何以快速无误？这正是“智慧制造”的力量。刘玉绒团队主要依赖自主研发的两大国产化控制系统——协同调度和分拣管理，集成了中转场作业、无监督遗留物检测以及运动目标的识别和分拣等技术。

飞机从对方机场一离港，转运中心便可获得相关数据信息，包括离港时间、飞机运载货物、进港时间等，随即指挥相应无人驾驶车辆就位，迎接飞机及货物。飞机一进入机位，升降平台车就如同算好时间一样来到飞机旁，自动完成升降对接；待货物被运送到地面后，看上去结构简单的平板车已行驶到平台车前就位……这样高度自动化的场景正在花湖机场成为常态。

“一触即发，精准衔接，彻底告别对讲机时代！”王泰格对此满是自豪。他还介绍，转运中心分拣系统国产化率高达 99.5%。在底层设备系统集成建设招标采购过程中，他们原本看中的是一家国外企业，但对方不同意公开系统源代码。出于对安全可控的长远考虑，顺丰果断放弃合作，最终选择国内企业。

区别于其他客运机场以航站楼为中心的布局，顺丰“工”字形转运中心成为鄂州机场的关键功能建筑。一座座指廊沿着“工”字边缘部位伸出，这些机位按转运中心的保障流程布设，以满足货运航班最短接驳时间、就近起飞、提升效率等要求。投运后，顺丰航空的货机停靠机位，货物将通过指廊内的传送带进入转运中心分拣，此时 500 多辆自动导引运输车（AGV）将自动完成货物分拣。

大量运用自动导引运输车进行货物自动分拣，自然离不开数字化支撑。物流机场公司信息技术部部长刘鸣秋介绍，针对转运中心大连接、低时延、数据安全要求高等个性化需求，在建设过程中，花湖机场联合通信运营商建设了“比邻”5G 定制网，最大化发挥“云边”协同优势，为转运中心的数字化应用赋能。“经测试，转运中心 5G 网络时延很低，为顺丰期望值的一半左右，能确保机器人分拣快件‘眼疾手快’，协同作业‘不撞车’”。

人眨一下眼最快要 0.2 秒，而在花湖机场少人机坪上，无人驾驶车辆的响应速度仅 0.1 秒。“花湖机场将有望在民航界第一个实现少人机坪。”物流机场公司工程师陈彬说，有别于以客运为主的机场，货运枢纽机场运行模式以夜间群起群降为主，少人机坪技术可有效解决人工作业风险、极大提高货物运转效率。

自2017年开始谋划，从“无人驾驶”“车路协同”到“云场车”一体化，少人机坪从概念、研发到跃出蓝图历经6年。毛海波是顺丰集团最早参与研发的专家之一。他和团队在研发过程中发现，如果把机场内板箱搬运、飞机线导、接驳等多种功能集合统一调度，可提高快递分拣效率，从而在2018年率先提出“少人机坪”思路。接着，顺丰集团向全球征集方案，11家公司入围，并在2020年上半年纷纷推出样车。2022年4月，少人机坪项目正式获批立项。

结合机场运营业务场景，花湖机场在建筑信息模型技术（即BIM）和三维地理信息系统的底盘上，对机场、空管、航空公司原本孤立、复杂的数据进行可视化整合，绘制了虚拟与现实融合的“机场运行态势一张图”。协同决策时，机场指挥员通过这张图“上天入地”，既可看到来自空管的空域航班动态信息，又能看到车辆、人员、设备和视频监控信息，直观掌控机场整体态势。

“在推动民航高质量发展过程中，我们迫切需要研究探索智慧民航建设从理念到实践转化过程中的样本，同时也迫切需要探索制定我们自己的智慧机场建设运行标准。”罗国伟表示，作为智慧机场建设试点，花湖机场有责任将国产设备和技术在实践中进行成果转化，探索我国智慧机场建设的行业标准。

罗国伟举了一个例子：长期以来，我国机场停机位雷达90%以上的市场被国外企业垄断，而花湖机场突破性选择了我国企业自主研发的机位雷达产品。经过装配使用，国产雷达不仅从技术层面超越了进口设备，而且适应性更强。“传统的机位雷达在设计时，一般采用单线激光进行距离测量，提示飞机还有多远到达停止线。花湖机场使用的设备拥有32线激光，可扫描多个机位场景，从而推进更多应用，满足对安全运行的更多要求，比如对于机位周边区域的人员、车辆乃至异物的探测。”

这里有迄今为止全球传感器规模最大的智能跑道系统，也是世界第一条实现全域智能感知的跑道，全部源自国产科技专利技术的应用。在400万平方米即相当于560座标准足球场的飞行区场道下，铺设了5万多个光纤传感器，可随时感知场道健康状况和飞机运行轨迹。

“滑跑到起飞用时60秒，时速最高310公里，最低130公里……”花湖机场西跑道，一架飞机刚刚腾空而起，上述数据立马在智慧跑道系统一一显示，包括飞机运行安全、机场跑道状态等信息均可全时且全域感知。

跑道由一块块厚厚的混凝土板建构，是什么技术能像透视眼一样，将跑道上飞机运行过程看得清清楚楚？这得归功于武汉理工大学光纤传感技术与网络国家工程研究中心。中心研究员李盛介绍，跑道道面下方40厘米处预埋的光纤传感器，就像人体的“神经元”一样，能捕捉飞机滑行产生的振动波形，从而判断跑道是否脱空、起鼓或错台等，不仅实现了监控跑道入侵、记录运行轨迹等功能，而且还可提供跟踪道面服役状态、感知飞机荷载等近20项智能化服务。

机场制高点——梅花状空管塔台同样植入了“智慧基因”，最大亮点是管制系统在国内民航界首次集机坪、塔台与进近雷达为一体。塔台设备部高级主管丁星介绍，塔台安装有主备集成塔台、主备内话、长江航道船舶探测、气象信息、光纤矩阵、全景视频等30余项空管专业系统，“设备国产化率超90%，且安装标准超越行业一般标准”。

花湖机场北侧濒临长江干流，是飞机起降必经通道，对过往船只高度有严格要求。点开长江航道船舶探测系统，仿真江面上，一艘艘显示为绿色的船舶来来往往，将鼠标放在任何一艘船舶上，可实时显示相关信息。塔台设备部高级主管丁星说，探测系统在长江两岸布置电子围栏，绿色表示行船桅杆高度没有超过净空保护区域，如超出会及时预警。

9月5日，随着湖北鄂州花湖机场顺利完成货运航线转场，其国际国内货运航线总数已达51条，每日客货运航班总数达86架次以上。随着货运航线转场工作完成，鄂州花湖机场货运核心设施——顺丰转运中心也逐步投入使用。至此，花湖机场转运中心成为顺丰在全国最大的中转分拣中心，全国大部分地区的物流将先抵达鄂州，经中转分拣后再运输至各地。

第四十三章

目标：全球超级货运枢纽

“能为‘国之重器’腾地建设奉献一份心力，是我及同事们的荣幸。”自2022年初当选鄂州市政协副主席后，刘厚文常常因为在鄂城区担任书记期间创造一百天完成机场核心区征迁奇迹般的工作经历，被邀请走上交流平台。

他在研究中注意到两个有趣的巧合：北京大兴国际机场2015年7月9日启动征迁，鄂州花湖国际机场2017年7月9日启动征迁，相隔整整两年；大兴机场征迁面积是14平方公里，花湖机场是14.4平方公里，几乎等同。

一个是中国当前规模最大、以客运为主的综合性枢纽机场，2019年9月25日通航；另一个则是中国首座专业货运枢纽机场，2022年7月17日投运。前者航站楼面积为78万平方米，起步即为世界级航空枢纽；后者转运中心一期投用面积75万平方米，目标是超越当前全球货邮量第一的航空货运枢纽——美国孟菲斯国际机场。

对标孟菲斯国际机场，实质就是对标联邦快递（FedEx)。谈及孟菲斯国际机场转型货运枢纽的缘起，就要从联邦快递创始人弗雷德·史密斯一篇获评“C”的论文说起。

1966年，当史密斯还在耶鲁大学读书的时候，便敏锐捕捉到快递的重要性。他认为，进入20世纪60年代，美国经济将越来越依靠服务业和高技术产业。

“许多制造‘质轻价昂’产品的公司不再依赖于接近原料产地，而是把企业设在能够吸引科学家、技术人员和管理人员的地方。”史密斯称，这篇论文提出的假设极具“含金量”：如果 IBM 不说服那些有顾虑的客户，并向他们保证一旦计算机出现故障，公司能立即修好，那么信息时代就不会到来。

为此，他制订了终极备用计划，使用一队喷气式飞机来运输计算机配件以及其他承担得起运费的货物。这些飞机只在夜里飞行，而且只经停一座机场，快速完成装载后在中午之前将包裹运送出去。不过，他的老师并不看好这一构想，仅给了这篇 15 页的论文比较低的评分——“C”。

然而，正是基于论文中提出的商业计划，史密斯率先创立了“隔夜达”这一新兴服务行业。1971 年，他从海军退役不久，借助姐姐和自己的资金，在阿肯色州小石城开办物流公司。当时美国陆运物流市场基本被联合包裹（UPS）占据，史密斯采取差异化竞争，主打“隔夜达”的航空货运。这种追求速度的产品模式十分依赖交通基础设施，但地理位置导致小石城雾气大，不利于飞机起降，兼有阿肯色河水运量小、地方政府不愿提供建机场所需土地等因素，史密斯创业仅一年即谋划迁址。

关键时刻，位于田纳西州的孟菲斯向史密斯伸出了“橄榄枝”，他的构想开始在孟菲斯国际机场的一个机库中付诸实施：“如果你想用一个体系，将美国的每一个点都连接起来，这个枢纽就必须位于由西南部的孟菲斯、西北部伊利诺伊州的尚佩恩、俄亥俄州的代顿和查塔努加构成的梯形的某一点上。”综合考虑水运、铁路、气候、时区等因素，孟菲斯的优越“难以抗拒”！

再看孟菲斯的多式联运。公路方面，孟菲斯与横穿美国东西方向和南北方向的公路相连，7 条高速公路在此相交，使得美国本土三分之二地区的 152 个大城市到孟菲斯仅需一晚行程；铁路方面，孟菲斯拥有 5 条 Ⅰ 级铁路、6 个铁路码头，每天有 220 班列车；水运方面，孟菲斯位于密西西比河两岸，是美国第四大内河码头，北可达芝加哥，连接五大湖河运系统，往南通向墨西哥湾，进入大西洋，每年约有 63 亿吨内河运输货物。

最让史密斯动心的可能还是这里的气候条件。孟菲斯位处内陆平原地区，远离季风区，基本没有极端天气，降雪极少，不会对航班起降造成季节性影响。时间佐证了史密斯的思路，也为他和孟菲斯彼此之间的双向选择提供了一份双赢的答案。五十年过去，联邦快递（FedEx）已成为全球快递物流企业巨头。自2010年被中国香港机场超越后，孟菲斯机场货邮吞吐量一度失去连续稳坐19年的“头把交椅”，但在2020年又以460余万吨重回第一位置。到2022年底，联邦快递（FedEx）全货机保有量已超700架。

同时，孟菲斯也因此成为一座以机场为经济引擎的航空都市，与航空相关的物流业、高端制造业、医疗服务业、旅游业等发展迅速，形成产城融合良性互动，2020年GDP超过720亿美元。

这个故事在不同时空重复上演：先是联合包裹（UPS）与美国路易斯维尔之间，随后是敦豪（DHL）与德国莱比锡之间，进而将企业与城市合作共建货运枢纽机场的快递物流模式写进了世界商业史。如今，王卫的顺丰和鄂州市也踏上了彼此成就之路，而这条充满机遇但又过程曲折的道路，在大国崛起新的时代还承载着政企合作融入国内国际“双循环”的艰巨使命。

我国航空货运发展与美国一直存在较大差距。2021年，美国货邮周转量845亿吨公里，中国货邮周转量却只有278亿吨公里，且这种差距并未如经济总量一般持续缩小，从2020年疫情前就开始不断拉大，此后几年中国货邮周转量一直维持在美国的三分之一左右。

造成这一差距的原因之一，正是航空货运网的欠缺。美国有两张航空货运网，一张是联邦快递（FedEx）以孟菲斯机场为枢纽构建，另一张则是联合包裹（UPS）以路易斯维尔世界港为枢纽构建。两者都是轴心辐射式网络，其构建从根本上改变了原有的点对点直飞模式。

速度可控是轴心辐射式集散系统的最大优势，“隔日达”和“隔夜达”也是美国两大航空货运巨头采用这一系统最强大的技术壁垒。而货邮量持续上升，则会使单位运价成本不断降低，根据中国民用航空飞行学院《轴辐式航空货运航线网络的构建研究》报告的粗略计算，在保证时效性的前提下，以2014年我国机场年吞吐量为基准，建立枢纽可比传统运营方式降低成本38.8%。

顺丰集团深谙联邦快递（FedEx）的成功之道，先是差异化竞争策略，采用直营取代加盟，有针对性地把重点放在高价值且对时效性要求很高的小包裹业务上，随后效仿引进飞机，进而对标打造美国孟菲斯机场模式，建设属于自己的航空物流枢纽。然后，顺丰集团借鉴联合包裹（UPS）在航空枢纽方面的运营经验，通过成立合资公司并开展国际业务合作，致力于将花湖机场打造成为自己的超级转运中心。

联邦快递（FedEx)和孟菲斯之间的携手合作并非一帆风顺。为吸引联邦快递（FedEx）落户，孟菲斯市政府出面担保，为史密斯申请到20年期限的低息贷款，同时减免税收，提前储备发展机场所需的大量土地。不止于此，政府还鼓励发展民间快递业，定期培训从业人员，打破政府对航空业的垄断，减少监管部门干预，转变中央政府职能，由过去的侧重监管向提供服务转变。

联邦快递（FedEx）入驻后，孟菲斯机场管理局的担子变得更重：一方面，由于航空货运量迅速增加，机场需要不断改扩建，急需大量资金；另一方面，还要面对筹措资金和解决周边居民征迁两大难题，这一过程持续10多年。

如今，孟菲斯国际机场已成为世界最大的专业货运机场，是联邦快递（FedEx）总部所在地，同时也是美国西北航空的第三大转运中心。作为孟菲斯机场最大的客户，联邦快递（FedEx）的经济辐射力达到了280亿美元产值。从机场示意图上看，联邦快递（FedEx）的作业区占据了整个机场约四分之一的面积。现在，这里每晚有300多架飞机起飞，而且每天都有330万件包裹要穿过机场里迷宫似的传送带。联邦快递（FedEx）95%的货物要通过孟菲斯超级转运中心进行处理，并向全球220多个国家和地区提供服务。

自开始谋划建设货运枢纽机场起，鄂州市委、市政府及相关单位多次派出代表团赴孟菲斯、路易斯维尔和莱比锡等城市考察大型货运枢纽建设。鄂州位居中国之“中”，加上其完美的“公、铁、水、空”多式联运体系，与孟菲斯的条件、区位极为相似，对标孟菲斯机场发展模式具有重要借鉴价值。

当前，中国制造业从低端向高端过渡，中国经济动力正从东部沿海向中西部转移，这一过程中，会产生新的区域航空中心或者航空城。美国马洛里亚历山大国际物流公司总裁尼利·马奥尼（Neely Malory）说：“我在美国生活了几十年，亲眼见证了孟菲斯国际航空枢纽的发展和所取得的非凡成就，有幸看到鄂州以超凡胆识和惊天气魄推进机场建设，相信孟菲斯的今天就是鄂州的明天。”

到目前为止，单个机场年货邮吞吐量最高纪录为505万吨，这是并非航空货运枢纽的香港机场在 2017 年创造的。在顺丰的规划里，花湖机场 2045 年货邮吞吐量要达到 765 万吨，往后甚至要高达 900 万吨以上。因此，曾有媒体评论道：要把鄂州建成“中国的孟菲斯”，然而顺丰的目标并不仅仅是“中国的联邦快递（FedEx）”，而是“中国的联邦快递（FedEx）和联合包裹（UPS）之和”。

花湖机场投入运营以后，差异化的运输速度和技术，加上成本的急速下降，将为顺丰集团“孵化”一个价格更亲民但是速度更快的新型快递产品。顺丰集团和湖北、鄂州围绕货运枢纽机场的上千亿元巨额投入或将厚积薄发，对中国乃至全球的快递物流市场产生深远影响。

“第一张是覆盖全国 300 多个主要城市的国内航空货运网，第二张是辐射亚洲重要经济体，乃至全球中心城市的国际航空货运网，未来以鄂州为枢纽构建的覆盖全国、辐射全球的全货机航线网络，将提升国际供应链实力，更好地帮助中国企业‘走出去’。”鄂州市委市政府在 2023 年 6 月向省委、省政府提交的一份研究报告中提出，花湖机场拿出白天时段用于货机国际航线，晚间继续用于国内航线，尤其是短途日、韩航线可与国内航线做好有效连接，国内国际两张网将在鄂州打通，使鄂州有望成为继美国联合包裹（UPS）世界港、孟菲斯联邦快递（FedEx）总部之后又一个全球超级货运枢纽。

事物发展似乎总是遵循这样的规律：有时候我们埋头，默默走了很久，回头看，只挪动了小小的一步。于是，我们继续低头，接着星夜兼程，不知又过了多久，再回头，恍然发现，轻舟已过万重山！无尽的汗水和无数个脚印，让那句诞生于一千年前的盛唐诗句，在 21 世纪的中华大地上不断回响：时来天地皆同力！

所谓“厚积薄发”，就是前期积累资源的过程需要历尽艰辛的长期奋斗，但是艰苦卓绝之后的改天换地，揭开里程碑大幕的那一刻，只需要简单的一个响指。不管前行路上会发生什么样的故事，顺丰能否超越同行榜样，鄂州能否成长为“快递物流之都”，显然都需要一个持续奋斗的过程。

第四十四章
新老产业走廊的历史性跨越

李兵从湖北省政协常务副主席任上退休后，和老伴远离闹市闲居，看书、摄影、绘画和会友成了他们的日常，悠然自得，其乐融融。

2023 年春夏之交，李兵在微信朋友圈看到了长篇小说《钢的城》出版的消息，当即想要会一会这本书的作者——钢铁工人出身的黄石作家罗日新。经原湖北省作家协会副主席刘益善的牵线搭桥，年过六旬、素不相识的两个人一见如故，话匣子很快就打开了。

原来，20 岁刚出头那年，李兵从武汉钢铁学院（武汉科技大学前身）毕业后的第一个工作岗位，正是罗日新书中故事原型的发生地——黄石市。而且，李兵先后在黄石市第二钢铁厂、黄石市冶金工业公司工作，很熟悉罗日新笔下“临江钢铁公司”的钢花四溅、炉前汗雨、铁汉柔情……

“湖北要实现更深远意义上的腾飞，还是要向东发力，通过鄂东地区辐射带动全省发展……这里是荆楚八百年的发轫之地，是中国近代民族工业的摇篮，是新中国重要的‘工业粮仓’之一，各方面的条件都太好了！”交流中，李兵透露，当初波士顿咨询公司（BCG）拿出航空都市区产业规划时，他第一时间就派人将这份含金量极高的近千页研究报告送达鄂州周边城市主要领导的办公桌上。

“围绕航空货运枢纽谋划新产业布局，不仅仅是鄂州的机遇，也是鄂东地区的机遇，更是整个湖北乃至中国中部的机遇！”李兵说，不拘于一时一地，才能真正释放花湖机场的“超级运力”！

展开折叠时空，纵观湖北发展史，这里曾有过数次走在全国前列的时期。第一次是春秋战国时期，楚国雄踞南方八百年，称霸诸侯，楚庄王甚至饮马黄河、问鼎中原，自称“折钩之喙，足以为九鼎”。

由一个南方蛮夷小国发展成为长江流域第一大诸侯国，楚庄王的底气何来？答案似乎就藏在黄石大冶铜绿山里。铜是那个时代最重要的战略资源，楚国占有了铜绿山及长江中游江西、安徽一带丰富的铜矿资源，掌握了高超的青铜冶炼技术，铸造了大量的青铜兵器，奠定了雄厚的军事实力和经济基础。

因矿而生，因钢而兴。湖北历史上的另一个“高光时刻”，是在近代洋务运动中的湖北新政，依托大冶铁矿创办汉冶萍煤铁公司，引领中国近代工业风气之先，为鄂东地区孕育了敢为人先的精神特质。武汉成为推翻两千多年封建帝制的辛亥革命开端之地，与近代工业孕育及随之兴起的商贸往来所奠定的荟萃人才和进步思想息息相关。

旧中国积贫积弱，没能在兴办“洋务”和发展民族工业的艰辛创业中重振雄风；新中国百废待兴，终于在对现代化强烈的渴望中做大做强共和国的“工业脊梁”。

70 余年间，省会武汉与鄂州、黄冈、黄石和咸宁四座城市之间从协同、一体到融合，从未停止探路的步伐。20 世纪 80 年代末 90 年代初，中央提出“横向经济联合”战略，湖北省将首个新技术开发区、首个经济技术开发区分别放在武汉东湖和与之毗邻的鄂州葛店，开启区域合作之路。

2003 年，省政府启动围绕武汉的城市群战略，并在武鄂黄黄沿线规划建设“冶金建材产业带”和“纺织服装产业带”；几乎同步，武汉东湖新技术开发区大力发展光电子信息产业，其溢出效应开始拉动其他四座城市在战略性新兴产业“破冰”，“光谷”渐渐叫响海内外。

科技兴则民族兴，科技强则国家强。“我们这么大的国家，不能做其他国家的技术附庸。”“企业必须在核心技术上不断实现突破，掌握更多具有自主知识产权的关键技术，掌控产业发展主导权。”东湖新技术开发区“要为推动我国光电子信息产业加快发展作出更大贡献”。2013 年 7 月、2018 年 4 月、2022 年 6 月，习近平总书记 10 年间三次来到光谷实地“督战”，始终将创新摆在国家发展全局的核心位置。

进入 21 世纪第三个十年，《光谷科技创新大走廊发展战略规划（2021—2035 年）》经省政府批准实施，武鄂黄黄咸五座城市同“创”追“新”。

“从过去的冶金工业走廊演变为如今的光谷科创大走廊，不是说产业走廊不重要了，而是科技创新在产业发展中的地位更重要了。在过去‘短缺经济’条件下，只要产品‘过得去’就会有市场，今天产品要‘过得硬’才会有市场。产品怎么才能‘过得硬’？只有创新。”湖北省政府咨询委员秦尊文说。

2021 年 6 月，东湖高新区大学园路 29 号，湖北省首家“科创飞地”——黄石（武汉）离岸科创园设立。运营两年间，签约入驻企业 93 家，导入科技金融、专利代理等科创服务中介机构 11 家，与湖北大学等高校共建成果转化中心 3 家，600 余位技术人才各就各位研发攻关，为 60 多公里开外的黄石市贡献聪明才智。

自 2023 年初起，黄冈、鄂州、咸宁三市学习黄石市“借梯登高”，先后在光谷布局设立“科创飞地”。2 月 9 日，黄冈（光谷）离岸科创中心在光谷企业天地投用；6 月 6 日，鄂州（武汉）离岸科创中心在武汉高科医疗器械先进制造产业园揭牌；7 月 11 日，设在汤逊湖畔光谷芯中心的咸宁（武汉）离岸科创园开园。

另外，荆州（武汉）离岸科创中心、荆门科技创新（光谷）离岸中心、天门（武汉）离岸科创中心等也在这一年内先后投入运营。这些“科创飞地”按研发试验、招商引智、科技金融、企业孵化、成果转化等功能构建，探索“研发、引才、引资在武汉，生产、用才、投资在当地”的互利共赢模式。

“继续以科技创新为引领，鄂东乃至整个湖北将重点发展光电子信息、新能源与智能网联汽车、生命健康、高端装备及北斗五大产业。”武汉大学经济与管理学院教授邹薇认为，光谷是国家第二个自主创新示范区，又有自贸区、保税区，蕴含的创新动能巨大。

五大产业中，以光电子信息的基础最为亮眼。百余公里长的科创大走廊上，纵向发力未来大道，横向依托高新大道，聚集的光电子信息企业已达 1.7 万余家，从业人员超 60 万人，产值规模达 8000 多亿元，涵盖“光芯板屏端网”产业链。而同样由这两条大道“链动”、另一个有望快速冲刺万亿级的产业集群则在生命健康领域。

自 2022 年下半年至 2023 年上半年，先是《长江中游城市群发展“十四五”实施方案》《武汉都市圈发展规划》在国家层面相继获批，接着《武鄂黄黄规划建设纲要大纲》《武汉新城规划》和《武汉都市圈发展三年行动方案》先后发布。

“新时代新发展格局下，湖北省开始谋划推动以武鄂黄黄为核心的武汉都市圈高质量发展，正从过去以冶金、建材、水泥等产业为主体，逐步转向以武汉光谷为科技创新策源地的现代化产业，新老产业走廊的历史性跨越已经开始。”秦尊文说，以科创为策源，肯定要瞄准产业链的高端，而因花湖机场而来的临空偏好类产业，自然也要追求高附加值，“由此看来，武鄂黄黄核心区的产业跨越是一脉相承的。”

“黄冈项目 2022 年实现封顶，今年底 8 个车间上线，可全面承接葛店人福的产能。”2023 年盛夏季节，黄冈人福医药总经理陈海林说，人福医药早已认准了花湖机场投运为公司产业外销带来的便利，几年间沿武鄂高速布局，形成总部和销售在武汉、研发在鄂州、生产在黄冈的“产研销走廊”。

5 年前，陈海林从法国马赛大学博士毕业，受邀进入葛店人福组建研发团队，为公司开辟生物合成药的新赛道。相较于传统的化学合成药，生物合成药反应效率高、污染小，更符合企业的可持续发展方向。

然而，历经 20 余年持续生产，葛店人福产能见顶，原生产线也无力承担新产品的落地，工艺设备亟待更新。“团队建立初期，因葛店缺少一种新型反应设备，新药中试环节只能前往外地兄弟公司完成。”陈海林说，两地往返三四个小时，奔波大半年后，团队成员都切身体会到研发、生产链条建在本地的重要性。

接手黄冈项目后，陈海林带领工艺、自动控制领域的资深团队“住”在工地上，严控施工质量，加速“国内领先、国际前沿”的高标准生产车间在武汉都市圈内及早投用。

“在公司规划中，黄冈人福未来 60% 的产能将用于新药生产，并承接研发中的部分中试、放大生产任务。”他介绍，除了甾体激素、抗病毒类产品、中枢神经制剂三大“拳头产品”，黄冈项目还为当前极具发展潜力的CDMO（合同定制研发生产）项目预留了生产车间。

黄冈人福建设火热的同时，葛店人福也不断“招兵买马”，积极酝酿向研发中心转型。仅在2022年，其实验室添置价值500多万元的高端分析设备，研发团队扩容20%，总人数目前超百人。2023年7月，葛店人福联手凯特立斯（深圳）科技有限公司成立鄂州药物绿色合成研究院。

“都市圈内交通便利，不少工作可以面对面高效率对接，还能共享许多圈内的利好政策。”他说，即便安家在光谷中心城，与项目现场车程也不过1小时，“有事随时可回家，去年武黄高速免费后，还节省了不少通行费。”

随着项目进入投产冲刺期，越来越多来自葛店人福的老同事出现在陈海林的身旁。而在未来数年内，葛店人福80%的生产人员都会来到黄冈，这里生产的药品也会搭乘顺丰航空全货机从花湖机场飞往全球市场。“满产后，黄冈人福可实现年营收30亿元，是以往葛店人福的3倍。”他说。

瞄准全球半导体显示龙头，武鄂黄黄四地都在布局。黄石引入上达电子，为华星光电配套生产柔性线路板；鄂州葛店开发区引入芯映光电，向华星光电提供发光二极管封装器件；TCL集团在黄冈投资建设智能制造产业园，导入显示、终端、光电子等上下游及电子信息为主的相关产业企业，配套服务华星光电等湖北三大生产基地。

这表明，共建武汉都市圈现代产业体系，不再是鄂州、黄石、黄冈单一承接武汉产业外溢，还有分工协作、共同布局。在《武汉新城规划》2023年初出台后，这个变化更为明显。

从空间格局看，武汉新城定位为武鄂黄黄城市中心、武汉都市圈高质量发展主引擎。从产业布局看，武汉新城将大力发展光电子信息、生命健康、新能源与智能网联汽车等战略性新兴产业，这些产业在武汉均有千亿级规模，可更好带动形成“主链在武汉、配套在都市圈”的一体化产业发展格局。

第四十五章

未来从此浩瀚

时间来到2023年辞旧、2024年迎新之际。花湖机场转运中心“工”字形主体结构靠南一侧，顺丰集团综合业务楼的外观犹如一艘大型游轮。

“指挥舱”所在位置，一间超大的办公室，半环绕落地玻璃窗外，跑道上各类飞机的起起落落和装卸运输车辆的进进出出，一目了然。作为货运枢纽机场的“舵手”之一，王卫高大魁梧的身影常常出现在这里。

十年前，他在“鹏城”深圳谋划天路出海，振翅欲飞；十年后，他来到以凤凰为图腾的鄂州，疫后重振，涅槃重生。

这一年是顺丰集团的“而立之年”。当初那个赤手空拳从粤港澳大湾区打拼起家的热血青年，人到壮年已成长为操盘全球航空货运网络的业界领袖快递之王，他带领团队在自古就是水陆交通要冲的湖北成功构建起连接全球的“天空之心”。

“不拓新，就出局！”每隔十年，王卫都会给自己和团队树立一个目标。只有不断前行，不断开拓创新，不停地挥洒汗水淬炼意志，他才能在时代的大风大浪中里享受这不舒适却内心丰盈的自由。

“我将会有更多的时间待在湖北及花湖机场！”王卫在一次公开场合表态。对于一个“押了顺丰身家性命”的重大项目，他不可能“袖手旁观”。

对外通达辽阔空间，向内探索精神解放。作为“天空之心”，货运枢纽机场不仅仅是顺丰的，也不仅仅是湖北及鄂州的，它是中国内陆地区对外开放和对接世界市场的重要平台。

这一年，鄂州撤县建市恰好步入“不惑之年”。一城一企各自奋进，不期而遇，闯关夺隘，奋楫笃行，共同携手，十年奋斗，终圆“航空货运枢纽之梦”。

作为我国改革开放的一面旗帜，凭借大步向前的实干精神，深圳从一个边陲小镇迅速发展成一座欣欣向荣的国际化大都市。在见证这一沧海桑田的变化中，顺丰集团上演了“从零到大”的崛起传奇，运营业绩突破2000亿元，产值跻身千亿元公司行列。

如今，在这座被称为湖北之深圳的“改革之城”——鄂州，顺丰集团能否实现基业长青，完成从大走向伟大的蜕变？当一个企业扎根一个区域，进而肩负起国家富强和民族复兴的神圣使命之时，或许就已经拥有了向下扎根、向上攀登的勇气，携时来天地同力，奔向远大前程。

当然，新冠肺炎疫情3年导致全球经济震荡，百年未有之大变局加速到来，“亚洲第一、中国唯一”航空货运枢纽建成投运带来千载难逢的历史性机遇，但也无疑是一场形势严峻、任重道远的挑战，需要足够的时间来给出答案，更需要一代又一代人的激情接力。

鄂州花湖机场建成投运只是第一步。货从哪里来？客从哪里来？又去向何方？也就是说，如何实现物流、人流、信息流、资金流之间的有效互动和高速运转，将是更为艰巨的探索！

鄂州花湖机场的长远愿景是“建设有国际影响力的现代物流体系枢纽平台”，并在“任何时间、空间为任何货物提供最快最丰富的物流方式选择”，远期超900万吨年货运量将雄冠全球。

连接世界的恢宏蓝图令人神往，但重重挑战已在路上！挑战往往就酝酿着机遇，面对挑战，那些敢于“第一个吃螃蟹”的人往往更能够抓住机遇，成为站上时代潮头的弄潮儿。

2023年年终“结账”：鄂州花湖机场已开通45条国内货运航线，并导入11条国际货运航线、连通13个国际航点；货邮吞吐量达25万吨，到2024年有望突破120万吨，“超级运力”开始逐级释放。

"整座城市都将搭乘国家战略融入世界潮流中！"孙兵对鄂州的未来充满憧憬，但他也明白这座集悠远历史与革新开拓于一体的城市，不像当初的深圳那样几乎是一张可以尽情挥毫泼墨的白纸，以物流汇聚之势带来人流、资金流和信息流，需要涤清的弊端和铲除的滞浊还有很多。

孙兵在一次会议上特别强调，讲好"鄂州故事"不能关起门来"放鞭炮"、桌子底下"放风筝"，要打开格局、放宽视野，进一步提升鄂州的知名度和影响力，借梯登高、借筒传声……面向全球展现好中国式现代化的"鄂州实践"。

"'苹'步青云酬壮志，乘'丰'而起赢未来。"王玺玮曾以这样精心构思的联句向美国苹果公司和顺丰集团的合作表示祝贺。这一刻，苹果公司在此设立的顺丰鄂州机场区域分拨中心正式启用，但这一具有行业引领风范的携手，由于合作双方外宣低调的要求，并没有引起应有的舆论关注。

王玺玮在致辞中向苹果公司代表蒂姆透露了关于机场建设的一些重要动向：湖北省已与海关总署达成共识，明确鄂州空港综合保税区分步建设方案，先于2023年底前批复鄂州空港保税物流中心（B型），然后计划于2025年前升级为综合保税区，甚至升级为特殊综保区。

这显然是一个"以退为进"的方案。湖北省委、省政府和海关总署几经协商，在原鄂州空港综合保税区规划的基础上，先行申报保税物流中心（B型）。武汉海关现场考察后，确定拟申报面积约0.1平方公里即150亩。

保税物流中心主要分为A型和B型两种模式：A型是指以一个物流公司为主，满足跨国公司集团内部物流需要开展保税货物仓储、简单加工、配送的场所，这种模式已在上海闵行区开展试点；B型则指由中国境内一家企业法人经营，多家企业进入并从事保税仓储物流业务的海关集中监管场所。

自8月18日至11月28日，中国一冶项目团队在确保安全与质量的前提下，奋战100天完成鄂州空港保税物流中心（B型）项目2万平方米的建设任务。"这样做是为了尽快逐步提高鄂州空港综保区向上申报的分数。"一冶湖北公司副总经理、鄂州片区分管领导杨胜文透露，鄂州空港综保区申报原本想单靠引进重大项目一次性达标，但由于种种不可控因素被搁置下来。

按规划方案，鄂州空港保税物流中心（B型）建设内容包括海关监管仓库、海关查验中心、卡口、海关围网等。与此同步，鄂州市临空经济区先期在顺丰国际货站建设“水果、冰鲜水产品和水生动物”三项海关指定监管的临时场地，用于满足当前国际货运进口需求，待海关查验中心建成后，再加上进境肉类、植物种苗一并迁入。至于进口药品的监管场地，按武汉海关、药监分局、市公共检测中心的意见，“暂缓建设”。

湖北省委、省政府曾设立2023年底确保机场口岸正式开放目标。但从国家口岸办反馈的消息称，国务院已于6月16日审签2023年度口岸开放审理计划项目，鄂州花湖机场航空口岸开放不在其中。

“这是一个实事求是的意见，核心还是货邮量有待达标。”鄂州市商务局局长吴刚介绍，航空口岸对外开放属于国家事权，需要经过“进入‘十四五’规划”“临时开放”“市场培育”“年度审理”“国务院批准”“对照正式开放标准建设”和“正式开放验收”7个阶段，花湖机场显然还处在市场培育期。

有了货通天下的空中出海口，湖北省、鄂州市不由有了更为高远的追求——对标海南自由贸易岛建设“国际自由贸易航空港”。这与桂旭当初大胆提出的创新思路不无关系：“建议打造具有部分自由贸易港特征的鄂州空港综保区，或参照上海洋山特殊综保区向国家申请‘鄂州空港特殊综保区’，实施‘一线充分放开，区内高度自由’。”

开放，既是泱泱大国的姿态，又是海纳百川的气度。打造一座城市、一个省份、一个区域的持续“吸金力”，根本还在于不断扩大自己的朋友圈。胜友如云，高朋满座，最美好不过一场双向奔赴：“引进来”和“走出去”齐头并进，“买全球”和“惠全球”并驾齐驱。

多少曾经繁荣昌盛的城市，因为交通的衰减而消失；又有多少城市，因为交通的便利而走向新的辉煌。在经济全球化遭遇逆流的背景下，国内国际“双循环”应势而出，内陆城市迎来了从空中出海的新机遇。

构建航空货运枢纽是湖北打造内陆开放新高地的关键一步，成为助力湖北建设全国构建新发展格局先行区的新引擎。可以预见，由花湖机场架起的这条“空中新丝路”，将进一步打造中国内陆对外开放新通道，使资源配置更优化，发展空间更广阔。

相对于航空客运业，我国航空货运仍处于初级阶段。新冠肺炎疫情进一步凸显了航空运输业的资源紧缺，同时反映了全货机在民航运输体系中的重要作用。目前，我国七成以上的航空货运总量是通过客机腹舱运输完成的，其中国内市场通过腹舱运输超八成，国际市场通过腹舱运输约占一半，且装载率普遍偏低。同时，国内航空公司在国际航线货运市场占比不到三分之一。

然而，从鄂州花湖机场建成投运的那一刻起，重塑中国航空货运格局的大幕已经拉开。当“世界小商品之都”义乌与鄂州这个未来“快递物流之都”开展深度合作时，一个面向全国的战略应急物资集散中心、辐射全球的国际供应链管理服务中心已现雏形。

世界就在眼前，未来从此浩瀚！

后　　记

一诞生即风华正茂！

鄂州花湖机场“全球第四”“亚洲第一”和“中国唯一”的标签日渐醒目。

昔时“货到汉口活”，如今“货到花湖快”。

仅需4个半小时！来自孟加拉湾的野生大青蟹可摆上武汉市民的餐桌，中国企业生产的光纤、手机、电脑等产品也可运抵印度第三大城市——加尔各答。

如此“买全球”与“卖全球”的场景，已成为花湖机场的日常。自2023年下半年起，这里的每月货邮量屡创新高，单日货运航班量甚至一度超越位居首位的上海浦东机场。

从中央到地方，多方力量共同加快打造国际一流航空货运枢纽。花湖机场由此迈入了从“飞起来”到“强起来”的阶段，日新月异、欣欣向荣。

十年磨一剑，一步万里阔。作为国家的重大生产力布局、发展新质生产力的中国实践以及国内国际双循环重要节点和重要枢纽的战略支撑，花湖机场开启了更具挑战性的新征程。

一

子夜时分，当中华大地绝大部分区域的人们酣然入梦之时，鄂州花湖机场在航空发动机轰鸣的引擎声中开启“不夜港”模式：一架架飞机穿过云层，分别在东、西跑道次第着陆，如仪仗队般一字排开。

卸货、拖运、分拣、拆装、转送……在停机坪和转运中心之间，接驳车穿梭忙碌着。

转运中心巨大的空间内，长达52公里的智能化分拣线上，快件以每秒2.7米的速度“飞驰”。

大约3小时后，大地在晨光熹微中醒来。近90架全货机已满载货物，平均每2分钟就有一架离港，飞往各自目的地。

空地之间的“群起群降”和“夜至朝发”，每天都会在花湖机场上演。预计到2025年，顺丰转运中心快件年处理能力可达6.88亿件，花湖机场年货邮吞吐量届时将有望突破200万吨。

航空货运不仅是全球贸易的重要载体，而且是体现国家实力的重要标志。花湖机场不断释放超级运力的节拍，无疑将与中国乃至世界的经济动向同步。

2024年一开年，湖北省政府便在多个场合向中央表达了花湖机场“广泛对接国际资源进而参与国际分工”的愿景，希望能在货运航空公司落户、国家级临空产业重大项目进驻以及召开国际级、国家级会展会议等方面得到更多支持。

花湖机场于我，7年跟踪观察，5年笔耕不辍，近30万字书稿不可谓不丰厚，却也难免感慨万千、意犹未尽。

的确，这是一个在不断开风气之先中诞生的国家级战略工程，而它也将继续塑造属于这个时代的辉煌！

二

“国之重器，当有一部文学作品来记录！”本书创作最早缘起于著名作家、时任湖北省文学艺术界联合会主席刘醒龙2019年11月到鄂州花湖机场采风时的动议。

由于我有长期扎根一线采访的优势，并且收集相关资料已近两年，加上当时鄂州市委宣传部领导力荐，为花湖机场撰写纪实文学作品的重任最终压在了我肩上。

随后 3 年，受意料之外的新冠肺炎疫情、超历史同期的汛情等不确定因素影响，鄂州花湖机场的建设进程一再推延，却也给了我较为充裕的创作时间。

机缘巧合之下，湖北人民出版社主动找上门，希望我以鄂州花湖机场这一助力高质量发展的重点工程为主线进行重大主题类图书的创作。于是，我对书稿进行了重新梳理、提炼、打磨，并最终以《空中出海——发展新质生产力的花湖实践》为名，呈现在读者面前。

在此，要感谢鄂州市委宣传部、鄂州市文学艺术界联合会的鼎力支持，以及有关方面为我查阅批文批件、会议记录、文献资料和研究报告大开方便之门；还要特别致谢湖北人民出版社的领导和编辑，没有他们的积极指导、耐心鼓励和真诚帮助，我很难在追求作品质量方面做到精益求精。

三

以新闻纪实作为基础，本书还在非虚构的文学创作方面作了诸多努力。我联系采访了省市有关领导、主管部门负责人、工程技术人员、一线施工人员、征迁农户以及专家学者等共计 200 余人，力求通过大量鲜活而生动的细节为参与建设的群体画像，致敬他们志在全球范围重新定义中国力量所展现出的远见卓识、高超能力和坚强韧劲。

偶尔，当写作身心疲惫时，我不禁会想起鄂州市委在选址申报中所展现的奉献精神和奋斗品格，从中感受到一股暖流。

不知多少次，反复阅读文稿，只要读到选址申报峰回路转、基层干部带头征迁腾地、建设者疫情期间逆行抢工期等片段时，泪水都忍不住湿润了眼眶。

更多时刻，我为自己感到幸运，能够亲历见证鄂州花湖机场这一具有里程碑意义的重大工程项目的诞生与发展，并为之记录一段不平凡的激情岁月。

我自始至终一直有意将货运枢纽机场建设放在世界政治经济大势和中国转型发展的广阔背景下讲述，其中穿插了不少时事动态，而这恰恰是交通基础设施建设与国之兴盛紧密相关的又一力证。

也就是说，鄂州花湖机场作为“空中丝绸之路”的新起点，可被看作是一个实现中华民族伟大复兴中国梦的时代样本。

四

“鄂州在哪里”“为什么是鄂州？”

起初货运枢纽机场项目落户湖北、选址鄂州时，许多人都发出过这样的疑问。

随着市场不断深化对货运枢纽机场的认识，鄂州这座长江中游南岸的小城即将以未来的“国际自由贸易航空港”的形象为人所熟知。

刚谈及货运枢纽机场及全货机，不少人对其功能和作用并不是完全理解。这令我想到了自己的一段经历：

2008年5月14日晚10时许，汶川大地震第三天，武汉天河机场一架即将飞往成都的客机上，乘坐着华中电网有限公司紧急组建的抗震救灾指挥部领导班子成员。

他们将火速赶赴震区指挥电网恢复重建工作，我当时以新华社记者的身份应邀随行。起飞在即，值班机长专门介绍，同行的还有临时搭乘的解放军某部空降师官兵，他们中的绝大部分人都随乘客行李挤在飞机的腹舱之中。话音刚落，机舱里顿时响起热烈的掌声，我心中不由生起同赴国难的自豪感，久久不能平静……

有了鄂州花湖机场以后，倘若再发生重大灾情，将会是另一番场景：应急救援部队快速踏上全货机，立即整装出征。

2023年12月16日，国家华中区域应急救援中心在武汉市经济技术开发区动工建设；10天后，国家华中区域应急物资供应链与集配中心项目开工仪式在鄂州举行。

五

燕矶镇原车湖村紧邻鄂州花湖机场。到了2021年上半年，作为机场周边降噪区域，这里的村民和机场核心区的原走马村村民一样也开始整体搬迁。

现在，这片土地下布航油管道，上有机场快速通道。车行其中，很容易被两旁茂盛的植被遮蔽。来到村址东端的坡岗上，一棵挺拔的松树屹立眼前，其浓密枝叶下有一座石碑，正面刻着：苏东坡相过殆百数之车湖。而在石碑背面，则刻有文字详细讲述由四川迁居至此的王氏兄弟与苏东坡交往的故事。“这里是王氏兄弟故居遗址，苏东坡当年乘舟过来拜访百余次之多。”原来，随着机场及其配套工程设施建设推进，鄂州和黄冈两市的东坡文化协会联合写信呼吁保护文化遗址，遂立下此碑。

站上岗坡，抬眼望去，不远处便是鄂州花湖机场，跑道上航班起降尽收眼底。我不由遐想：倘使东坡先生此时站在这里“把酒问青天”，看到这一架架“铁鹰”划破天际，不知会做何感想，又将写出怎样的佳句？

就在书稿修改即将完成之际，一个意料之中的好消息传来：2024 年 3 月 19 日，国务院批复同意湖北鄂州花湖机场对外开放。这也是全国首个获批对外开放的专业货运枢纽机场，将助力湖北乃至中部地区加快发展新质生产力，并为探索建设花湖国际自由贸易航空港提供有力支撑。

大江东去，万物争新。锐意向前、矢志探索，十年时间里，一个参与国际经济合作和竞争的新增长极已初现雏形。在更广阔的未来，依托花湖机场，厚植科技创新基础，壮大新兴产业力量，完善现代产业体系，更多的故事在路上。

2023 年冬至初稿于武汉沙湖家中

2024 年春分定稿于鄂州珈园书斋